BASTEI
LÜBBE

Taschenbücher von WOLFGANG HOHLBEIN
im BASTEI-LÜBBE-Programm:

13 032 Die Kinder von Troja
13 101 Der Hexer von Salem
13 156 Kreuzfahrt
13 182 Neues vom Hexer von Salem
13 220 Bastard

20 130 Die Heldenmutter

28 151 Die Töchter des Drachen
28 164 Die Moorhexe

WOLFGANG HOHLBEIN
schreibt als Robert Craven

Auf der Spur des HEXERS

Wie der Horror begann

Roman

Mit Illustrationen
von Thorsten Krächan

BASTEI LÜBBE

BASTEI-LÜBBE-TASCHENBUCH
Allgemeine Reihe
Band 13 228

Erste Auflage: Januar 1990

Lektorat: Michael Schönenbröcher
Titelillustration: Gabriel Picart / Norma Agency, Barcelona
Umschlaggestaltung: Quadro Grafik, Bensberg
Satz: VID Verlags- und Industriedrucke GmbH & Co. KG,
Villingen-Schwenningen
Druck und Verarbeitung:
Brodard & Taupin, La Flèche, Frankreich
Printed in France
ISBN 3-404-13228-9

Der Preis dieses Bandes versteht sich einschließlich der gesetzlichen Mehrwertsteuer.

Der Tag war heiß gewesen, lang und klar und ungewöhnlich heiß, so daß selbst die an Hitze wahrlich gewöhnten Einwohner von Walnut Falls die Dämmerung herbeisehnten. Der Himmel, der jetzt seit Wochen schon von einem strahlenden Blau war, versprach auch an diesem Abend keinen Regen. Der letzte Regen war im April gefallen, und die letzte Wolke hatte sich vielleicht eine Woche später gezeigt: ein einsamer weißer Tupfer auf einer Glocke aus flirrender Hitze, die sich über das Land gestülpt hatte und jeden Tag ein bißchen tiefer sank. Jetzt, am 9. Juli 1862, schien das blaue Dach aus trockener Wärme die mit graubraunen Holzschindeln gedeckten Dächer fast erreicht zu haben; es war, als müsse man nur die Hand ausstrecken, um es zu berühren. Die Luft war ungewöhnlich klar, und der Blick reichte ungehindert von einem Ende der Stadt zum anderen und noch weit darüber hinaus, bis hinab zu dem halb ausgetrockneten Band des Flusses und dem kleinen Wald, dem die Stadt ihren Namen verdankte.

Walnut Falls bestand nur aus einer einzigen, nicht unbedingt lang zu nennenden Straße, an der sich wenig mehr als drei, kaum vier Dutzend Häuser drängten, dicht an dicht und ausnahmslos klein und gedrungen gebaut, trotz der schier endlosen Weite des sie umgebenden Landes. Oder vielleicht gerade wegen ihr.

Dem Mann, der in den frühen Nachmittagsstunden dieses 9. Juli aus der Postkutsche stieg, kamen diese Häuser weniger wie die Wohnstätten von Menschen vor, als mehr wie eine Herde sonderbar eckiger, braunweißer Tiere, die sich angstvoll zusammengedrängt hatten, als fürchteten sie, sich in der Weite Colorados zu verlieren. Es gab auch einige Ausbrecher aus dieser Herde. Ein halbes Dutzend besonders mutiger – oder besonders dummer – Haustiere waren der Stadt am anderen Ende der Straße ein Stück vorausgeeilt und standen nun sonderbar verloren inmitten säuberlich abgesteckter brauner Rechtecke, wo drei Monate erbarmungslosen Colorado-Sommers auch den letzten Grashalm weggebrannt hatten.

Aber vielleicht war der Besucher auch nur müde, und wahrscheinlich war Walnut Falls nichts als eine ganz normale Stadt: klein, unwichtig, ein wenig zurückgeblieben – was seine

Einwohner mit dem Wort *konservativ* und Poeten mit dem Begriff *verträumt* kaschiert hätten.

Der Tag war anstrengend gewesen. Auf der Landkarte sah die Entfernung zwischen Denver und Walnut Falls harmlos aus, drei Fingerbreiten nur und mehr als die Hälfte davon sogar von einer Eisenbahnlinie erschlossen. In Wahrheit war er vor Sonnenaufgang aufgebrochen, hatte in mehr als vier Stunden weniger als dreißig Meilen mit der Union Pacific zurückgelegt und war anschließend in diese Kutsche gestiegen, um sich weitere drei oder vier Stunden auf Straßen durchschütteln zu lassen, die diesen Namen nicht verdienten. Dies alles wäre allein vielleicht noch zu ertragen gewesen; in Begleitung eines nicht einmal dreijährigen und noch dazu kranken Kindes war es eine Tortur. Nein – er war nicht in der Verfassung, über diesen Ort zu urteilen. Und deshalb war er auch nicht hergekommen; weiß Gott nicht.

»Sir?« Die Stimme des Fahrers klang gleichzeitig geduldig wie nervös, und auf jene unnachahmliche Art drängend, der normalerweise nur Oberkellner in teuren Restaurants fähig sind. Die Erinnerung an das großzügige Trinkgeld, das sein Fahrgast gegeben hatte, ließ ihn ein gutes Stück freundlicher werden als sonst. »Wollen Sie nun aussteigen oder nicht? Ich muß meinen Fahrplan einhalten.«

Der Mann in dem braunen Maßanzug drehte sich herum, blinzelte einen Moment gegen die Sonne und bedeckte die Augen mit der rechten Hand, während die andere, mit drei Fingern noch immer den gedrechselten Spazierstock haltend, unter die Jacke und in seine Westentasche glitt.

»Schon«, sagte er. »Aber ich gedenke nicht hierzubleiben. Ich wäre Ihnen sehr verbunden, wenn Sie einige Minuten auf mich warten könnten.«

»Warten?« Gegen das grelle Gegenlicht der Sonne war das Gesicht des Kutschers nicht zu erkennen, aber sein Fahrgast spürte sehr deutlich den Widerstreit zwischen Pflichtbewußtsein und Gier, den er einen Moment durchlitt. »Ich liege fast eine Stunde hinter dem Fahrplan zurück, und . . .«

Die Hand tauchte wieder aus der Westentasche auf, und das Blitzen des Zehn-Dollar-Goldstücks darin nahm dem Fahrer die

Entscheidung ab. Hastig beugte er sich vor, ließ das Goldstück in den Tiefen seiner schmuddeligen Jacke verschwinden. Er deutete mit einer Kopfbewegung auf ein zweistöckiges Gebäude auf der gegenüberliegenden Straßenseite, über dessen Eingang ein lieblos gemaltes Schild behauptete, es handele sich um einen SALOON.

»Ich warte dort drüben, Sir«, sagte er. »Aber – bitte: nicht zu lange. Ich bekomme Ärger, wenn ich den Fahrplan nicht einhalte.«

Der Mann mit dem kurzgeschnittenen schwarzen Vollbart nickte. Es lag nicht in seiner Absicht, dem Fahrer Ärger zu bereiten. Und es lag auch nicht in seiner Absicht, länger als unbedingt nötig in dieser Stadt zu bleiben. Es hatte ihn große Überwindung gekostet, überhaupt hierher zu kommen. Und für einen kurzen Moment war er nahe daran, auf der Stelle wieder in den Wagen zu steigen und dem Fahrer zu sagen, daß er davonrasen sollte, so schnell er nur konnte.

Aber dann öffnete er statt dessen den Wagenschlag ein zweites Mal und hob einen vielleicht dreijährigen Knaben aus der Kutsche. Der Junge schlief, öffnete aber träge ein Auge, als sich der Mann umwandte und die Straße hinunterzugehen begann, und fragte hoffnungsvoll: »Da, Daddy?«

»Ja, Bob, wir sind da«, antwortete der Mann lächelnd. »Gleich sind wir da. Nur noch ein paar Schritte, bis zu diesem Haus dort – siehst du?« Er deutete mit einer Kopfbewegung auf ein kleines, weißgestrichenes Holzhaus, das ein Stück von der Straße zurückgesetzt lag. »Willst du laufen?«

»Laufen«, bestätigte Bob und begann unruhig zu strampeln. Sein Vater setzte ihn ab, glättete ihm flüchtig das Haar und griff nach seiner Hand. Der Junge war groß für sein Alter, aber ein wenig zu pummelig, so daß er Mühe hatte, mit den Schritten seines Vaters mitzuhalten, obgleich dieser sehr langsam ging. Die lange Fahrt und die unerträgliche Hitze im Inneren der Kutsche hatten ihn erschöpft, und das Chinin, das er am Morgen bekommen hatte, hatte das Fieber nicht vollends vertreiben können. Seine Haut fühlte sich auf sonderbare Weise gleichzeitig heiß und eiskalt an, seine Finger waren feucht und zitterten fast unmerklich. Aber er ging tapfer neben seinem Vater her und ließ nicht den geringsten Klagelaut hören.

Der Mann wurde sich schmerzhaft der Tatsache bewußt, daß sie auffallen mußten; er in seinem maßgeschneiderten Zweihundert-Dollar-Anzug und der Junge in der fransenbesetzten Westerntracht, die er für ihn erstanden hatte. In Denver hatte niemand von ihnen Notiz genommen, aber in einer Stadt wie Walnut Falls konnte kein Fremder unbemerkt bleiben. Obgleich die Hitze jedes lebende Wesen von der Straße getrieben hatte, zweifelte er nicht daran, daß sie von Dutzenden neugieriger Augenpaare angestarrt wurden.

Er vertrieb den Gedanken und konzentrierte sich wieder auf seine Umgebung. Er war ein wenig enttäuscht. Er war niemals hiergewesen, und trotzdem war ihm die Stadt nicht fremd. Maude Cravens Briefe waren sehr detailliert gewesen. Trotzdem war er enttäuscht, auf eine Art, die er selbst nicht in Worte fassen konnte. Er hatte sich alles . . . nun, irgendwie *anders* vorgestellt. Vielleicht ein wenig freundlicher.

Sie hatten das Haus erreicht, das hinter den Gräbern verbrannter Blumenrabatten lag, und der Mann hob die Hand, zögerte aber noch einen Moment, zu klopfen. Noch einmal – und sehr viel heftiger als zuvor – mußte er gegen das intensive Verlangen ankämpfen, seinen Sohn zu nehmen und einfach wegzulaufen, so schnell und so weit er konnte. Aber er *war* fortgelaufen, die drei Jahre, die seit der Geburt seines Sohnes vergangen waren, und die zehn Jahre zuvor. Wenn es jemanden gab, der wußte, wie sinnlos es war, fortlaufen zu wollen, dann ihn.

Er klopfte. Hinter dem Fenster neben der Tür bewegte sich ein Schatten, und einen Augenblick später drangen Schritte durch das dünne Holz. Ein Riegel schnappte hörbar zurück, dann wurde die Tür geöffnet und eine vielleicht vierzigjährige, sehr schlanke Frau blinzelte in die gleißende Nachmittagssonne hinaus. Ihr Gesicht war schmal und ein wenig zu streng geschnitten, und in ihrem Haar machten sich bereits die ersten grauen Strähnen bemerkbar. Sie war sehr einfach gekleidet: in ein graues, lose fallendes Kleid, über dem sie eine nicht mehr ganz saubere Schürze trug. Ihre Hände waren gepflegt,

verrieten aber trotzdem die schwere Arbeit, die sie tagtäglich verrichten mußten, und ihre Augen blickten den hochgewachsenen Fremden mit instinktivem Mißtrauen an.

Dies alles registrierte der Mann mit einem einzigen, raschen Blick, denn er hatte gelernt, sein Gegenüber in der allerersten Sekunde erkennen und einschätzen zu können. Innerlich atmete er auf. Maude Craven war das genaue Gegenteil der Stadt: sie entsprach zu hundert Prozent dem Bild, das er sich von ihr gemacht hatte.

»Miss Craven?« fragte er.

Die Frau nickte, öffnete die Tür aber nicht weiter, sondern sah den Fremden nur durchdringend an. Dann erfaßte ihr Blick den Knaben an seiner Hand, und für einen Moment malte sich eine Mischung aus Freude und Überraschung auf ihren Zügen ab.

»Sie sind . . .?«

»Montague«, sagte der Mann. »Roderick Montague. Dürfen wir eintreten?«

»Aber natürlich.« Maude Craven trat hastig einen Schritt zurück, wobei sie die Tür mit sich zog, schüttelte verstört den Kopf und versuchte sich in ein Lächeln zu retten. »Ich . . . habe Sie erst in einer Woche erwartet«, sagte sie.

Montague antwortete nicht gleich, sondern trat mit einem raschen Schritt an ihr vorüber ins Haus, nahm seinen Sohn nun doch auf den Arm und wartete, bis Miss Craven die Tür wieder geschlossen hatte. Für einen Moment wurde sie zu einem blassen Schatten mit verschwimmenden Rändern, denn seine Augen hatten sich an das gleißende Weiß der Sonne gewöhnt, während hier im Haus hinter zugezogenen Vorhängen ein behagliches Halbdunkel herrschte. Die dünnen Wände vermochten der Hitze nicht standzuhalten, aber nach der stundenlangen Fahrt in der Kutsche kam ihm das Haus trotzdem beinahe kühl vor.

»Ist das . . .« Maude Craven trat auf ihn zu und streckte die Hände nach dem Jungen aus. ». . . Robert?« Montague war sicher, daß sie es nicht bewußt tat, aber auf ihren Zügen erschien sofort ein sehr mütterliches Lächeln, und in ihren

Augen lag mit einemmal die gleiche Wärme, die er stets in ihren Briefen gefühlt hatte. Er nickte.

»Das ist Bob«, sagte er, schenkte dem Knaben ein flüchtiges, sehr müdes Lächeln und deutete mit einer Kopfbewegung auf Miss Craven. »Und das, Bob, ist Tante Maude. Willst du zu ihr?« Er machte Anstalten, den Jungen in die ausgebreiteten Hände Maudes zu geben, aber Robert drehte mit einem Ruck den Kopf weg und begann unwillig mit den Beinen zu strampeln.

»Will nicht«, sagte er heftig. »Bob müde. Und Bob Durst.«

»Nehmen Sie es ihm doch nicht übel«, sagte Montague rasch, als er die Enttäuschung auf Maudes Zügen bemerkte. »Die Fahrt war sehr anstrengend. Wir sind seit Sonnenaufgang unterwegs. Wenn ich ihn irgendwo hinlegen kann . . .?«

»Aber natürlich. Hier entlang, bitte.« Maude öffnete eine Tür, hinter der ein kleines, aber sehr behaglich ausgestattetes Schlafzimmer lag. Montague trug den Jungen zum Bett, setzte ihn behutsam ab und begann sein Hemd aufzuknöpfen, während Maude Craven für einen Moment verschwand. Als sie zurückkam, trug sie ein großes Glas Milch in der Rechten. Aber obgleich der Junge vor Durst schier umkommen mußte, griff er nicht danach, sondern musterte sie nur voller Mißtrauen und zog einen Schmollmund.

Dann sah er seinen Vater an. In seinen Augen war ein leicht fiebriger Glanz.

»Trink ruhig«, sagte Montague. »Und danach schläfst du ein bißchen, einverstanden? Wenn du dich ausgeruht hast, wird dir Tante Maude eine Menge spannender Sachen zeigen. Nicht wahr?«

Die letzten beiden Worte galten Miss Craven, die um das Bett herumgegangen war und sich auf der gegenüberliegenden Kante niedergelassen hatte. Sie wirkte ein wenig hilflos, mit dem Milchglas in der Rechten und der schmuddeligen Schürze, die ihre Hand unbewußt zerknüllte. Montague spürte ihre Nervosität. Aber es war reine Vewirrung, die sie unsicher werden ließ, nicht die Nervosität, hinter der sich irgendeine Art von Schuldbewußtsein verbarg. Sie waren vier Tage zu früh gekommen, und nun wußte sie ganz offensichtlich nicht, wie sie reagieren sollte.

Genau dies war der Grund, aus dem er vor dem verabredeten Zeitpunkt hergekommen war. Es gab kaum eine bessere Möglichlichkeit, einen Menschen wirklich kennenzulernen, als ihn zu überraschen.

»Vielleicht lassen Sie uns einen Augenblick allein, Miss Craven«, bat Montague. »Robert ist erschöpft. Ich denke, er wird gleich einschlafen. Danach können wir reden.«

Maude Craven setzte das Milchglas behutsam auf einem kleinen Tischchen neben dem Bett ab, wandte sich um und verließ den Raum. Montague wartete, bis sie die Tür hinter sich geschlosen hatte. Erst dann drehte er sich wieder zu seinem Sohn um und lächelte. »Du darfst nicht böse zu Tante Maude sein«, sagte er sanft. »Sie mag Kinder sehr, mußt du wissen. Und dich ganz besonders.«

Robert zog eine Grimasse. »Bob mag sie nicht«, sagte er. »Bob will gehen.«

Montague schwieg. Seine Lippen preßten sich zu einem schmalen, blutleeren Strich zusammen, als er die Hand hob und die Stirn seines Sohnes berührte. Roberts Haut fühlte sich heiß an und rauh, wie warmes Sandpapier. Montague fühlte das Fieber, das in den Adern des Dreijährigen wühlte. Er atmete tief und hörbar. Es hörte sich an wie ein fast lautloser Schrei. Nicht zum ersten Mal in den vergangen Tagen kam Montague mit schmerzhafter Wucht zu Bewußtsein, wie ähnlich der Junge seiner Mutter war.

Er vertrieb den Gedanken. »Ich . . . ich werde jetzt etwas tun, mein Sohn«, sagte er. Seine Stimme zitterte. Etwas war darin, was der Junge nicht verstehen konnte. Aber er spürte es, mit der Sensibilität, die nur Kindern zu eigen ist, denn in seinen vom Fieber getrübten Augen glomm jäher Schrecken auf. Seine kleine Hand umklammerte die Finger seines Vaters mit aller Kraft.

»Irgendwann wirst du mich für das hassen, was ich tun muß«, fuhr Montague fort. »Aber vielleicht wirst du irgendwann auch verstehen, warum ich es tat.« Plötzlich war seine

Stimme wirklich nur noch ein Flüstern. »Es ist der einzige Ausweg, Robert. Du mußt leben.«

»Daddy traurig?« fragte Robert.

Montague nickte. Eine einzelne, heiße Träne lief aus seinem Augenwinkel, zeichnete eine glitzernde Spur über seine Wange und versickerte in seinem Bart. »Ja, Bob«, antwortete er mühsam. »Dein Daddy ist sehr traurig. Verzeih mir, mein Sohn. Und nun schlaf ein.«

Der Junge schlief ein. Seine Augen schlossen sich, seine Glieder wurden schwer und schlaff, und sein Atem, gerade noch schnell und unregelmäßig, ging von einer Sekunde auf die andere tief und ruhig. Selbst Montague, der diesen Vorgang tausendmal miterlebt – und bewirkt! – hatte, konnte ein Schaudern nicht unterdrücken, denn das Kind glitt so schnell vom Wachsein in den Schlaf hinüber, daß es fast wie ein Sterben wirkte.

Lange, sehr lange saß er einfach so da und blickte auf das bleiche Gesicht seines Sohnes herab. Es war das letzte Mal, daß er es sehen würde; vielleicht für immer.

Dann, nach einer Ewigkeit, hob er zum zweiten Male die Hand und berührte die Stirn des schlafenden Kindes, aber diesmal nicht, um ihn zu streicheln oder einfach seine Nähe zu fühlen, sondern um etwas zu tun tun, wofür er sich selbst den Rest seines Lebens hassen würde. Sein Mittelfinger suchte und fand die Stelle genau über der Nasenwurzel des Kindes, während sich Zeige- und Ringfinger auf seiner geschlossenen Lider senkten. Für einen Moment schloß er die Augen. Als er sprach, klang seine Stimme sehr leise und monoton und trotzdem von suggestiver Kraft erfüllt.

»Du wirst jetzt schlafen, Bob«, sagte er. »Du wirst lange und tief schlafen, und wenn du erwachst, wirst du mich vergessen haben. Du wirst dich an nichts mehr erinnern, was bis heute geschehen ist. Deine Name ist Robert Craven, und du lebst bei deiner Tante, solange du denken kannst. Du hast mich niemals gesehen. Du hast den Namen *Andara* niemals gehört.« Er zog die Hand zurück, ballte sie zur Faust, so fest, daß sie zu zittern begann und die Knöchel wie kleine Narben durch die Haut stachen. »Und wenn wir uns irgendwann wiedersehen sollten, mein Sohn«, flüsterte er, »dann hoffe ich, daß du mir vergeben kannst.«

Einen Moment lang blickte er noch auf seinen schlafenden Sohn herab, fast, als warte er darauf, daß er die Augen aufschlug und ihm antwortete. Eine sonderbare, grausam tiefe Kälte erfüllte ihn, das Gefühl, sich besudelt, etwas unbeschreiblich Verachtenswertes getan zu haben, und gleichzeitig eine ebenso tiefe und schmerzende Liebe zu seinem Sohn, der bis zum nächsten Morgen durchschlafen und dann aufwachen würde, ohne zu wissen, daß er jemals einen Vater gehabt hatte.

Es gab einen Teil in ihm, der ihm zuflüsterte, daß es sein mußte, daß er keine andere Wahl hatte und daß dies der einzige Weg war, das Leben seines Kindes zu retten. Aber es gab auch noch eine andere Stimme, und die schrie mit der Lautstärke einer Liebe, die auf Logik und klares Denken pfiff. In gewissem Sinne, dachte dieser andere, hysterische Teil von ihm, hatte er seinen Sohn ermordet. Er würde erwachen und das Fieber überwinden und gesund sein und erwachsen werden, und – vielleicht – sogar glücklich, aber das Kind, das am nächsten Morgen aus diesem Bett aufstehen würde, war nicht mehr Robert Andara, sein Sohn, sondern Robert Craven, ein Fremder. Sein suggestiver Befehl hatte alles getötet, was an diesem Kind *sein* gewesen war. Aber es würde leben.

Montague/Andara stand auf, drehte sich mit einem Ruck herum und verließ das Zimmer, ohne noch einmal zurückzublicken.

Sein Gesicht war unbewegt wie immer, als er die Tür hinter sich zuzog. Niemand, der ihn nicht ganz genau kannte, hätte den Taifun einander widerstrebender Gefühle bemerkt, der hinter seiner Stirn tobte.

Maude Craven stand am Fenster und blickte auf die Straße hinaus, als er aus dem Schlafzimmer kam, drehte sich jedoch mit einer fast erschrockenen Bewegung herum und trat einen Schritt auf ihn zu.

»Er schläft jetzt«, sagte Montague. »Ich . . . habe ihm etwas gegeben, damit er bis zum nächsten Morgen durchschlafen kann. Das beste wird sein, sie lassen ihn ganz in Ruhe.«

Das unmerkliche Stocken in seinen Worten war Miss Craven

nicht entgangen, und wieder blitzte ein kurzes, mißtrauisches Funkeln in ihren Augen auf. »Etwas gegeben?« wiederholte sie. »Ist er denn krank?«

»Ein wenig Fieber«, gestand Montague, und fügte hastig hinzu: »Aber nichts Ernsthaftes. Wir waren in letzter Zeit viel unterwegs. Ich fürchte, ein wenig zu viel für einen dreijährigen Jungen.« Er lächelte beruhigend. »Ein paar Tage Ruhe, und er ist wieder auf den Beinen.«

Zu seiner Überraschung ginge Maude Craven nicht weiter auf das Thema ein, sondern blickte ihn nur noch eine Sekunde lang zweifelnd an. Dann wies sie auf einen Stuhl. »Nehmen Sie Platz, Mister Montague. Ich werde Ihnen etwas Kaltes zu trinken besorgen.« Sie lächelte entschuldigend. »Allerdings kann ich nur mit Milch oder Orangenlimonade dienen. Wenn Sie an stärkere Sachen gewöhnt sind, muß ich Sie enttäuschen.«

Der Mann, der sich selbst Roderick Montague nannte und in Wahrheit Roderick Andara hieß, lächelte flüchtig, wurde jedoch sofort wieder ernst. Er schüttelte den Kopf. »Ich fürchte, ich werde nicht lange genug bleiben können, um Ihre Gastfreundschaft in Anspruch zu nehmen, Miss Craven«, sagte er.

Diesmal dauerte es volle fünf Sekunden, bis Maude verstand, was er mit seinen Worten ausdrücken wollte. Irgend etwas geschah mit ihr, was Montague nicht in Worte fassen konnte – aber er glaubte regelrecht zu sehen, wie sie innerlich zu Eis erstarrte. »Sie . . . Sie wollen . . .«

»Ich muß sofort weiterreisen«, unterbrach Montague sie. »Die Kutsche wartet. Ich kann nicht bleiben. Nicht einmal auf ein Glas Limonade. Es tut mir leid, aber ich habe keine Wahl.«

»Das meinen Sie nicht ernst«, sagte Maude stockend. »Sie . . . Sie kommen hierher, um mir Ihren Sohn anzuvertrauen, vielleicht für Jahre, und . . .«

»Vielleicht für sehr viele Jahre«, sagte Montague leise. »Es ist möglich, daß Sie mich niemals wiedersehen, Miss Craven.«

Maude starrte ihn an. Sie war bleich geworden, und ihre Augen waren weit vor Unglauben und. . . Angst? Ja, es war zumindest etwas *Ähnliches* wie Angst, was er in ihrem Blick las.

Etwas, was vielleicht schlimmer war: Verachtung. Wie gut er diesen Blick doch kannte.

»Ich glaube es einfach nicht«, sagte Maude schließlich. »Sie kommen hierher, legen Ihr Kind in mein Bett und erzählen mir, daß Sie sang- und klanglos zu verschwinden gedenken? Das kann nicht Ihr Ernst sein, Mister Montague!«

»Es gibt nichts mehr, was wir bereden müßten, Miss Craven«, antwortete Montague ruhig. »Alles, was Sie über mich wissen mußten, stand in meinen Briefen. Und alles, was ich über Sie in Erfahrung bringen wollte, stand in den Ihren. Und ich versichere Ihnen, daß ich mir die Person, der ich das Leben meines Sohnes anvertraue, sehr gründlich ausgesucht habe. Ich kenne Sie, auch wenn wir uns niemals zuvor persönlich begegnet sind, und Sie für Ihren Teil müssen nichts über mich wissen. Die finanzielle Seite unseres Abkommens ist zu Ihrer Zufriedenheit geregelt, nehme ich an?«

Die Verachtung in Maude Cravens Blick wurde zu Abscheu, während ihre Miene zu Eis zu erstarren schien. »Ich habe Ihren sogenannten Vertrag bekommen, wenn es das ist, was Sie meinen, Mister Montague«, sagte sie kalt. »Aber es geht hier nicht um Geld.« Sie wies mit einer wütenden Geste auf die geschlossene Schlafzimmertür. »Das dort drinnen ist kein Möbelstück, für dessen Aufbewahrung Sie mir Miete zahlen, sondern Ihr Sohn. Was soll ich ihm erzählen, wenn er in einer Stunde aufwacht und mich fragt, wo sein Vater ist?«

»Nichts«, antwortete Montague ruhig. »Er wird nicht fragen. Er wird sich nicht einmal erinnern, daß ich ihn hergebracht habe, Miss Craven, glauben Sie mir. Und es wäre das beste, wenn auch Sie es vergessen würden.«

»Aber . . . aber ich habe gedacht, Sie würden bleiben«, sagte Maude, plötzlich eher verstört und hilflos als zornig. »Ein paar Tage wenigstens, eine Woche. Ich . . . ich brauche Zeit, mich mit ihm bekannt zu machen. Ich weiß nichts über Robert. Ich muß . . .« Sie brach ab, begann mit den Händen zu ringen und starrte abwechselnd Montague und die Tür hinter ihm an. Auf ihrem Gesicht lieferten sich Zorn und Hilfosigkeit einen stummen Kampf.

Roderick Montague seufzte, schüttelte fast unmerklich den

Yog-Sothoth

Kopf und zog einen großformatigen, säuberlich in der Mitte gefalteten Briefumschlag aus der Innentasche seines Jacketts. »Miss Craven«, sagte er geduldig. »Wir stehen seit mehr als einem Jahr in brieflichem Kontakt miteinander. Ich habe Ihnen alles geschrieben, was Sie über Robert wissen müssen. Außer mir selbst gibt es wohl niemanden, der so viel über meinen Sohn weiß wie Sie.«

»Aber darum geht es doch gar nicht!« protestierte Maude. »Trotzdem . . .«

»Trotzdem«, fuhr Montague unbeirrt fort, »habe ich noch einmal alles Wichtige in Stichpunkten zusammengefaßt und hier aufgeschrieben.« Er streckte die Hand aus, wartete einen Moment und legte den Briefumschlag schließlich auf den Tisch, als Miss Craven keinerlei Anstalten machte, danach zu greifen. »Außerdem enthält der Umschlag noch eine gewisse Summe, die Sie als Bonus für die Umstände unseres frühzeitigen Eintreffens betrachten sollten.«

»Sie reden ein bißchen zu viel von Geld, Mister Montague«, sagte Maude kalt. »Zum Teufel, was denken Sie, tun wir hier? Wollen Sie mir Ihren Sohn verkaufen?«

»In gewissem Sinne schon«, antwortete Montague. »Sie wissen, warum ich es tue. Bobs Mutter ist tot, und ich selbst führe ein Leben, das ein Kind auf Dauer nicht durchhalten kann. Der Junge braucht ein Zuhause, in dem er sich wohl fühlt, und da ist ein einfaches Haus wie das Ihre immer noch besser als fünfzig verschiedene Hotels und Schiffskabinen im Jahr. Wenn Sie so wollen, ist es wirklich nur ein Geschäft: Ich bezahle Sie, damit Sie ihm geben, was ich ihm für mein Geld nicht kaufen kann.«

»Oh«, sagte Maude böse. »So einfach ist das, wie?« Sie kam einen Schritt näher und starrte Montague herausfordernd an. »Oder ist er Ihnen vielleicht einfach nur lästig? Ich habe geglaubt, Sie zu kennen, Mister Montague. Nach Ihren Briefen erwartete ich, einen warmherzigen, guten Menschen zu treffen, der eine Mutter für seinen Sohn sucht. Aber jetzt scheint mir, daß ich mich getäuscht habe. Möglicherweise sind Sie nichts als ein Lebemann, für den ein Kind nur ein Klotz am Bein darstellt.«

»Was haben Sie erwartet, Miss Craven?« fragte Montague kalt. »Daß ich Sie heirate?« Er lachte, sehr leise, und ganz bewußt verletztend.

Maude erbleichte. Ihre Lippen begannen zu zittern. »Ich hätte gute Lust, Sie auf der Stelle herauszuwerfen«, flüsterte sie erregt.

»Nur zu«, antwortete Montague gelassen. »Sie können jederzeit von unserer Abmachung zurücktreten. Allerdings«, fügte er gleichmütig hinzu, »müßte ich dann meine Anwälte beauftragen, die bereits geleistete Vorauszahlung zurückzufordern.« Er machte eine weit ausholende Bewegung mit seinem Stock. »Wenn ich mich nicht täusche, haben Sie den Großteil des Geldes verwendet, dieses Haus zu kaufen und zu renovieren, nicht wahr? Sie dürften gewisse . . . Schwierigkeiten haben, die Summe aufzubringen.«

»Hinaus«, flüsterte Maude. »Verlassen Sie auf der Stelle mein Haus, Mister Montague!«

Montague lächelte. »Allein? Oder zusammen mit Robert?«

»Verschwinden Sie!« Maudes Gesicht flammte vor Zorn. »Scheren Sie sich auf der Stelle hinaus, Sie widerlicher Mensch! Ich will Sie niemals wiedersehen. Und . . .« sie atmete mühsam ein ». . . Sie können sich die Mühe sparen, Ihrem Sohn zu schreiben. Ich werde ihm die Briefe nicht vorlesen.«

»Das hatte ich ohnehin nicht vor«, antwortete Montague ruhig. »Leben Sie wohl, Miss Craven.« Er deutete ein Nicken an, strich sich mit einer bewußt affektierten Geste über das Jackett und ging zur Tür, blieb jedoch noch einmal stehen und wandte sich halb um.

»Noch etwas«, sagte er. »Ich habe veranlaßt, daß Sie von Zeit zu Zeit von einem Mitarbeiter von Pinkertons besucht werden. Sollten größere Probleme auftreten – eine teure ärztliche Behandlung etwa oder die Frage nach einer Hochschule –, wird er alles Notwendige veranlassen.« Und damit ging er; so schnell, daß es einer Flucht gleichkam.

Und mehr war es ja auch nicht.

Den dunkel gekleideten Fremden, der im Schatten einer schmalen Lücke zwischen den beiden gegenüberliegenden Häusern stand und ihn beobachtete, bemerkte er nicht.

Er eilte mit großen Schritten die Straße entlang, stieß die Schwingtüren des Saloons auf und betrat den halbdunklen Raum. Er wollte fort von hier, nur noch fort.

Der Postkutschenfahrer sah von seinem Bier auf, als er die Schritte hörte. Ein Lächeln erschien in seinen Augen und erlosch sofort wieder, als er den Ausdruck auf den Zügen seines Fahrgastes sah. »Ist etwas passiert, Sir?« fragte er.

Andara schüttelte den Kopf. »Es ist alles in Ordnung. Haben Sie ausgetrunken?«

»Nein«, antwortete der Mann. »Aber das macht nichts. Wir können sofort weiter.« Er schob das nur zu einem Drittel geleerte Bierglas über die Theke zurück, legte einen zerschrammten *Dime* daneben und langte nach seinem Hut, den er neben sich auf den Barhocker gelegt hatte. »Ist Ihr Sohn schon im Wagen?«

Andara zögerte einen ganz kurzen Moment, dann schüttelte er den Kopf. »Nein«, antwortete er. »Er wird . . . nicht mitkommen.«

Der Kutscher blickte ihn fast erschrocken an. Die Hand, die den Hut keck in seinen Nacken geschoben hatte, erstarrte für einen winzigen Moment, und plötzlich trat ein sonderbares Verstehen in seinen Blick. Er lächelte noch immer, aber es wirkte jetzt traurig. Nein, nicht traurig, korrigierte sich Andara. *Mitfühlend.* Sonderbarerweise erfüllte ihn dieser Gedanke mit einer tiefen, wohltuenden Wärme. Es war so lange her, daß er echte menschliche Gefühle gespürt hatte, daß ihm selbst die flüchtige Teilnahme eines Wildfremden wichtig erschien.

Aber er sagte kein Wort, sondern wartete nur, bis der Mann an ihm vorbeigegangen war. Dann folgte er ihm aus dem Saloon und zu der wartenden Kusche.

Die Hitze, die sich in der winzigen Fahrgastkabine gestaut hatte, traf ihn wie ein Fausthieb, als er die Tür öffnete und sich in die Sitze fallen ließ. Eine Peitsche knallte, dann begann der Wagen unsanft zu schaukeln und beben, als der Kutscher die Tiere auf der viel zu engen Straße wenden ließ. Anders als bei ihrem Eintreffen waren nun doch Menschen auf der Straße: ein alter Neger, der auf einen knotigen Stock gestützt im Schatten dahinschlurfte, zwei schwitzende junge Männer, die ihren

Wagen vor dem *Store* geparkt hatten und eine Anzahl prallgefüllter grauer Leinensäcke entluden, eine Frau im schwarzen Kleid, die ein Kind an der Hand führte. Einen Jungen mit kurzen Hosen und blondem Haar, nicht sehr viel älter als Bob.

Bob.

Andara schluckte mühsam. Ein bitterer Geschmack lag auf seiner Zunge. Seine Augen brannten und fühlten sich geschwollen an. Für einen Moment wünschte er sich, weinen zu können.

Er hatte gewußt, daß es schlimm sein würde. Aber er hatte nicht gewußt, *wie* schlimm. Es war fast wie damals, als Jenny starb – nein: schlimmer. Damals war der Schmerz entsetzlich gewesen, so entsetzlich, daß ihm selbst der Tod als eine Erlösung erschienen war und er ihr vielleicht freiwillig gefolgt wäre, wäre Bob nicht gewesen. Aber zwei Dinge waren anders: damals *war* Bob dagewesen, und obwohl er nichts als ein wenige Wochen altes schreiendes Bündel gewesen war, zu dem er keine wirkliche Beziehung zu haben glaubte, hatte er seinem Leben doch noch einen Sinn gegeben.

Jennys Tod hatte ihn getroffen wie ein Blitz aus heiterem Himmel, so überraschend und mit so fürchterlicher Wucht, aber es war nicht *seine* Schuld gewesen. Jetzt war Bob nicht mehr da, und was er ihm angetan hatte, unterschied sich allenfalls in juristischer Hinsicht von Mord. Bob – der Bob, den er aufgezogen und lieben gelernt hatte wie nichts anderes auf der Welt – war nicht mehr da. Er hatte ihn zerstört.

Der Wagen hatte gewendet und setzte sich in Bewegung. Unter den Hufen der Pferde und den eisenbeschlagenen Rädern wirbelte trockener brauner Staub auf, als sie die Hauptstraße hinunterzurollen begannen. Andara beugte sich vor und schloß das Fenster, obwohl es dadurch noch heißer in der Kutsche zu werden schien. Er vermied es absichtlich, zurückzublicken, obwohl die Straße gerade wie mit einem Lineal gezogen verlief und dazu noch hügelaufwärts, so daß er Maude Cravens Haus noch eine ganze Weile hätte sehen können. Er dachte daran, was ihm sein Lehrmeister vor so langer Zeit einmal gesagt hatte: *Sorge dafür, daß man dich hinauswirft, wenn du jemandem den Abschied erleichtern willst.* Andara lächelte; sehr dünn, sehr flüchtig und sehr bitter. O ja, er *hatte* ihr den Abschied erleichtert, und wahrscheinlich würde sie ihn hassen oder schlimmer noch verachten, und beides hatte er gewollt, aber er hatte nicht gewußt, wie *weh* es tun würde.

Einen Moment – einen ganz kurzen Moment nur – dachte er an Selbstmord, sehr sachlich und sehr ernst. Aber er verscheuchte den Gedanken, ehe er sich weit genug einnisten konnte, um gefährlich zu werden, zog statt dessen die Vorhänge vor den Fenstern zu und lehnte sich auf den zerschlissenen Polstern zurück. Er hatte fast zwei Stunden, ehe sie den nächsten Bahnhof erreichten und er den Zug nehmen konnte, der ihn nach Denver zurückbrachte; wenn der Kutscher die verlorene Zeit wenigstens halbwegs wieder aufholte und die UNION PACIFIC seine Pläne nicht vereitelte, indem sie zum ersten Mal ihren eigenen Fahrplan einhielt.

Der Wagen hatte die Abzweigung zur Hauptstraße erreicht, die keinen Deut besser, aber wenigstens etwas breiter war als der schmale Weg, der nach Walnut Falls hinunterführte, und der Kutscher ließ seine Peitsche knallen, um die Pferde zu größerer Schnelligkeit anzutreiben. Der Wagen begann zu schaukeln wie ein Schiff in bewegter See, und die ungefederten Achsen gaben die Stöße mit brutaler Direktheit an den Aufbau weiter. Andaras Blick richtete sich auf das Fenster. Durch den zerschlissenen Vorhang fiel Sonnenlicht in dünnen gelbweißen Bahnen. Staub tanzte darin wie ein Schwarm regenbogenfarbiger Zwergkäfer, und durch ein etwas größeres Loch in dem Stoff konnte er die monotone Landschaft Colorados vorüberhuschen sehen: braunverbranntes Gras und sanft gewellte Weite, die mit einem Himmel verschmolz, der sich in loderndem Blau selbst zu verzehren schien.

Als er sich wieder zurücksinken ließ, fiel Andaras Blick auf etwas Weißes, das auf der gegenüberliegenden Bank lag. Ein scharfer, sehr schmerzhafter Stich schoß durch seine Brust, als er erkannte, was es war. Seine Hand zitterte, als er sich vorbeugte und das spitzenbesetze weiße Tuch aufhob. In der oberen rechten Ecke waren die Buchstaben R. A. eingestickt.

Roberts Taschentuch. Jenny hatte es gemacht, noch bevor er auf die Welt gekommen war, und es war alles, was ihnen beiden geblieben war. Jennifer . . . Gott, war es denn nicht schlimm genug, daß er sie hatte verlieren müssen?

Andara lehnte sich zurück und schloß die Augen. Der bittere Geschmack auf seiner Zunge wurde für einen Moment so intensiv, daß er fast glaubte, sich übergeben zu müssen. Er wollte schreien. Weinen. Irgend etwas nehmen und zerschlagen. Aber er konnte nichts von alledem.

Seine Hand schloß sich um das winzige weiße Tuch zur Faust. Eine einzelne, heiße Träne lief über seine Wange.

Er spürte es nicht einmal. Seine Gedanken glitten zurück zu jenem entsetzlichen Tag vor mehr als zehn Jahren, an dem alles begonnen hatte . . .

Das Zimmer war sehr still. Vor den Fenstern lagen schwere hölzerne Läden und sperrten das Sonnenlicht und den Tag aus, und das Feuer, das im Kamin loderte, verbreitete zwar eine erstickende trockene Wärme, seltsamerweise aber kaum Licht.

Trotzdem war es nicht dunkel. Ein unwirklicher, grüner Schein lag in der Luft; Helligkeit, die aus keiner bestimmten Quelle zu kommen schien, sondern aus dem Nirgendwo, als wäre die Luft gar keine Luft, sondern eine leuchtende zähe Flüssigkeit. In das Knacken und Prasseln des Feuers mischte sich ein geisterhaftes Wispern und Raunen. Ein Geräusch wie der Laut einer fernen Meeresbrandung, nur anders, auf unbestimmte Weise drohender und durchdringender. *Feindselig.*

Vier Menschen hielten sich in dem kleinen Raum auf. Eine Frau, zwei Männer und eine grauhaarige, in Lumpen gehüllte Gestalt, deren Geschlecht nicht eindeutig zu erkennen war. Das sackähnliche Gewand verhüllte den Körper vollkommen. Das Gesicht unter der tief in die Stirn gezogenen Kapuze war ein Labyrinth grauer Schatten und tief eingegrabener Furchen und Runzeln, in dem einzig die Augen zu leben schienen. Es waren grausame Augen: schmal, dunkel, beinahe ohne Pupillen und von einem diabolischen Feuer erfüllt. Der grüne

Schein, der die Luft erfüllte, spiegelte sich darin. Das Kaminfeuer nicht.

»Sie kommen«, sagte die Frau. Sie saß – wie die drei anderen – starr und fast unnatürlich ruhig hinter dem runden Tisch, der mit den vier Stühlen und dem Kamin fast die gesamte Einrichtung des Zimmers bildete.

»Wie viele?« fragte einer der Männer.

Es dauerte einen Moment, ehe die Frau antwortete. Ihre Augen waren weit geöffnet, aber einem aufmerksamen Beobachter wäre aufgefallen, daß sie nicht blinzelte. Ihr Blick ging ins Leere.

»Zu viele«, sagte sie nach einer Weile. »Hunderte. Ich . . . kann keine Einzelheiten erkennen. Aber sie hassen.«

»Sie hassen.« Die grauhaarige Gestalt regte sich, und jetzt, als sie sprach, konnte man hören, daß sie eine Greisin war. Eine dürre, fast bis auf die Knochen abgemagerte Hand tauchte unter den Lumpen ihres Gewandes auf, legte sich auf die Tischplatte und kroch wie eine fleckige fünfbeinige Spinne auf die Frau zu. Das Gesicht der Frau zuckte, als die Hand die ihre berührte. Sie widerstand im letzten Moment der Versuchung, den Arm zurückzuziehen. Aber die feinen Härchen auf ihrem Handrücken und ihrem nackten Unterarm stellten sich auf, als bereite ihr die Berührung körperliches Unbehagen.

»Sie hassen«, wiederholte die Alte. »Uns?«

Die Frau nickte. »Ja. Aber ich weiß, was du sagen willst. Es geht nicht. Wir können ihren Haß nicht umdrehen, um ihn für uns zu nutzen. Er ist zu stark.«

Wieder senkte sich Schweigen über den Raum. Nur das unwirkliche Wispern der Geisterstimmen wurde ein bißchen stärker. Das grüne Licht begann zu flackern, und der Schein des Feuers breitete sich wie leuchtendes Blut im Zimmer aus und verwandelte die Gesichter der vier Menschen in teuflische Grimassen. Und da war noch etwas. Etwas, das mit den Worten der jüngeren Frau aus seinem Versteck gekrochen war und jetzt die Luft im Raum verpestete: die Angst.

»Dann müssen wir fliehen«, sagte die Alte schließlich.

»Es ist zu spät«, wisperte die Frau. Ihre Lippen bewegten sich kaum beim Sprechen. Auf ihrer Stirn perlte Schweiß. Ihre

Haut fühlte sich kalt und klebrig unter der Hand der Alten an. »Sie sind . . . schon zu nahe. Und sie kommen von überall her. Sie sind fast hier.« Ihre Stimme begann zu beben. Ein ganz schwacher Unterton von Hysterie schwang in ihren Worten mit. »Sie . . . sind bewaffnet. Und sie haben Fackeln. Sie wollen . . . ein Pogrom.«

Einer der Männer stand auf, so heftig, daß sein Stuhl nach hinten umkippte. »Warum sitzen wir dann noch hier herum?« schrie er. »Wir müssen die anderen warnen und den Widerstand organisieren. Sie sollen nur kommen, diese . . .«

»Du bist ein Narr, Quenton«, unterbrach ihn die Greisin. Ihre Stimme klang kalt, als interessiere sie das, was sie soeben gehört hatte, gar nicht wirklich. »Du willst kämpfen?« Sie lachte, wandte den Kopf und deutete mit ihrer dürren Hand auf die Tür. »Dann geh. Geh und kämpfe! Es sind Hunderte, und wir sind kaum fünfzig. Oder flieh, wenn du den Rest deines Lebens damit verbringen willst, dich wie ein Tier zu verkriechen.«

Quenton starrte die Alte einen Atemzug lang mit verbissener Wut an. »Und was sollen wir tun, deiner Meinung nach?« fragte er gepreßt. »Hier sitzen bleiben und uns abschlachten lassen wie Mastvieh? Da sterbe ich lieber mit der Waffe in der Hand!«

»Wir können gar nichts mehr tun«, erwiderte die Alte ruhig. »Es ist zu spät. Wir hätten auf Roderick hören sollen.«

»Roderick!« Quenton gab ein unartikuliertes Geräusch von sich und ballte die Hand zur Faust. »Das alles hier ist *seine* Schuld! Wäre er hier bei uns, wie es seine Pflicht wäre, dann würden wir dieses Pack vom Erdboden tilgen, noch ehe es uns auch nur nahe kommt! Aber du würdest ihn ja noch verteidigen, wenn er den Mob persönlich anführen würde! Schließlich ist er ja dein *Sohn*!« Das letzte Wort spie er aus wie eine Beschimpfung.

»Narr«, sagte die Alte ruhig. »Er ist einer von uns, ganz egal, ob er nun mein Sohn ist oder nicht. Er wird kommen. Schon um Jennifers willen.«

In Quentons Gesicht arbeitete es. Seine Knöchel knackten hörbar, als er in hilfloser Wut die Fäuste ballte. »Selbst wenn es so wäre«, sagte er schließlich, »ist das kein Grund für uns, hierzubleiben.« Er starrte die Alte an und schob kampflustig das Kinn vor. »Ihr könnt ja warten, bis sie kommen«, sagte er schließlich. »Ich gehe jetzt jedenfalls und hole mein Gewehr. Und ich werde jeden erschießen, der es wagt, auch nur einen Fuß in die Stadt zu setzen.«

Die jüngere Frau wollte etwas sagen, aber die Alte legte ihr rasch die Hand auf den Unterarm und drückte zu. Die Frau schwieg.

Quenton blickte noch einmal kampflustig in die Runde, fuhr auf dem Absatz herum und stürmte aus dem Haus. Die Tür fiel mit lautem Krachen hinter ihm ins Schloß.

»Dieser Narr«, sagte die Alte leise. »Er hat nichts begriffen. Sie werden ihn töten.«

»Sie werden auch uns töten, wenn wir hierbleiben, Andara«, wandte der andere Mann ein. Er war älter als Quenton, sehr viel älter, wenn auch nicht annähernd so faltig und grau wie Andara, und in seinem Gesicht fehlte die Härte, die das Quentons von denen der anderen unterschied. Dafür war etwas anderes darin: ein Ausdruck, der sich schwer in Worte fassen ließ. Sein Anblick war . . . unangenehm. Diesen Mann anzusehen war, als fasse man rostiges Eisen an.

Die grauhäutige Alte nickte. Eine Strähne ihres farblosen brüchigen Haares glitt unter der Kapuze hervor und fiel ihr ins Gesicht. »Das mag sein«, antwortete sie. »Aber vielleicht ist unser Tod nicht so sinnlos, wenn wir zuvor beenden, was wir begonnen haben.« Sie zögerte einen Moment. »Noch ist Zeit«, fuhr sie dann mit veränderter Stimme fort. »Du kannst gehen, wenn du willst. Dieser Kampf ist nicht dein Kampf. Sie werden auch dich töten, wenn sie dich hier finden.«

»Ich gehöre zu euch«, antwortete der Mann mit dem unangenehmen Gesicht. »Ich bleibe.«

Andara nickte, als hätte sie nichts anderes erwartet, hob den Kopf und blickte die junge Frau aus ihren brennenden dunklen Augen an. »Fahre fort, Lyssa«, sagte sie.

Lyssa zögerte. »Wir sind zu wenige«, sagte sie. »Ohne Roderick und Quenton . . .«

»Drei sind genug«, unterbrach sie Andara ungeduldig. »Und Quenton hat niemals wirklich zu uns gehört.«

»Aber er besitzt die *Macht*!«

»Macht?« Andara lachte meckernd. »Was weißt du von der *Macht*, du dummes Kind? Viele von uns besitzen sie, nicht nur du und ich und« – sie wies mit einer Kopfbewegung auf den Mann an Lyssas Seite – »Necron. Auch Roderick besitzt sie, vielleicht viel mehr als wir alle zusammen. Aber was nutzt die *Macht*, wenn man sie nicht einzusetzen versteht?« Sie kicherte. »Was hilft dem Grizzly seine Kraft gegen die Verschlagenheit der Jäger, in deren Falle er tappt?«

Sie schüttelte abermals den Kopf und schlug mit der flachen Hand auf den Tisch. »Drei sind genug«, wiederholte sie, und diesmal klangen die Worte wie ein Befehl. »Fahre fort.«

Lyssa nickte. Der Blick ihrer großen, wasserklaren Augen heftete sich auf das geschlossene Fenster, und Andara erkannte deutlich die Furcht darin.

»Verzweifle nicht, Kind«, sagte sie mit einer Sanftheit, die keiner der anderen ihr zugetraut hätte. »Vielleicht werden wir sterben, aber der Tod ist nicht das, wofür ihn die meisten halten.« Sie lächelte geheimnisvoll. »Fahre fort.«

Das Mädchen gehorchte. Ihre Augen blieben weiter geöffnet. Aber ihr Blick wurde wieder leer, und ihre Hände, die bisher nervös an den Zipfeln ihres einfachen braunen Kattunkleides gespielt hatten, waren mit einem Male ganz ruhig.

Von draußen drangen gedämpfte Stimmen in den Raum, dann das Trappeln von Schritten, Türenschlagen und Hundegebell. Ein Pferd wieherte, dann knallte eine Peitsche, und eine zornige Stimme begann zu fluchen.

Aber Lyssa schien von alledem nichts zu bemerken. Starr und wie gelähmt hockte sie auf ihrem Schemel, ohne die geringste Bewegung, ohne mit den Lidern zu zucken, ja selbst ohne zu atmen.

»Spürst du ihn?« fragte Andara nach einer Weile. »Spürst du seine Nähe? *Hört er unseren Ruf?*«

Lyssa nickte. Ihr Blick flackerte, wurde für eine halbe Sekunde klar und verschleierte sich sofort wieder. Auf ihrer Stirn lag kalter, klebriger Schweiß.

»Ich fühle ihn«, flüsterte sie. »Er . . . hat deinen Ruf gehört. Er . . . wird . . . ihm folgen.« Sie schluckte. Ihre Stime wurde brüchig und klang plötzlich wie die einer alten Frau. »Yog . . .«

»Sprich diesen Namen nicht aus!« Andara hob erschrocken die Hand und berührte die des Mädchens. Die Stimmen, die durch die geschlossenen Läden in den Raum drangen, wurden lauter, und plötzlich zerriß der peitschende Knall eines Schusses die Stille. Ein gellender Schrei antwortete wie ein bizarres Echo darauf.

»Sprich ihn nicht aus«, sagte Andara noch einmal, fast, als ginge sie alles, was sich außerhalb des kleinen Raumes abzuspielen begann, nichts an. »Es ist den Sterblichen verboten, seinen Namen zu benutzen. Es reicht, wenn er weiß, daß wir ihn rufen.«

»Er weiß es«, antwortete Lyssa mühsam. »Und er . . . er kommt. Ich spüre es.«

Andara antwortete nicht mehr. Ihr Gesicht war wieder zu einer Maske der Unberührbarkeit und des Alters erstarrt, und ihre Hände, die nebeneinander auf der Tischplatte lagen, als warteten sie nur darauf, zum Gebet gefaltet zu werden, sahen mehr denn je aus wie die einer Toten.

»Sie kommen.«

Quenton fuhr beim Klang der Worte zusammen wie unter einem Hieb. Sein Blick irrte nervös durch die Scheune. Das geschlossene Tor und die hastig vernagelten Fenster sperrten das Tageslicht aus und ließen die Gestalten der anderen zu unsicheren Schatten werden, ihre Bewegungen zu einem ruckhaften geisterhaften Huschen. Es war still, viel ruhiger, als es in einem Raum sein durfte, in dem sich annähernd dreißig Personen aufhielten. Aber es war die Stille der Angst, die von den Menschen hier Besitz ergriffen hatte.

Leise – als fürchte er, allein durch ein zu lautes Geräusch den Mob draußen zu einem Angriff zu provozieren – erhob Quenton sich, lehnte das entsicherte Gewehr gegen die Wand und trat vom Fenster zurück. Sofort huschte einer der anderen Männer herbei, nahm seinen Platz ein und schob den Lauf seines Gewehres durch eine der schmalen Schießscharten, die sie freigelassen hatten. Sie alle waren bewaffnet: mit Gewehren, Revolvern und Schrotflinten, einige auch nur mit Äxten, Mistgabeln oder großen Messern; selbst die Frauen, die sich in den hinteren Teil der Scheune zurückgezogen hatten und einen lebenden Schutzwall um das halbe Dutzend Kinder bildeten. Die unscheinbare Scheune hatte sich im Laufe der letzten zwanzig Minuten in eine Festung verwandelt. Wer immer sie stürmen wollte, würde einen hohen Blutzoll zahlen müssen.

Und trotzdem würden sie sterben. Quenton wußte es. Es war nicht einmal die *Macht*, die ihm dies verriet, sondern simples Kopfrechnen. Sie waren achtundzwanzig, die sechs Kinder und elf Frauen mitgezählt, und sie waren einfache Bauern und Jäger und hatten Angst, und dort draußen tobte ein aufgepeitschter Mob durch die Straßen, der nach Hunderten zählte und Blut sehen wollte.

»Quenton?«

Quenton sah auf und erkannte das blasse Gesicht Marians, der Tochter seines Stiefbruders. Das Schrotgewehr in ihren schmalen Händen wirkte beinahe rührend.

»Ja?«

»Wieso . . . bist du hier?« fragte sie leise. Ihre Lippen zitterten, und obwohl sie fast flüsterte, spürte Quenton, daß jedermann in der Scheune ihren Worten aufmerksam lauschte.

Und daß sie auf eine Antwort warteten. Marian hatte nur ausgesprochen, was er in jedem Gesicht las, wenn er sich umsah. Sie waren ihm widerspruchslos hierher gefolgt, nachdem er Lyssas Haus verlassen hatte. Aber sie alle wollten wissen, warum. Sie wußten, was sie erwartete, aber sie wollten es aus seinem Munde hören.

»Warum bist du hier?« fragte Marian noch einmal. »Warum sind *wir* hier, Quenton?«

Durch das geschlossene Tor drangen Schreie. Ein Gewehr krachte, dann noch eines und noch eines, und irgend jemand begann schrill und hysterisch zu lachen. Irgendwo weiter entfernt war das Grölen der Menge zu hören. Es kam näher. Sehr schnell.

»Deshalb«, antwortete Quenton mit einer Kopfbewegung

zum Tor. Nicht alle waren ihm gefolgt. Ein paar hatten versucht, sich in ihren Häusern und Kellern zu verbarrikadieren oder ihr Heil in der Flucht zu suchen. »Deshalb, Kind. Weil wir uns hier verteidigen können. Jeder, der durch dieses Tor kommt, wird sterben.«

»Das ist keine Antwort«, sagte Marian. In ihren Augen schimmerten plötzlich Tränen, und als sie weitersprach, schien sie nur noch mit Mühe die Fassung zu bewahren. Sie schrie beinahe. »Du weißt genau, was ich meine, Quenton. Ihr . . . ihr habt uns Sicherheit versprochen. Sicherheit und Reichtum. Ihr habt gesagt, wir können hier in Ruhe leben und glücklich sein, und jetzt kommen sie, um uns zu töten!«

»Hör auf!« sagte Quenton leise.

Aber Marian hörte nicht auf; im Gegenteil. Plötzlich ließ sie ihr Gewehr fallen, sprang mit einem halberstickten Schrei auf ihn zu und begann mit den Fäusten auf seine Brust einzuschlagen. »Ihr habt uns Sicherheit versprochen!« kreischte sie. »Ihr habt gesagt, ihr würdet uns beschützen, wenn sie einmal kämen! Wozu haben wir euch all die Jahre geglaubt? Wo ist die Macht, die ihr angeblich habt?! Wo . . .?«

Quenton packte sie grob bei den Schultern, stieß sie auf Armeslänge von sich und versetzte ihr eine schallende Ohrfeige. Das Mädchen taumelte zurück, fiel auf ein Knie herab und preßte die Hand gegen die Wange. Quentons Finger malten sich deutlich auf ihrer Haut ab.

»Es ist nicht meine Schuld!« schrie er wütend. Er spürte, wie die anderen ihn anstarrten, und ihre Blicke kamen ihm vor wie Messer, die tief in seine Brust schnitten. Niemand sprach es aus, aber der Vorwurf war überdeutlich.

»Ich kann nichts dafür«, sagte er noch einmal. »Ich war bei Andara, bevor ich zu euch kam, aber sie wollte nicht kämpfen. Wir vier hätten sie aufhalten können, aber allein bin ich machtlos!«

»Und die *Macht*?« flüsterte Marian. »Der Pakt, den wir geschlossen haben? Wozu haben wir euch unsere Seelen verpfändet, wenn wir jetzt doch sterben müssen?«

»Ich kann sie nicht aufhalten«, flüsterte Quenton hilflos. »Nicht wirklich.«

Marian starrte ihn an. In ihren Augen glitzerten Tränen, aber ihr Gesicht war mit einemmal ausdruckslos wie eine bleiche, aus weißem Porzellan gefertigte Totenmaske.

»Dann hatte Roderick recht«, flüsterte sie. »Wir hätten auf ihn hören sollen statt auf dich und diese . . . diese Hexe.«

Quenton schnaubte. »Roderick?« fragte er böse. »O ja, Kindchen, er hatte recht. Aber er hatte auch die Möglichkeit, uns alle zu retten.« Plötzlich schrie er: »Das alles hier wäre nicht passiert, hätte er uns nicht im Stich gelassen, begreifst du das immer noch nicht? Es ist einzig und allein seine Schuld!«

»Aber er ist nur einer!« sagte Marian verzweifelt. »Und ihr seid vier!«

»Das sind wir nicht«, murmelte Quenton. »Lyssa, Andara und dieser verfluchte Necron ziehen es vor, zu sterben, statt sich zu wehren. Werft mir nicht vor, wenn sie feige sind!«

»Aber du!« beharrte Marian. »Du hast die *Macht*, Quenton! Du bist ein Magier wie sie. Du hast es oft genug bewiesen!«

»Ich kann es nicht«, sagte Quenton bitter. »Ich kann nicht gegen Hunderte kämpfen!«

»Rette uns!« beharrte Marian. »Du hast es versprochen!«

Ein einzelner Schuß krachte. Aus der Wand neben Quentons Schulter ragten plötzlich verkohlte Holzsplitter, und zwischen Marians Brüsten erschien ein kleines, rundes Loch. Das Mädchen stieß einen fast überraschten, seufzenden Laut aus, starrte Quenton noch eine halbe Sekunde lang aus schreckgeweiteten Augen an und kippte dann ganz langsam nach vorne.

Jemand schrie, und der Mann, der Quentons Platz am Fenster eingenommen hatte, erwiderte das Feuer. Plötzlich krachten überall Schüsse. Männer, Frauen und Kinder schrien durcheinander, als die Angreifer aus Dutzenden von Waffen gleichzeitig das Feuer eröffneten.

Quenton warf sich mit einem Fluch zur Seite, als der Mann am Fenster plötzlich zusammensackte und der Boden rings um ihn herum unter den Einschlägen zu explodieren schien, rollte herum und war mit einer katzenhaften Bewegung wieder auf den Füßen. Wieder peitschten Schüsse; eine ganze Salve diesmal. Einer der Fensterläden platzte wie unter einem gewaltigen Hammerschlag auseinander. Irgend etwas biß heiß und tief in seine Schulter, aber er spürte den Schmerz in diesem Moment kaum.

Im Zickzack rannte er durch den Raum, warf sich mit weit vorgestreckten Armen nach der Leiter, die zum Heuboden hinaufführte, und bekam die unterste Stufe zu fassen. Das Brüllen und Johlen der Meute draußen wurde immer lauter; gleichzeitig nahm das Schießen ab. Offensichtlich glaubten sie, mit den ersten paar Salven den Widerstand der Verteidiger gebrochen zu haben und kamen nun näher heran. Ein wuchtiger Schlag traf die Tür. Einer der Männer riß sein Schrotgewehr an die Wange und schoß rasch hintereinander beide Läufe ab. Die Tür verschwand in einer Wolke explodierender Holzsplitter und Staub. Ein einzelner gellender Schrei drang von draußen herein, dann antwortete eine ganze Salve krachender Gewehrschüsse.

Quenton sah nicht mehr hin. So schnell er konnte, kletterte er die Leiter empor, zog sich mit einer letzten, verzweifelten Anstrengung auf den Heuboden hinauf und blieb eine Sekunde lang keuchend und mit geschlossenen Augen liegen, ehe er sich hochstemmte und auf Händen und Knien zu der Luke über dem Scheunentor kroch. Auch hier war einer der Männer postiert gewesen. Er war tot. Seine Hände umklammerten noch das Gewehr, mit dem er versucht hatte, sein Leben und das seiner Familie zu verteidigen.

Quenton kämpfte den ohnmächtigen Zorn nieder, den der Anblick in ihm auslöste, schob den reglosen Körper zur Seite und näherte sich vorsichtig der Luke.

Der Anblick traf ihn wie ein Schlag. Es war nicht einmal zehn Minuten her, daß er in die Scheune gekommen war. Aber er erkannte die Stadt nicht wieder.

Sie brannte. Die Hälfte der noch nicht einmal zwei Dutzend Gebäude stand lichterloh in Flammen, und die Straße glich einem Tollhaus. Überall lagen Menschen, nicht nur *seine* Leute, sondern auch Fremde. Die Angreifer mußten sich in ihrer Raserei gegenseitig niedergetrampelt haben, manche von ihnen schossen in ihrem Blutrausch auch einfach wahllos auf alles, was sich bewegte.

Aber der Anblick erfüllte Quenton weder mit Zufriedenheit noch mit Triumph. Die aufgebrachte Menge dort unten bedeutete ihm nicht mehr als eine Horde wilder Tiere, und trotz allem gelang es ihm nicht einmal, sie zu hassen. Er fürchtete sie, ja, und er verachtete sie – aber hassen? Man haßte keine Tiere, selbst wenn sie einen töteten.

Irgendwo unter ihm krachte ein Schuß. Die Kugel fuhr mit einem dumpfen Klatschen eine Handbreit neben Quentons Knie in das Holz und wirbelte Heu und trockenen Staub auf.

Quenton zog sich hastig in den schwarzen Schlagschatten der Wand zurück, hob die Hand und machte eine rasche, kaum wahrnehmbare Bewegung.

Unter ihm, im Herzen des aufgebrachten Mobs, der auf die Scheune zudrängte, ließ ein grauhaariger Mann sein Gewehr fallen, griff sich mit beiden Händen an die Kehle und versuchte vergeblich, zu atmen. Er taumelte, fiel auf die Knie und wurde von den Nachdrängenden zu Boden gerissen.

Quenton atmete hörbar ein. Das Gebäude erzitterte unter dem unablässigen Krachen von Schüssen und den Hieben von Gewehrkolben und Äxten, aber er schob alles beiseite, drängte jeden bewußten Gedanken zurück, versuchte den Lärm und die Schüsse und das Sterben unter sich zu ignorieren und sich ganz auf seine Aufgabe zu konzentrieren.

Er wußte sehr wohl, daß er das Unmögliche versuchte. Selbst zu viert hätten sie die aufgebrachte Meute kaum zurückhalten können – allein war es so, als wolle er mit bloßen Händen einen berstenden Staudamm halten. Aber er würde nicht kampflos sterben.

Einer der Männer, die fünf Meter unter Quenton gegen das Tor hämmerten, erstarrte plötzlich, hob in einer langsamen, widerwilligen Bewegung das Messer, das er in der rechten Hand trug – und stieß es sich selbst in die Kehle. Er war tot, noch bevor sein Körper den Boden berührte.

Aber hinter ihm drängten Dutzende anderer heran.

Quenton fluchte, stand vorsichtig hinter seiner Deckung auf und trat dicht an den Rand der Luke heran. Langsam hob er die Arme, streckte sie waagerecht vor sich aus und spreizte die

Finger, eine Geste, als würde er eine unsichtbare Last von sich schieben.

»Ihr wollt Blut?« flüsterte er. Sein Gesicht war zu einer Grimasse der Konzentration erstarrt, seine Stimme heiser, beinahe tonlos. »Ihr sollt es bekommen. Ihr sollt erfahren, was Angst bedeuten kann!«

Eine zitternde, schwerfällige Wellenbewegung lief durch die Menge, ein Zucken, als hätte er einen Stein in eine gewaltige Masse kribbelnder Ameisen geworfen. Jemand schrie seinen Namen.

Quenton reagierte nicht. »Ihr sollt den Haß spüren«, murmelte er. »Ihr habt die Gewalt hierher gebracht – jetzt fühlt sie selbst.«

Das Kreischen der Menge änderte sich. Sie schrien noch immer, aber mit einemmal waren es Laute der Furcht, die zu ihm heraufdrangen. Für einen Moment lag ein helles, knisterndes Geräusch in der Luft, ein Geräusch wie das Zischen eines niederfahrenden Blitzes, aber heller, durchdringender und irgendwie boshaft. Dann schien sich ein dunkler Mantel über die Menge vor der Scheune zu legen, Finsternis, die aus den Ritzen der Wirklichkeit tröpfelte und den Tag verschlang, und im gleichen Moment schrien Männer und Frauen in Panik auf, stürzten zu Boden oder begannen irrsinnig vor Angst aufeinander einzuschlagen.

»Ja«, flüsterte Quenton. »Tötet! Ihr seid hierher gekommen, um zu töten. Nun tut es!«

Und sie taten es. Der Irrsinn, den Quenton aus den verborgensten Abgründen ihrer Seelen heraufbeschworen hatte, griff wie ein Steppenbrand um sich. Schüsse krachten, aber ihr Ziel war jetzt nicht mehr die Scheune. Er spürte, wie irgend etwas in ihm erwachte, etwas von ungeahnter Stärke und Kraft, hinaus und hinab griff zu der außer Rand und Band geratenen Menge und ihr Toben zu einem wahren Blutrausch steigerte, wie . . .

Eine harte Hand packte seine Schulter, riß ihn herum und fort von der Luke. Das unsichtbare Band aus Irrsinn, das sich zwischen ihm und dem Mob dort unten gespannt hatte, zerriß. Quenton schrie gleichermaßen wütend wie enttäuscht auf, sah einen Schatten auf sich zuhuschen und versuchte die Hände vor das Gesicht zu reißen, war aber nicht schnell genug. Ein harter Schlag traf seinen Mund, warf seinen Kopf zurück und gegen die Bretterwand und ließ seine Lippe aufplatzen. Quenton sah einen verzerrten Schatten vor sich aufwachsen, riesig und fremd und trotzdem auf entsetzliche Weise vertraut, ballte die Fäuste und wollte zurückschlagen und bekam einen zweiten, noch härteren Hieb zu spüren; diesmal gegen den Kehlkopf. Er bekam keine Luft mehr, schlug die Hände gegen den Hals und sackte würgend an der Wand zu Boden.

Als sich sein Blick wieder klärte, stand der Angreifer mit geballten Fäusten über ihm, angespannt und leicht nach vorne gebeugt, bereit, ihn sofort zu packen, aber abwartend.

Quentons Augen weiteten sich ungläubig, als er das schmale Gesicht unter dem kurzgeschnittenen schwarzen Haar erkannte, Augen, die ihn groß und voller fiebrigem Glanz anstarrten, einen Mund, der vor Entsetzen zu einem blutleeren Strich geworden waren. »Roderick!« flüsterte er. »Du . . .?!«

»Ja, ich, du verdammter Narr!« antwortete Roderick. Sein Gesicht glänzte vor Schweiß. Ein gehetzter Zug war um seinen Mund herum erschienen. Sein Blick flackerte.

»Du . . . du bist zurückgekommen!« stammelte Quenton. »Großer Gott, du bist zurück! Jetzt können wir sie schlagen. Gemeinsam können wir sie vernichten!« Er versuchte, sich hochzustemmen, aber Roderick stieß ihn zurück und hob drohend die Fäuste.

»Kämpfen?« schrie er. »Gegen wen, Quenton? Gegen die Männer dort draußen? Gegen das ganze Land? Oder gleich gegen die ganze Welt? Ihr seid wahnsinnig, wenn ihr glaubt, ich unterstütze euch noch bei eurem Irrsinn. Ich bin hier, um Jenny zu holen. Wo ist sie?«

»Aber du . . . du mußt uns helfen!« stammelte Quenton. »Du allein bist stark genug, um . . .«

»Um was?« unterbrach ihn Roderick zornig. »Ein Blutbad anzurichten? Du bist ja wahnsinnig, Quenton. Wo ist Jenny?«

»Aber Roderick, du . . .«

Roderick versetzte Quenton einen Schlag mit der flachen

Hand, den er kaum spürte, der ihn aber abrupt verstummen ließ. »Jenny!« schrie er. »Wo ist sie?«

Quenton hob furchtsam die Hände vor das Gesicht, als Roderick drohend die Hand hob. Es war nicht die Angst vor Schlägen, die ihn wimmern ließ wie einen getretenen Hund. Körperlich war er Roderick Andara so weit überlegen wie ein Ringkämpfer einem halbwüchsigen Knaben. Was Quenton lähmte, war allein das Wissen, was dieser unscheinbar aussehende junge Mann mit ihm tun *konnte,* wenn er es wollte. »Sie ist nicht hier«, wimmerte er. »Andara und die . . . die beiden anderen halten sie fest. Sie haben gehofft, daß du kommst.«

Einen Moment lang starrte Roderick ihn voller unverhohlenem Zorn an, dann fuhr er auf der Stelle herum, aber Quenton hielt ihn mit einer verzweifelten Bewegung zurück. »Geh nicht!« kreischte er. »Ich flehe dich an, Roderick, hilf uns. Sie werden uns umbringen, wenn du uns im Stich läßt!«

»Ich habe euch gewarnt, nicht?« sagte Roderick. Plötzlich klang seine Stimme sehr ruhig, völlig frei von Zorn oder auch nur Erregung, aber auch sehr sehr traurig. »Wie oft habe ich euch gesagt, hört auf damit? Wie oft habe ich euch prophezeit, daß es so kommen wird?« Beinahe behutsam löste er Quentons Hand von seinem Hosenbein, richtete sich wieder auf und schüttelte den Kopf. »Es tut mir leid, Quenton«, sagte er. »Ich kann euch nicht helfen. Jetzt nicht mehr. Ihr hättet aufhören sollen, als noch Zeit war. Oder fliehen. Jetzt ist es zu spät.«

»Roderick, ich flehe dich an!« Quentons Stimme wurde zu einem fast hysterischen Kreischen. »Hilf uns!«

Aber Roderick Andara antwortete nicht mehr. Er wandte sich um und begann die Leiter herabzusteigen, die zum Heuboden hinaufführte.

Quenton starrte ihm aus brennenden Augen nach. Seine Angst schlug urplötzlich in Wut um. »Bleib hier!« brüllte er. »Laß uns nicht im Stich! Bleib hier, du verdammter Feigling!«

Aber Roderick war schon gar nicht mehr da. Und als Quenton sich etwas später wieder weit genug in der Gewalt hatte, sich hochzustemmen und an den Rand des Heubodens zu treten, konnte er ihn nirgends mehr entdecken. Fast war es, als wäre er in Wirklichkeit gar nicht dagewesen.

Unter ihm bahnte sich der letzte Akt des Dramas an, schnell und grausam und mit der unaufhaltsamen Macht einer Naturgewalt.

Der Mob stürmte die Scheune, und die Handvoll Männer und Frauen, die nicht schon dem ersten Anrennen der außer Rand und Band geratenen Menge erlagen, kämpften einen aussichtslosen Kampf.

Quenton gewahrte eine Bewegung aus den Augenwinkeln und ließ sich in einer verzweifelten Drehung zur Seite fallen. Dort, wo gerade noch sein Kopf gewesen war, bohrten sich die rostigen Zinken einer Mistgabel ins Holz. Quenton rollte herum, langte nach den Beinen des Angreifers und schrie auf, als ihm der zweite Mann gegen die Schläfe trat.

Er hatte die beiden nicht einmal bemerkt. Der Kampflärm und das Grölen der Menge hatten ihre Schritte verschluckt, und er hatte nur durch Zufall aufgesehen und im letzten Moment den Schatten der Mistgabel erblickt, die der eine nach ihm stieß.

Aber es schien, als hätte er den Tod damit nur um Sekunden herausgezögert. Der Mann, den er von den Füßen gefegt hatte, stemmte sich bereits wieder hoch und griff mit wutverzerrtem Gesicht nach der Forke, während der zweite sich mit einem triumphierenden Schrei auf ihn warf. Seine Knie krachten in Quentons Brustkorb und trieben ihm die Luft aus den Lungen.

Schmerz durchzuckte ihn wie flüssiges Feuer. Für einen winzigen, schrecklichen Moment drohten seine Gedanken in einem blutigroten Nebel zu versinken. Er bäumte sich auf, tastete schwächlich nach dem Gesicht des Mannes, der wie eine häßliche große Kröte auf seiner Brust hockte und schrie abermals, als der Bursche seine Arme mit einem Schlag beiseite fegte und mit der anderen Hand sein Gesicht traf.

»Schlag ihn nicht tot, Fred!« keuchte sein Kumpan. Er hatte sich wieder aufgerichtet und die Mistgabel mit beiden Händen gepackt. Ein dünner Blutfaden lief aus seinem Mundwinkel. »Ich weiß was Besseres!« Seine Hände schlossen sich fester um den Stiel der zweizinkigen Forke. »Etwas viel Besseres. Halt ihn nur gut fest. Ich werde das Schwein lehren, nach mir zu treten.«

Der mit Fred Angesprochene grunzte zustimmend und packte Quentons Kopf mit beiden Händen. Der andere kam näher, baute sich breitbeinig über ihm auf und hob seine Mistgabel.

Die Zinken näherten sich Quentons Gesicht und verharrten einen Moment reglos, als sich Quenton verzeifelt aufbäumte und den Kopf hin und her warf. Aber Freds Griff war zu stark. Der Bursche krallte die Finger in Quentons Haar und schlug seinen Kopf wuchtig auf den Boden. Ein betäubender Schmerz explodierte zwischen Quentons Schläfen. Für einen Moment war er blind.

Als er wieder sehen konnte, schwebten die Zinken der Gabel nurmehr einen Fingerbreit vor seinen Augen, Stahlzähne, die ihn blenden würden.

Und plötzlich hatte er keine Angst mehr.

»Tu es nicht«, sagte Quenton ruhig.

Der Mann blinzelte überrascht. Die Forke in seiner Hand zitterte, und in seinem Blick machte sich ein fragender, beinahe überraschter Ausdruck breit. Aber die Gabel senkte sich nicht weiter.

»Tu es nicht«, sagte Quenton noch einmal. »Ich erlaube es nicht.«

»Worauf wartest du?« fauchte Fred ungeduldig. »Ich kann den Kerl nicht ewig halten!«

Quentons Blick bohrte sich in den des anderen. Die Augen des Mannes waren starr, als hätte etwas das Leben darin zum Erlöschen gebracht, aber für einen kurzen Moment glaubte Quenton trotzdem die abgrundtiefe Furcht darin zu erkennen, als er begriff, daß er nicht mehr Herr seines eigenen Willens war. Dann erlosch auch dieser letzte Funke, und was zurückblieb, war nicht mehr als eine leere Hülle, die seinen Befehlen widerstandslos gehorchte.

»Töte ihn«, sagte Quenton ruhig.

Der Mann, der ihn festhielt, schrie auf, aber seine Reaktion kam zu spät. Ein gräßlicher Ruck ging durch seinen Körper. Für einen Moment ragten die Zinken der Mistgabel wie blutige

Fangzähne aus seinem Hals. Er keuchte, kippte zur Seite erstickte an seinem eigenen Blut.

»Und jetzt du«, sagte Quenton ruhig. »Spring!«

Der Mann starrte ihn aus hervorquellenden Augen an. Sein Mund öffnete sich, aber nicht der geringste Laut kam über seine Lippen. Mit Bewegungen, die eher denen einer Puppe als denen eines lebenden Menschen glichen, trat er an den Rand des Heubodens – und stürzte sich einfach in die Tiefe.

Quenton arbeitete sich stöhnend hoch. Zwei seiner Rippen waren gebrochen und schmerzten fürchterlich; vor seinen Augen tanzten blutgefärbte Schleier. Mühsam stemmte er sich auf Hände und Knie hoch und kroch ein Stück zur Seite. Die beiden waren die einzigen Angreifer gewesen, die den Weg zum Heuboden hinauf gefunden hatten, aber die Scheune unter ihm war erfüllt von einer tobenden Menge, die nicht eher ruhen würde, bis auch die letzte Spur von Leben aus dieser Stadt getilgt war.

Quenton ballte in ohmächtigem Zorn die Fäuste. Der Mob hatte nur Minuten gebraucht, das Tor einzuschlagen und die wenigen Verteidiger niederzumachen, die sich ihm todesmutig in den Weg gestellt hatten. Quenton blieben nur noch Augenblicke.

Unter ihm durchbrach ein neuer, gellender Schrei den Lärm. Quenton beugte sich aus der Luke und sah, wie vier Männer ein Mädchen aus dem Haus zerrten und ihr die Kleider vom Leib zu reißen begannen. Ein Gefühl heißen, hilflosen Zornes stieg in ihm hoch. Er kannte das Mädchen. In einem Dorf von fünfzig Seelen kannte jeder jeden.

Sein Blick suchte das winzige, strohgedeckte Gebäude am anderen Ende der Straße. Es stand noch. Die Läden waren vorgelegt, und trotz der schweren Rauchwolken, die wie eine erstickende Decke über dem Dorf lagen, konnte er erkennen, daß es unbeschädigt war.

Natürlich, dachte er haßerfüllt. Die drei anderen würden dafür sorgen, daß der Mob sie erst ganz am Schluß entdeckte. Es würde sie nicht retten. Der Mob war viel zu aufgepeitscht, als daß er noch geistig zu beeinflussen gewesen wäre, nicht einmal von drei Meistern der *Macht* zugleich. Aber sie hatten die anderen geopfert, um für sich noch einmal wenige zusätzliche Minuten Leben herauszuschinden.

Ein Geräusch hinter seinem Rücken ließ ihn herumfahren. Das Ende der Leiter, die zum Heuboden hinaufführte, hatte zu zittern begonnen. Jemand kam.

Quenton richtete sich auf. Sein Blick saugte sich am Ende der Leiter fest. Plötzlich spürte er die gebrochenen Rippen nicht mehr. Selbst seine Furcht war erloschen.

Langsam, als würde sie von unsichtbaren Händen geschoben, löste sich die Leiter von ihrem Halt, stand einen Moment lang in schlichtweg unmöglicher Schräglage frei in der Luft und kippte nach hinten.

Quenton lächelte kalt, trat an den Rand des Bodens und blickte nach unten. Die Leiter war mitten in die Menge gestürzt und hatte ein halbes Dutzend Männer zu Boden geworfen.

Eine Hand wies nach oben. »Da ist noch einer!« brüllte eine Stimme. »Da oben ist noch eines von den Schweinen!« Andere Stimmen nahmen den Ruf auf, und von einer Sekunde auf die andere war die Scheune von einem grölenden Chor erfüllt. Ein Chor, der nach seinem Blut schrie.

Quenton starrte kalt auf die tobende Menge herab. Jemand hob ein Gewehr und schoß auf ihn. Die Kugel streifte seinen linken Arm und riß eine blutige Furche in seine Haut. Er spürte es nicht einmal.

Wieder krachte ein Schuß, dann noch einer, und noch einer. Quenton spürte, wie die Kugeln seinen Körper trafen und irgend etwas tief in ihm zerstörten, endgültig und unwiderruflich, aber er fühlte noch immer keinen Schmerz. Nur Haß. Haß auf Andara, auf Lyssa und Necron, der mit dem Versprechen auf Hilfe hierhergekommen war und den Tod gebracht hatte, und Haß auf Roderick, in dessen Macht allein es gestanden hätte, sie alle zu retten. Der sie im Stich gelassen hatte.

Er spürte, wie seine Kräfte allmählich schwanden. Wieder krachte eine Gewehrsalve, und wieder wurde Quenton getroffen. Aber er starb nicht, obwohl er bereits aus mehreren Wunden blutete.

Er wankte, torkelte einen Schritt vom Bodenrand zurück und fiel auf die Knie. Langsam, ganz langsam erwachte der

Schmerz nun doch, und mit ihm kam etwas Großes und Dunkles, das ein sonderbares Gefühl von Freundlichkeit begleitete.

Irgend etwas flog zu ihm herauf und landete polternd wenige Schritte neben ihm im Heu. Quenton hob mühsam den Blick, sah einen verschwommenen Fleck hellweißen Lichtes und spürte Wärme wie eine brennende Hand auf dem Gesicht. Es war eine Fackel. Eine zweite folgte, dann eine dritte. Sein Blick begann sich zu verschleiern. Er spürte kaum mehr, wie die Flammen, die in dem trockenen Heu sofort Nahrung fanden, zu einer meterhohen Feuerwand emporschossen und auf ihn zurasten. Alles wurde hell und unwichtig, verschwamm vor seinen Augen.

»Roderick«, flüsterte er. »Das alles ist deine Schuld. Ich verfluche dich. Ich verfluche dich bis in den Tod. Und . . . darüber hinaus.«

Quenton krümmte sich, fiel auf das Gesicht und starb.

Irgend etwas hatte ihn gepackt. Im ersten Moment wußte er nicht einmal, daß er überhaupt eingeschlafen war; Anspannung und Erschöpfung hatten letztlich doch ihren Preis gefordert. Selbst er war nur ein Mensch, ein Mensch dazu, der in den letzten Tagen immer wieder dicht an die Grenzen seiner körperlichen und geistigen Kraft gestoßen war.

Aber etwas hatte ihn geweckt. Er erinnerte sich schwach, von jenem entsetzlichen Tag vor zehn Jahren geträumt zu haben, wie so oft. Er blinzelte, merkte, daß er im Schlaf zur Seite und fast von der schmalen Sitzbank gerutscht war und richtete sich mit einer überhasteten Drehung wieder auf, und obwohl er allein in der Kutsche war, begleitete ein ganz automatisches, verlegenes Lächeln die Bewegung. Dann erst ließen ihn der Schlaf und die Spinnenfinger des Alptraumes vollkommen los, und er wurde sich seiner Umgebung wieder bewußt.

Der Wagen hatte angehalten. Was ihn geweckt hatte, war der letzte, harte Ruck gewesen, mit dem der schwerfällige Vierspänner zum Stehen gekommen war. Es war noch immer heiß, und die Vorhänge vor den staubigen Fenstern waren noch immer zugezogen, aber das Licht, das sich durch sie hindurchmogelte, war jetzt grün, nicht mehr von der brutalen Helligkeit geschmolzenen Eisens.

Andara fragte sich, wie lange er geschlafen haben mochte – sicherlich nicht lange genug, die Postkutschenstation und den Bahnhof zu erreichen, denn die einzigen Laute, die er hörte, waren das unwillige Wiehern der Pferde und die Flüche des Kutschers, der vom Bock gesprungen war und offensichtlich an einem Rad herumzerrte, denn das Gefährt schaukelte noch immer hin und her, obwohl sie sich nicht mehr von der Stelle bewegten.

Verwirrt – aber auch ein ganz kleines bißchen beunruhigt – setzte Andara sich auf, ordnete seine Kleider und fuhr sich glättend über das Haar, ehe er den Schlag öffnete und aus dem Wagen sprang. Die Hitze war nicht so schlimm, wie er gefürchtet hatte, denn sie befanden sich nicht mehr in freiem Gelände, sondern im Schutz eines Waldstückes, dessen Bäume sich wie ein lebendes grünes Dach über dem schmalen Weg vereinigten, so daß sich der Tag in ein grüngolden gemustertes Schattenspiel verwandelt hatte. Tatsächlich war es drinnen im Wagen weitaus drückender und heißer gewesen als jetzt hier.

Andara schloß pedantisch die Tür hinter sich, machte einen Schritt und bemerkte erst jetzt, daß seine Schuhe bis über die Sohlen in den weichen Morast eingesunken waren, in den sich der Weg hier verwandelt hatte. Verwirrt blieb er abermals stehen, ging in die Hocke und stocherte mit der Spitze seines Spazierstockes im Boden. Der Stock, unter dessen poliertem Ebenholz sich die tödliche Klinge eines Degens verbarg, stieß kaum auf nennenswerten Widerstand. Der Weg schien aufgeweicht wie nach einem wochenlangen Regen. Einen Moment lang zerbrach sich Andara den Kopf über diesen an sich unmöglichen Umstand, dann stand er wieder auf und ging um den Wagen herum, wo er den Kutscher fluchen hörte.

Der Mann hockte mit zornesrotem Gesicht neben dem Wagen und zerrte an irgend etwas herum, als er neben ihn trat. Seine Hosen waren bis über die Knie hinauf mit Schlamm bespritzt, und auch auf seinen Ellbogen und Schultern glitzerten braunschwarze feuchte Flecken. Er mußte gestürzt sein, als er vom Wagen sprang und in dem feuchten Morast ausglitt.

»Was ist geschehen?« fragte Andara. »Ein Schlagloch?«

Der Kutscher fuhr auf, starrte Andara einen Moment lang fast zornig an und schüttelte schließlich den Kopf. »Wir sitzen fest«, sagte er, ohne direkt auf seine Frage zu antworten. »Und jetzt fragen Sie mich bitte nicht, wo zum Teufel dieses Wasser herkommt. Ich weiß es nicht.« Er fluchte erneut, beugte sich wieder vor und zerrte mit beiden Händen an etwas Dunklem, vor Nässe Glänzendem, in dem sich das Rad verfangen hatte.

Auch Andara beugte sich vor und blickte stirnrunzelnd auf das Phänomen herab. Es waren Wurzeln: dünne, graubraune Stränge, dick mit schlammigem Erdreich verkrustet und ineinander verwachsen. Mit der Beharrlichkeit von Pflanzen hatten sie die Straße an dieser Stelle gesprengt und sich mit anderen vereinigt, die vom Wegrand herbeigewachsen waren. Das Rad hatte einen Teil der Masse durch sein pures Gewicht zerquetscht, aber die dünnen zähen Ranken hatten sich in den Speichen verfangen und hielten sie fest wie eine vielfingrige, verknorpelte Hand. Prüfend zerrte Andara an einer der Ranken, aber es gelang ihm nicht einmal, sie zu lockern, geschweige denn zu zerreißen.

Der Kutscher murmelte sich irgend etwas in den Bart – vermutlich einen Fluch –, zauberte ein Taschenmesser hervor und begann mit verbissener Wut an den Ranken herumzusäbeln. Mit äußerst mäßigem Erfolg. »Verdammt noch mal, was ist das für ein Zeug?« fluchte er, griff nach dem angeschnittenen Wurzelstrang und zerrte mit aller Kraft daran. Andara sah, wie sich sein Gesicht vor Anstrengung verzerrte. Die Nähte seiner betagten Wildlederjacke ächzten bedrohlich.

Das Holz riß mit einem peitschenden Knall. Der Kutscher verlor durch den plötzlichen Ruck das Gleichgewicht, ruderte einen Moment hilflos mit den Armen und fiel hintenüber in den Morast.

Andara beugte sich vor, half ihm auf die Füße und nahm ihm wortlos das Messer ab. Während der Kutscher ebenso wütend wie vergeblich versuchte, seine Kleider von Schlamm und

Morast zu reinigen, säbelte er weiter an der seltsamen Pflanzenmasse herum.

Es war beinahe aussichtslos. Die einzelnen Wurzeln waren kaum stärker als sein kleiner Finger, einige gar nur fein wie Haar, aber es waren unglaublich viele. Mit dem winzigen Taschenmesser würde er eine Stunde brauchen, um das Rad zu befreien. Es war ihm ein Rätsel, wie sich der Wagen in so kurzer Zeit derart gründlich hatte festfahren können. Es sah beinahe so aus, als wäre das Wurzelgeflecht um das Rad herum*gewachsen*.

Nach einer Weile begannen seine Muskeln vor Anstrengung zu schmerzen. Er stand auf, ließ sich vom Kutscher ablösen und bewegte Arme und Schultern, um seine verspannten Muskeln wieder zu lockern. Eines der Pferde begann nervös auf der Stelle zu treten und zu wiehern.

»Was ist mit den Tieren?« fragte der Kutscher, während er weiter mit seinem Messer in der verfilzten Masse herumstocherte. »Versuchen Sie sie zu beruhigen, Sir. Ich möchte nicht, daß sie durchgehen, während ich die Hand unter dem Rad habe.«

Andara nickte, ging vorsichtig am Wagen vorbei nach vorne und legte dem ersten Tier beruhigend die Hand auf die Nüstern.

Es biß nach ihm.

Andara zog im letzten Moment die Hand zurück, verletzte sich aber dabei am Zaumzeug und zog sich einen langen, blutigen Riß auf dem Handrücken zu. Hastig sprang er ein weiteres Stück zurück, warf dem Pferd einen zornigen Blick zu und preßte die Hand unter die Achselhöhle.

»Ist es schlimm?« Der Kutscher kam hastig herbei und wollte mit seinen schlammverkrusteten Fingern nach seiner Hand greifen.

Andara schüttelte hastig den Kopf und wich ein weiteres Stück zurück. »Halb so wild«, sagte er. »Nur ein Kratzer. Aber er tut verdammt weh.«

»Dann lassen Sie mich danach sehen«, beharrte der Kutscher, blickte einen Moment auf seine eigenen, schlammverkrusteten Hände herab und schüttelte den Kopf. »Nachdem ich mir die Hände gewaschen habe«, fügte er hinzu. Ohne Andaras Antwort abzuwarten, kletterte er auf den Kutschbock hinauf, wühlte einen Moment in seinem Gepäck und förderte eine bauchige Feldflasche zutage, aus der er einen gewaltigen Schluck trank, ehe er sich den Rest über die Hände kippte, die er anschließend an seiner Jacke trocken wischte. Dann kramte er ein Verbandspäckchen aus seiner Tasche, sprang auf den Boden zurück und begann den Riß zu säubern und zu verbinden. »Ich verstehe das nicht«, sagte er. »Ich kenne die Tiere ganz genau. Sie sind normalerweise lammfromm. Sie haben noch nie einen Menschen gebissen.«

»Sie sind nervös«, sagte Andara. »Irgend etwas macht ihnen angst.«

Der Kutscher zog einen Knoten um seinem improvisierten Verband zusammen, begutachtete sein Werk einen Moment lang kritisch und nickte schließlich. »Schön ist es nicht«, sagte er. »Aber bis Sie zu einem richtigen Arzt kommen, wird es halten.« Er seufzte, fuhr sich mit dem Handrücken über die Stirn und ging finster vor dem eingesunkenen Rad in die Hocke. »Meinen Fahrplan kann ich vergessen«, maulte er. »Ich möchte wissen, wo dieses Scheißzeug auf einmal herkommt.«

»Ich werde mit Ihrem Vorgesetzten sprechen«, sagte Andara. »Sie sollen meinetwegen keinen Ärger bekommen.«

»Den hab' ich schon«, sagte der Fahrer finster, fügte aber sofort und in eindeutig entschuldigendem Ton hinzu: »Aber das hat nichts mit Ihnen zu tun. Ist schließlich meine Sache, wenn ich eine kleine Extratour mache, um mir ein Trinkgeld zu verdienen, oder? Außerdem können Sie für *das da* nun wirklich nichts.« Wütend hieb er mit seinem Taschenmesser auf die schwarzbraune Pflanzenmasse ein. »So etwas hab' ich überhaupt noch nie gesehen.« Er keuchte vor Anstrengung. »Man könnte glauben, das Zeug wächst um das Rad herum. Verdammt, das ist doch nicht normal!«

Andara schwieg weiter, aber hätte der Kutscher in diesem Moment aufgeblickt, dann hätte er gesehen, daß der Ausdruck von Verwirrung auf seinen Zügen einem immer tiefer werdenden Erschrecken Platz machte. Und jetzt, als hätten die Worte des Postkutschenfahrers einen unsichtbaren Schleier von seinen Sinnen gezogen, fiel ihm auch noch mehr auf: Plötzlich registrierte er, wie nervös die vier Pferde geworden waren; nicht nur das eine, das nach ihm gebissen hatte. Ihre Schwänze peitschten, die Köpfe bewegten sich mit kleinen fahrigen Rucken hierhin und dorthin, ihre Nüstern waren gebläht, als witterten sie eine Gefahr, die sie noch nicht sehen konnten, die aber da war.

Und näher kam, dachte Andara erschrocken.

Mit einem Ruck richtete er sich auf. Und plötzlich sah er Dinge, die die ganze Zeit über dagewesen waren, die er aber aus irgendeinem Grund nicht hatte wahrnehmen können. Mit einemmal fiel ihm die Kälte auf, die ihm im ersten Moment angenehm und lindernd erschienen war, sich in Wirklichkeit aber mit der klebrigen Feuchtigkeit einer eisigen Hand auf seine Haut legte und in seine Glieder kroch. Die Schatten, die eine Spur zu düster waren, ein winziges Stückchen weit in die Richtung verschoben, in der die Alpträume hinter den Kanten der Wirklichkeit lauern. Das leise Wispern und Rascheln, das er für das Geräusch des Windes gehalten hatte, der durch die Blätter strich, das aber in Wirklichkeit eher wie das Kichern Tausender dünner böser Kinderstimmen war. Der sonderbare Geruch, der nicht der verwesenden Laubes war, sondern etwas anderes, unbeschreiblich Fremdes und Falsches . . .

Und den fünfzehn Yards durchmessenden Fleck feucht aufgelösten Erdreiches, der den Weg verschlungen hatte, und in dessen Mitte der Wagen zum Halten gekommen war. So präzise, als hätte ihn ein Geometer mit Zirkel und Faden dort plaziert.

War er denn blind gewesen? Sie . . . *sie waren da!!*

»Um Gottes willen«, keuchte er. »Wir . . . wir müssen weg! *Schnell*!« Das letzte Wort schrie er.

Wie von Sinnen fuhr er herum, packte den völlig überraschten Kutscher bei den Armen und zerrte ihn in die Höhe und mit sich, fort von dem Wagen und dem schrecklichen schwarzen Kreis geronnener Erde, die keine Erde war, sondern etwas gänzlich anderes. Plötzlich ging alles unglaublich schnell. Irgendwo in dem schmalen Bereich des Sichtbaren, der stets nur aus den Augenwinkeln heraus wirklich sichtbar war, bewegte sich etwas; etwas Schwarzes und Glänzendes und widerwärtig Schleimiges. Die Schatten zogen sich mit einem Ruck um die beiden Männer herum zusammen, und die Kälte wurde so intensiv, daß sie schmerzte. Andaras Füße fanden plötzlich keinen Widerstand mehr und sanken mit saugenden Lauten in den weichen Morast ein. Morast, der plötzlich ganz und gar nicht mehr tot war, sondern voller widerwärtig kribbelnder, huschender Bewegung, voll mit Dingen, die wie mit knotigen Gichtfingern nach seinen Beinen griffen, sich um seine Knöchel wanden und an seinen Waden emportasteten.

Andara schrie auf und überwand die letzten Yards mit einem verzweifelten Satz, ehe er, noch immer den Kutscher mit sich zerrend, zu Boden fiel und einen Moment benommen liegenblieb. Unter ihnen zitterte die Erde, und für einen ganz kurzen Moment glaubte er einen Schrei zu hören, den lautlosen, aber dafür um so wütenderen Schrei eines gewaltigen finsteren Dinges, das sich seines Opfers schon sicher geglaubt hatte und es im letzten Moment entkommen sah.

Mühsam richtete Andara sich auf und sah zum Wagen zurück. Der Anblick ließ ihn schaudern. Grauer Dunst stieg wie Dampf aus dem Boden. Der schwarze Morast kochte und zuckte wie ein Kessel voller blasig geschmolzenem Teer. Faustgroße, ölig glänzende Blasen stiegen aus der entsetzlichen Masse hervor und zerplatzten mit weichem Geräusch. Die Zugpferde waren vollends in Panik geraten und zerrten und rissen mit aller Gewalt an ihrem Geschirr, daß der Wagen wie ein Ruderboot im Sturm schaukelte und jeden Moment umzustürzen drohte. Aber er fiel nicht. Irgend etwas hielt ihn fest.

»Großer Gott!« stöhnte der Kutscher. Wie Andara hatte er sich hochgerappelt und auf Hände und Knie erhoben, und wie er war er beim Anblick des entsetzlichen Geschehens erstarrt. Seine Augen waren groß und dunkel vor Schrecken. »Was . . . was ist das?« keuchte er.

»Eine Falle«, antwortete Andara düster. »Sie galt mir.« Er stand auf, zog den Mann auf die Füße und deutete mit einer Kopfbewegung in die Richtung, aus der sie gekommen waren. »Weg hier. Wir sind noch nicht in Sicherheit.«

Er wollte loslaufen, aber der Kutscher riß seinen Arm los, starrte erst ihn, dann den Wagen und dann wieder Andara aus hervorquellenden Augen an und versuchte etwas zu sagen, brachte aber nur ein unartikuliertes Stöhnen hervor.

»Verdammt noch mal – *wir müssen weg!*« sagte Andara verzweifelt. »Wir sind noch nicht in Sicherheit. Sehen Sie!« Seine Rechte deutete auf den Rand der sumpfig aufgelösten Erde, der sie gerade entkommen waren. Der Fleck hatte seine perfekte Kreisform verloren. Der staubtrockene Lehm an den Rändern schmolz, löste sich in kleine glitzernde Klumpen und schließlich in feuchtbrodelnde Schwärze auf, unter der etwas Dunkles tobte. Es war, als bilde der Sumpf eine Zunge, die er der entkommenen Beute nachschickte. Ihr Rand hatte die Schuhe des Kutschers fast erreicht.

Aber wenn der Mann die Gefahr überhaupt bemerkte, dann reagierte er nicht. Voller Entsetzen sah er Andara an, hob hilflos die Hände und starrte zu seinem Gespann hinüber. Der Wagen stand jetzt in merklicher Schräglage da. Die Pferde waren bis über die Fesseln im Boden versunken.

»Die Pferde!« schrie der Kutscher. »Ich muß die Pferde holen!«

»Um Gottes willen – *tun Sie es nicht!*« schrie Andara. Verzweifelt griff er nach dem Arm des Mannes, aber seine Finger glitten am feuchten Leder der zerfransten Jacke ab. Er strauchelte, verlor das Gleichgewicht und fiel, konnte sich aber mit letzter Kraft noch herumwerfen, um wenigstens nicht in den Sumpf zu stürzen. Hastig robbte er ein Stück vom Rand fort, sprang hoch und verfolgte hilflos, was weiter geschah.

Es ging ganz schnell. Alles in allem dauerte es vielleicht nicht einmal eine Minute; aber Andara sah alles mit jener übernatürlich brutalen Deutlichkeit, mit der menschliche Sinne manchmal in Extremsituationen arbeiten.

Der Kutscher hatte den Wagen fast erreicht. Seine Füße sanken bei jedem Schritt bis weit über die Knöchel in den brodelnden Sumpf ein, aber die Angst schien ihm übermenschliche Kräfte zu verleihen. Schreiend rannte er auf den Wagen zu, erreichte das Rad, das jetzt bis weit über die Nabe eingesunken war, und wandte sich nach links, den tobenden Pferden zu.

Er erreichte sie nie.

Vor seinen Füßen spritzte der Boden auseinander. Es war wie eine lautlose Explosion, ein zischender Geysir klebriger Schwärze, die zwei, drei Manneslängen weit in die Höhe schoß und den Kutscher, den Wagen und die Tiere mit schwarzem Schleim überschüttete. Etwas Schwarzes brach aus der Erde, dünn und zitternd und so schnell und tödlich wie eine Peitschenschnur aus verdrilltem Eisen, wickelte sich um den Hals des Kutschers und trennte mit einer blitzschnellen Bewegung seinen Kopf von den Schultern. Der verstümmelte Torso machte noch einen Schritt, wie ein Huhn, das vom Hackklotz geflohen war und noch nicht begriffen hatte, daß es tot war, erstarrte dann mitten in der Bewegung und fiel stocksteif nach vorne. Der Boden verschlang ihn mit einem schmatzenden Geräusch.

Aber es war noch nicht vorbei. Das Kreischen der Pferde steigerte sich noch, als auch zwischen ihnen der Boden zu zischendem Leben erwachte und dünne Schnüre wie schwarzglitzernde Nervenstränge erbrach. Diesmal waren es gleich Dutzende, die sich um ihre Beine und Hälse, ihre Leiber und Köpfe wickelten und zusammenzogen, mörderische Schlingen, unter deren Druck Fleisch und Knochen nachgaben, als wären es dünne tödliche Messer.

Anadra wich ein paar Schritte zurück, drehte sich mit einem Ruck herum und preßte die Lider aufeinander. Er konnte die Augen verschließen, aber die Ohren nicht, und er hörte und – schlimmer noch – *wußte,* was hinter ihm geschah. Was diese entsetzlichen weichen Laute und das dumpfe Splittern und Brechen zu bedeuten hatte. Daß er versuchte, sich einzureden, es wäre das Holz und Eisen des Wagens, nutzte ihm gar nichts.

Dann, ganz plötzlich, wurde es still. Nur ein leises Gluckern und Fließen war noch zu hören. Mit klopfendem Herzen und so langsam, als geschähe die Bewegung eigentlich gegen seinen Willen, drehte sich Andara herum und öffnete die Augen.

Der schwarze Morast hatte sich wieder beruhigt. Nur dann und wann stiegen noch vereinzelte Blasen aus seiner Oberfläche, kräuselte eine träge Welle die schwarze Masse, bewegte sich etwas Dünnes, Schwarzes wie ein Wurm darin. Der Kutscher und die Pferde waren verschwunden, und der Wagen selbst mehr als zur Hälfte in den Boden eingesunken. Was davon noch sichtbar war, war fast zur Gänze in ein schwarzes Geflecht dünner glitzernder Fäden eingesponnen, in dem es ununterbrochen zuckte und bebte, als liefen schwarzgepanzerte Spinnen oder Käfer darin. Er sank weiter und würde bald ganz verschwunden sein, denn das *Ding* unter der Erde würde auch das Protein des Holzes und der Stoffbezüge nicht verschmähen, aber es hatte jetzt keine Eile mehr. Die rasende Wut, mit der es auf alles Lebende reagierte, die Gier, die es gepackt hatte, waren erloschen. Wenn es den Wagen verzehrt hatte, das wußte Andara, würde es seine Fühler nach den Wurzelsträngen des Waldes ausstrecken, würde Pilze und Moos und kleine Insekten verzehren und schließlich sogar die winzigen Lebewesen absorbieren, die nur unter dem Mikroskop eines Forschers sichtbar waren. Dann würde es sterben, so weit es jemals so etwas wie *Leben* besessen hatte. Zurückbleiben würde ein fünfzehn Yards durchmessender Kreis toter Erde, der niemand mehr ansah, daß sie zum Grab eines Menschen und von vier Pferden geworden war, auf der sich nie wieder Leben rühren würde. Und daß sie um ein Haar *sein* Grab geworden wäre.

Das wirkte sonderbar ernüchternd auf Andara.

Jetzt, als die unmittelbare Gefahr vorüber war, setzte die Wirkung des Schocks ein, gegen den auch er nicht gefeit war. Es gab Schrecken, an die man sich gewöhnen konnte, und solche, die jedes Mal gleich entsetzlich waren, ganz egal, wie oft man ihnen begegnete. Was hier geschehen war, gehörte zu zweiten Kategorie.

Seine Hände begannen zu zittern. Ihm war gleichzeitig heiß und kalt, und in seinem Magen breitete sich dumpfe Übelkeit aus. Kalter Schweiß bedeckte seine Stirn. Für einen Moment überkam ihn Schwäche; so heftig, daß er zurücktaumelte und sich gegen einen Baum lehnte, bis sich sein rasender Herzschlag wenigstens halbwegs beruhigt hatte. Das Gesicht des Kutschers tauchte vor ihm auf, der Ausdruck ungläubigen

Entsetzens in seinen Augen, als er den schwarzen Tentakel auf sich zurasen sah und begriffen haben mochte, daß er sterben würde, nicht irgendwann und irgendwo, sondern jetzt und hier, als er jenen entsetzlichen Moment durchlebte, der im Leben eines jeden Menschen einmal kommt, und in dem man begreift, daß die Vorstellung, unsterblich zu sein, falsch war.

Der wievielte? dachte Andara matt. Er spürte keinen Schmerz, kein Entsetzen, kein . . . nein, nicht das, was man gemeinhin so falsch als *schlechtes Gewissen* bezeichnete. Nicht einmal das. Nur Zorn. Einen hilflosen, entsetzlichen Zorn. *Wie viele unschuldige Menschen mußten noch sterben, bevor er diesen Teufeln das Handwerk legen konnte?*

Lange, sehr lange stand Roderick Andara einfach so da, lauschte auf das leise Zischen und Schmatzen des Sumpfes, der kein Sumpf war, wartete, bis das rasende Hämmern seines Herzens aufhörte und sich sein Atem beruhigte, und versuchte, mit dem Sturm von Gefühlen fertig zu werden, der in ihm tobte. Dann stieß er sich von dem Baum ab, an den er sich gelehnt hatte, schob den Spazierstock unter seinen Gürtel und wandte sich in die Richtung, in die der Weg führte und aus der sie gekommen waren.

»Bob«, flüsterte er. »Halte durch, mein Junge. Ich komme!« Und damit begann er zu laufen.

Mitternacht war vorbei, als er Walnut Falls wieder erreichte. Die Strecke, die die Kutsche in kaum anderthalb Stunden zurückgelegt hatte, hatte sich in Sonnenglut und mühsamem Vorwärtsstolpern zu zehn Ewigkeiten gedehnt. Anfangs war er gelaufen, aber seine Kräfte hatten ihn schon nach wenig mehr als nur einer Meile verlassen, und die staubtrockene Luft und die Hitze hatten ein Übriges getan. Selbst nach Sonnenuntergang war es kaum besser geworden. Die Temperaturen waren auf ein erträgliches Maß gesunken, aber er hatte bereits einen Grad der Erschöpfung erreicht, bei dem dieser Unterschied kaum mehr zählte.

Dann hatte er die Wölfe gehört: ein schrilles, unangenehmes Wehklagen und Jammern, das irgendwo jenseits des Horizontes erscholl und die Nacht mit einer schauerlichen Melodie durchwob. Und er hatte mit jähem Schrecken begriffen, daß er hier nicht in New York oder Denver war, sondern inmitten der Einsamkeit und Öde Colorados, wo die Zeit hundert Jahre hinter dem Kalender herhinkte, und daß er praktisch waffen- und schutzlos war, wenn sie ihn angreifen würden. Er wäre mit Sicherheit nicht der erste, der in diesem Land verschwand und nie wieder gesehen wurde.

Aber wenigstens in diesem Punkt hatte er Glück. Das Heulen und Wehklagen hielt an, und ein paarmal glaubte er Schatten zu sehen, die auf weichen Pfoten vor ihm flohen, einmal sogar ein Paar düster-glühender Augen, aber nichts kam ihm nahe, und er erreichte den winzigen Ort unbehelligt.

Walnut Falls war so still, wie es eine schlafende Kleinstadt nur sein konnte. Hinter den vergitterten Fenstern des *Jail* glühte trübgelbes Petroleumlicht, ein struppiger Schäferhund, der mitten auf der Straße schlief, hob träge den Kopf von den Pfoten und blinzelte ihn an, und aus dem Mietstall drang das verschlafene Wiehern eines Pferdes, das sich durch seine Schritte gestört fühlte. Aber all dies schien die Stille eher noch zu betonen, die sich über dem Ort ausgebreitet hatte.

Andara blieb stehen, zog den Spazierstock unter dem Gürtel hervor und tastete mit dem Daumennagel nach der winzigen Schließe unter dem schweren Silberknauf. Ein helles Klicken ertönte, ein kaum hörbarer Laut; trotzdem meinte er für einen Moment, ihn wie einen Pistolenschuß von den Hauswänden widerhallen zu hören. Unsicher sah er sich um, fuhr sich mit der Zungenspitze über die Lippen und drehte sich schließlich einmal im Kreis. Die Stadt lag wie ein Bollwerk aus Finsternis zu beiden Seiten der Straße, Berge schwarz geronnener Dunkelheit, zwischen denen noch tiefere Schatten nisteten. Andara war nervös, und er hatte Angst, eine Mischung, die geradezu danach schrie, ihn Fehler begehen zu lassen.

Er hatte keinen Beweis, daß Bob auch nur in Gefahr war. Möglicherweise war es sogar ein Fehler gewesen, hierher zurückzukehren. Der Anschlag hatte *ihm* gegolten, nicht Robert.

Trotzdem begann sein Herz schnell und mit schmerzhafter

Kraft zu schlagen, als er sich Maude Cravens Haus näherte. Es lag so still und unscheinbar hinter seinen verbrannten Blumenrabatten wie am Tage zuvor, die Läden und Fenster jetzt weit geöffnet, um die Kühle der Nacht einzulassen, die weiße Farbe seiner Wände hier und da schon abgeblättert, so daß es in der Dunkelheit wie mit häßlichen Pocken übersät aussah: ein Bild, das irgendwo zwischen Trostlosigkeit und Frieden schwankte. Und trotzdem kam es ihm plötzlich vor wie eine Gruft.

Behutsam näherte er sich der Tür, streckte die Hand nach dem Knauf aus und zögerte noch einmal. Was, dachte er, wenn er *sie* erst jetzt auf Bobs Spur gebracht hatte? Was, wenn der Sinn dieser teuflischen Falle gerade das gewesen war, was er jetzt tat – ihn in Panik hierher zurückeilen zu lassen und seinen Sohn zu holen? Wenn er ihre Verschlagenheit unterschätzt hatte und . . .

Wenn. Es waren zu viele *Wenns* in dieser Überlegung, als daß sie zu irgend etwas führen konnte. *Wenn* es so war, dann war die Falle längst zugeschnappt. Mit einer entschlossenen Bewegung drehte er am Türknauf und stellte zu seiner Erleichterung fest, daß die Pforte nicht verschlossen war. Es wäre kein Problem gewesen, in das Haus einzudringen, aber er hatte keine sonderliche Lust, von einem übereifrigen Deputy für einen Einbrecher gehalten und hinterrücks niedergeschossen zu werden.

Im Haus war es sehr still, sehr kühl, und sehr dunkel.

Und es stank.

Andara blieb stehen, als wäre er vor eine unsichtbare Mauer geprallt. Es war der gleiche Geruch, den er draußen im Wald gerochen hatte – etwa wie Verwesung und Moder, aber eben nur ungefähr. Es war schlimmer. Weil es im Grunde nichts glich, was es auf dieser Welt gab.

Sie waren hier gewesen und hatten Bob geholt, das wußte er, noch bevor er die kleine Diele durchquerte und die Schleimspur sah, die sich über den Boden auf die Schlafzimmertür zuzog.

Sie war eingeschlagen worden. Irgend etwas hatte die Tür mit unvorstellbarer Gewalt getroffen und zermalmt, so daß der Rahmen und selbst ein Teil des Mauerwerkes herausgebrochen waren. Das Zimmer dahinter glich einem Trümmerhaufen: das kärgliche Mobiliar war zerschlagen, die Bettdecke zerrissen und die Kissen zerfetzt. Weiße Daunenfedern waren wie flockiger Schnee im ganzen Zimmer verteilt. In den Pestgestank des Bösen mischte sich das warnende Aroma vergossenen Petroleums, das die Wände mit häßlichen schwarzen Spritzern besudelt hatte. Der Gestank war hier drinnen beinahe unerträglich.

Andara zog mit der linken Hand ein Taschentuch aus der Jacke, preßte es vor Mund und Nase und machte eine kurze, ruckhafte Bewegung mit der rechten. Sein Spazierstock polterte zu Boden, und unter dem wuchtigen Silberknauf blitzte jetzt die Klinge eines fast armlangen, beidseitig geschliffenen Rapiers. Angesichts der Verheerung hier – und dem, was sie verursacht haben mußte – eine jämmerliche Waffe, aber die einzige, die er hatte.

Und eine nutzlose dazu. Andara wußte mit der gleichen Sicherheit, mit der er draußen im Wald ihre Anwesenheit gespürt hatte, daß sie jetzt nicht mehr da waren. Sie waren lautlos gekommen wie immer, hatten zugeschlagen und waren wieder fort, noch ehe ihre Anwesenheit überhaupt bemerkt worden war. Und sie hatten seinen Sohn mitgenommen.

Vorsichtig, das Taschentuch noch immer gegen Mund und Nase gepreßt und die Augen voller Tränen, von denen er sich vergeblich einzureden versuchte, daß einzig der bestialische Gestank ihre Ursache war, bewegte er sich in den verwüsteten Raum hinein. Glas knirschte unter seinen Sohlen. Ein zerschlagener Stuhl, der durch eine Laune des Zufalles noch auf drei Beinen gestanden hatte, kippte um; die Erschütterung ließ Daunenfedern in einer lautlosen Explosion aufsteigen und sanft wie fallenden Schnee wieder herabsinken. Die Schatten bewegten sich. Aber es war nur seine eigene Angst, die sie mit Leben erfüllten.

Andara blieb stehen, ging vor dem zertrümmerten Bett in die Hocke und stocherte mit der Degenspitze in den zerfetzten Decken. Ein paar Federn stoben hoch, schwarzglitzernder Schleim versickerte in der aufgerissenen Matratze. Für einen Moment wurde der Gestank so mächtig, daß ihm übel wurde. Er stand auf, taumelte aus dem Zimmer und lehnte sich draußen in der Diele gegen die Wand. Sein Herz jagte. Ein grausamer Schmerz tobte in seinen Eingeweiden. Er zitterte. Das Haus drehte sich um.

Kein Blut, dachte er, immer und immer wieder. *Kein Blut. Keine Leiche.* Bob lebte. Sie hatten ihn mitgenommen, nicht umgebracht.

Aber wo war der Unterschied?

Irgendwo hinter ihm scharrte etwas.

Andara erstarrte. Er stand noch immer genau so da, das Gesicht gegen die Wand gelegt, die Linke auf Augen und Nase gepreßt, den Degen locker in der anderen Hand. Und trotzdem verwandelte er sich von einer Sekunde auf die andere, spannte innerlich jede Faser seines Körpers und lauschte auf jeden noch so winzigen Laut in seiner Umgebung. Es waren plötzlich die Instinkte eines Raubtieres, die sein Denken und Handeln bestimmten.

Er war nicht mehr allein. Das Geräusch, das er gehört hatte, war das Scharren einer Schuhsohle gewesen, so leise, daß ein Mensch mit normalen Sinnen es wohl kaum wahrgenommen hätte. Aber er war kein Mensch mit normalen Sinnen. Er war es nie gewesen, und das Leben, das er seit fünfzehn Jahren führte, hatte ihn noch vorsichtiger werden lassen.

Er lauschte. Das Scharren wiederholte sich nicht, aber jetzt, einmal aufmerksam geworden, *fühlte* er die Anwesenheit des anderen einfach. Der andere stand hinter ihm, nicht einmal mehr sehr weit entfernt. Andara spannte sich. Eine blitzschnelle Drehung, ein rascher Hieb, und . . .

»Ich weiß, was Sie jetzt denken, Mister Andara«, sagte eine Stimme hinter ihm. »Tun Sie es lieber nicht. Ich bin nicht ihr Feind.«

Andara drehte sich herum, straffte sich ein wenig und sah den anderen verwirrt an. Der Mann stand auf Armeslänge hinter ihm, eine schlanke Gestalt, die in der Dunkelheit wenig mehr als ein Schatten blieb, nicht ganz so groß wie er selbst. Der Geruch von teurem Herrenparfüm und kaum weniger kostspieligem Virginiatabak drang in seine Nase.

»Wer sind Sie?« fragte Andara mißtrauisch. »Was tun Sie hier?«

Der andere lachte leise; ein Geräusch, das zwar vollkommen frei von jeder Spur echten Humors, aber trotzdem nicht unsympathisch war. »Das gleiche könnte ich Sie fragen, Mister Andara«, antwortete er. »Obwohl ich zugebe, daß ich Ihnen gegenüber in einem gewissen Vorteil bin – ich kenne Ihren Namen und weiß überhaupt eine Menge über Sie. Aber lassen Sie mich vorab versichern, daß ich mit alledem hier nichts zu tun habe.« Er schüttelte den Kopf und trat einen halben Schritt zurück, so daß sein Gesicht in den Streifen blassen Mondlichts geriet, der durch das Fenster fiel.

Was Andara sah, verwirrte ihn ebenso, wie sein eigener Anblick die Einwohner von Walnut Falls am Nachmittag verwundert haben mußte: einen drahtig gebauten Mann in den schwer zu schätzenden Jahren zwischen dreißig und vierzig, mit dunklen, kurzgeschnittenen Haaren und wachen Augen, die ihn zwar mißtrauisch, aber nicht feindselig anblickten. Seine Ohren waren eine Spur zu groß, um nicht aufzufallen. Der Anzug, den er trug, war sicher einmal teuer gewesen, schien aber schon bessere Zeiten gesehen zu haben.

»Wer sind Sie?« fragte Andara noch einmal, und jetzt in weitaus schärferem Ton als zuvor.

»Meine Freunde nennen mich kurz H.P.« Er lächelte. »Eine dumme Abkürzung, aber ich bin leider machtlos dagegen.« Er ging an Andara vorbei, bückte sich nach der Holzumhüllung seines Degens und hob sie auf. »Stecken Sie die Waffe weg, Andara. Ich versichere Ihnen, daß ich nicht Ihr Feind bin. Ganz im Gegenteil. Sie und ich haben . . . gemeinsame Interessen, wenn ich es so ausdrücken darf. Enorme gemeinsame Interessen.«

»Was, zum Teufel, soll das?« fauchte Andara, riß H.P. den Stock aus der Hand und schob die Klinge wieder in ihr Versteck zurück. »Wie kommen Sie hierher?«

H.P. seufzte. »Eine berechtigte Frage, Mister Andara. Leider ist sie rascher gestellt als beantwortet. Genaugenommen würde eine erschöpfende Antwort mehr Zeit in Anspruch nehmen, als uns angesichts der äußeren Umstände zur Verfügung steht.« Er deutete mit einer Kopfbewegung in das verwüstete Schlafzimmer. »Es dürfte uns schwerfallen, unsere Unschuld zu beweisen, wenn man das da entdeckt und uns aufgreift. Ich schlage vor, wir verlassen diesen Ort auf dem schnellsten Wege.«

Andara starrte ihn an. »Sie wissen nicht, was Sie reden, Mann«, sagte er wütend. »Ich muß . . .«

»Ich fürchte«, unterbrach ihn H.P. mit leicht erhobener Stimme, »ich weiß es nur zu gut. Ihr Sohn ist verschwunden, Mister Andara. Er wurde zusammen mit seiner Pflegemutter entführt, ungefähr zum gleichen Zeitpunkt, an dem Sie draußen im Wald jenem heimtückischen Anschlag entgingen. Und ich versichere Ihnen, daß es hier und jetzt absolut nichts gibt, was Sie für Ihren Sohn tun könnten, mein lieber Andara.«

»Woher . . . woher wissen Sie das alles?« fragte Andara. Seine Stimme bebte. »Wer sind Sie, zum Teufel? Antworten Sie!«

»Das zu erklären, kostet leider mehr Zeit, als uns im Augenblick zur Verfügung steht«, antwortete H.P. bedauernd.

»Ich könnte Sie zwingen«, sagte Andara drohend.

»Sind Sie sicher?« H.P. lächelte noch immer, aber in seinem Blick war plötzlich etwas Neues; eine Gewißheit und Stärke, die Andara bisher nur bei sehr wenigen Menschen gesehen hatte. »Haben Sie schon vergessen, daß ich Ihnen sagte, ich kenne Sie?«

»Vielleicht nicht gut genug«, sagte Andara drohend. Sein Blick fixierte den des anderen, versuchte ihn zu bannen und festzuhalten, aber H.P.s Lächeln wurde eher noch kälter.

»Sie sind Roderick Andara«, sagte er. »Der Mann, der sich selbst den *Hexer* nennt, freilich nur während seiner Auftritte im Varieté und auf Jahrmärkten oder sonstigen Volksbelustigungen. Ein Taschenspieler. Ein Gaukler. Wenigstens ist es das, was die anderen denken sollen, nicht wahr?« Er lachte leise. »In Wahrheit sind Sie weit mehr als ein Bühnenzauberer, Andara. Sie *sind* ein Hexer, im ureigensten Sinne des Wortes. Sie können mit dem freien Willen von Menschen spielen. Sie vermögen das Wetter zu beeinflussen, Flüche auszusprechen und zu bannen und noch viel mehr. Und wahrscheinlich können Sie mich zwingen, Ihnen alles zu erzählen, was ich weiß. Aber das ist gar nicht nötig. Wie gesagt, ich bin nicht Ihr

Feind, Andara. Ganz im Gegenteil. Sie und ich kämpfen gegen denselben Gegner, wenn auch aus unterschiedlichen Gründen. Ich kann Ihnen helfen. Und Sie mir.«

»Helfen?« Andara blickte H.P. mit einer Mischung aus Mißtrauen und Verachtung an. »Wie sollten Sie mir wohl helfen können, Mister Wie-immer-Sie-heißen-mögen?«

H.P. sah ihn an, seufzte tief und zog einen dünnen, schwarzen Zigarillo aus der Westentasche. Ohne die mindeste Eile riß er ein Streichholz an – wobei er sorgsam darauf achtete, die Flamme zur Tür hin mit der Hand abzuschirmen –, setzte den Tabak in Brand und inhalierte den Rauch. »Eine gute Frage, Andara«, sagte er. »Ich will sie Ihnen gerne beantworten. Ich könnte Ihnen zum Beispiel sagen, wo sich Ihr Sohn befindet.« Er lächelte, sog wieder an seiner Zigarre und blies eine graublaue Rauchwolke in Andaras Richtung. »Nun?« fragte er. »Sind Sie jetzt bereit, mit mir zu kommen und sich eine Stunde mit mir zu unterhalten?«

Aus der Stunde, von der H.P. gesprochen hatte, wurde der Rest der Nacht, die sie in einer zwar heruntergekommenen, dafür aber sicheren Hütte verbrachten, eine halbe Stunde von Walnut Falls entfernt und zwischen Felsen und dornigem Wüstengestrüpp verborgen, daß eine zufällige Entdeckung praktisch ausgeschlossen war.

H.P. war nicht allein, und er mußte ziemlich sicher gewesen sein, daß Andara zurückkehren würde. Denn als sie das Haus verließen und zu seiner Rückseite gingen, wurden sie nicht nur von einem hünenhaften Mann erwartet, den H.P. als seinen Freund und Diener – er sagte ausdrücklich *Diener*, wie Andara mit einem leisen Gefühl von Befremdung registrierte – Rowlf vorstellte, sondern auch von drei gesattelten Pferden. Sie verließen Walnut Falls in nördlicher Richtung und sehr schnell, und keiner von ihnen sprach auch nur ein Wort, bis sie die Hütte erreicht hatten.

Ihr Inneres, das aus einem einzigen großen Raum bestand, wurde von einer Petroleumlampe und einer gewaltigen Zahl ruhig brennender Wachskerzen beinahe taghell erleuchtet. Auf dem Tisch stand ein kaltes Essen bereit, und noch während sich Andara mit immer größerer Verwirrung im Raum umblickte, ging Rowlf zum Herd und kam mit einer Kanne dampfendem, brühheißem Kaffee zurück, aus der er ihm und H.P. einschenkte.

»Nehmen Sie Platz, Mister Andara«, sagte H.P. Er machte eine einladende Geste zu einem der Stühle, nippte vorsichtig an seinem Kaffee und verzog das Gesicht. »Scheußlich«, sagte er. »Aber er hält wach.« Er zog eine neue Zigarre aus der Brusttasche, in der sich ein unerschöpflicher Vorrat davon zu befinden schien, und entzündete sie an einer Kerze. »Zum Teufel, Rowlf, wann wirst du endlich lernen, einen anständigen Kaffee zu kochen?« fragte er.

Rowlf grunzte irgend etwas, was Andara nicht verstand, schenkte sich selbst eine Tasse ein und stürzte sie in einem gewaltigen Zug herunter. »Weiß nicht, wasse wills«, nuschelte er. »Mir schmeckt's.«

H.P. runzelte die Stirn. »Man hört es«, sagte er tadelnd und wandte sich endlich wieder an Andara. »Aber bitte, mein lieber Freund, nehmen Sie doch Platz«, sagte er. »Ich muß mich für meine Unhöflichkeit entschuldigen. Aber die Umstände und Ereignisse der letzten Tage entsprechen nicht unbedingt denen, die ich gewohnt bin.« Er setzte sich und sog an seiner Zigarre. Ihr brennendes Ende glühte auf wie ein kleines rotes Auge.

Andara setzte sich zögernd, blickte abwechselnd von H.P. zu Rowlf und nippte schließlich ebenfalls an seinem Kaffee. H.P. hatte recht. Der Kaffee war scheußlich.

»Sie werden begierig sein, etwas von mir zu hören«, sagte H.P. »Ich werde Ihren Wissendurst stillen, mein lieber Freund, aber zuerst lassen Sie mich ein wenig über *Sie* erzählen. Verbessern Sie mich, wenn ich einen Fehler mache.« Er lehnte sich zurück, nahm einen tiefen Zug aus seiner Zigarre und sah Andara einen Moment lang abschätzend an, ehe er begann: »Ihr Name ist Roderick Andara. Unter dem Namen ›*Der Hexer*‹ haben Sie vor einigen Jahren eine Karriere als Illusionist und Zauberer begonnen, die Sie mittlerweile reich und berühmt gemacht hat. Sie waren mit einer gewissen Jennifer Price verheiratet, die vor zwei Jahren bei einem bis heute nicht ganz aufgeklärten Schiffsunglück ums Leben kam. Seither leben Sie allein mit ihrem Sohn Robert. Soweit richtig?«

Andara nickte.

»Und das ist so ungefähr das einzig Wahre, was die allermeisten Mitmenschen über Sie wissen«, fuhr H.P. fort. »Aber ich weiß noch mehr. Sie sind mehr, als Sie zu sein vorgeben, Mister Andara. Sie sind ein wirklicher Magier. Sie könnten Dinge tun, bei denen Ihren Freunden vom sogenannten Magischen Zirkel die Luft wegbliebe.«

Er lehnte sich zurück, legte seine Zigarre so auf den Tischrand, daß das brennende Ende das Holz nicht berührte, und verschränkte die Arme vor der Brust. »Aber das ist auch gar nicht weiter verwunderlich, wenn man bedenkt, woher Sie kommen. Ihre Eltern stammen in direkter Linie von den Hexen von Salem ab. Ihre Mutter gehörte zu der Handvoll Überlebender, die das Gemetzel vor hundert Jahren überlebten und fliehen konnten, und in der Ahnengalerie Ihres Vaters befinden sich mehrere Männer und Frauen, denen man nachsagte, Hexen und Zauberer zu sein.«

Er brach ab, nahm seine Zigarre wieder auf und sah Andara erwartungsvoll an, aber der reagierte noch immer nicht, sondern erwiderte seinen Blick ausdruckslos. Schließlich fuhr H.P. fort: »Bis zu einem Tag vor ziemlich genau zehn Jahren lebten sie zusammen mit Ihrer Mutter und Ihrer Halbschwester Lyssa in einem kleinen Ort in Neu-England. Einem Ort, dem man nachsagte, er wäre von Hexen bewohnt, und seine Menschen zelebrierten dunkle Riten. Die Menschen in seiner Umgebung mieden ihn. Die meisten hatten Angst vor seinen Bewohnern. Es heißt, manche schlugen schon das Kreuzzeichen, wenn sie nur seinen Namen hörten. Eines Tages rotteten sie sich zusammen und brannten das Dorf nieder. Von den fünfzig Menschen, die dort lebten, entkam nur eine Handvoll. Unter ihnen befinden sich auch ein gewisser Roderick Andara und seine Verlobte Jenny. Noch immer richtig?«

»Richtig.« Andara nickte.

H.P. legte die Beine übereinander und blickte ihn durch die grauen Rauchschlieren vor seinem Gesicht an. »Sie sind ein erstaunlicher Mann, Andara«, sagte er. »Jeder andere hätte mich längst unterbrochen und gefragt, woher ich das alles weiß.«

»Sie werden es mir sagen, oder?« fragte Andara ruhig.

H.P. nickte. »Dazu habe ich Sie schließlich hierher gebracht. Und ich sehe, ich habe mich nicht in Ihnen getäuscht.«

»Das kommt darauf an«, sagte Andara.

»Worauf?«

»Was Sie von mir wollen.«

H.P. lächelte. »Ich fürchte, eine ganze Menge«, sagte er. »Und ich habe Ihnen das alles nicht erzählt, um mit meinem Wissen anzugeben, sondern um Ihnen zu beweisen, daß ich mich sehr gründlich über Sie informiert habe, ehe ich beschloß, Kontakt mit Ihnen aufzunehmen. Ich habe lange nach Ihnen gesucht.«

»Nach mir?«

»Nach Ihnen – oder einem Mann oder einer Frau *wie* Ihnen«, sagte H.P. »Ich brauche Hilfe bei meinem Vorhaben. Hilfe ganz spezieller Art. Um genau zu sein . . .« Er zögerte einen ganz kurzen Moment. »Die Hilfe eines Magiers.«

»Eines Magiers . . .« Andara trank einen Schluck Kaffee und fixierte H.P. scharf. »Selbst, wenn ich das wäre, wofür Sie mich halten«, sagte er, »was bringt Sie auf den Gedanken, daß ich Ihnen helfen würde? Oder daß mich Ihre Probleme auch nur interessieren?«

»Sie haben mich nicht zu Ende erzählen lassen«, fuhr H.P. ruhig fort, so gelassen, als hätte er ganz genau mit dieser Antwort gerechnet. »Nach Ihrer Flucht ließen Sie sich am anderen Ende des Landes nieder. Sie heirateten Jennifer Price, arbeiteten mit mäßigem Erfolg in mehreren Berufen und begannen schließlich, sich als Varietézauberer einen Namen zu machen. Ein paar Jahre lang reisten Sie kreuz und quer durch das Land – etwas, was für einen Varietékünstler völlig normal ist.« Er beugte sich vor. »In Wahrheit, Andara, war es eine Flucht. Sie sind vor zehn Jahren aus Jerusalems Lot weggelaufen und haben seither nicht damit aufgehört. Als Ihr Sohn geboren wurde, blieben Sie für ein knappes Jahr in New York, aber nach dem Tod Ihrer Frau nahmen Sie Ihr altes Leben wieder auf. Sie sind selten länger als eine Woche an ein und demselben Ort. Sie unterschreiben keine langfristigen Verträge, obwohl sie Ihnen ein Vermögen einbringen würden. Sie verlängern prinzipiell niemals ihre Engagements, und sie vereinbaren neue Auftritte ebenso prinzipiell extrem kurzfristig. Und es kommt noch etwas hinzu: Wenn man sich die Mühe macht, danach zu suchen, stellt man fest, daß sich in Ihrer Umgebung recht sonderbare Dinge ereignen. Beunruhigende Dinge zumeist. Leute, mit denen Sie einen mehr als flüchtigen Kontakt haben, entwickeln einen fatalen Hang, auf die unerquicklichsten Weisen zu sterben oder anderswie zu Schaden zu kommen. Immer noch richtig?«

»Wenn das stimmte, dann gingen Sie ein großes Risiko ein, sich in meiner Nähe aufzuhalten«, sagte Andara.

H.P. lächelte. »Risiken einzugehen ist mein Beruf«, sagte er. »Außerdem wäre das Leben höchst langweilig, wenn einem niemand danach trachtete. Aber Sie haben meine Frage nicht beantwortet.«

»Es war keine«, sagte Andara. »Aber ich muß Ihnen gratulieren, H.P. Auch wenn Ihre Schlußfolgerungen falsch sind, haben Sie hervorragende Arbeit geleistet. Ich möchte Sie nicht zum Feind haben.«

»Diesen Wunsch teilen Sie mit einer Menge anderer«, sagte H.P., und so, wie er es sagte, klang es vollkommen ernst. »Und meine Schlußfolgerungen sind nicht falsch. Jemand jagt Sie, Andara, Sie und Ihren Sohn. Ich weiß nicht, wer und warum, aber Sie sind seit zehn Jahren auf der Flucht vor diesem Jemand, und heute abend hätte er Sie um ein Haar erwischt. Ihr Sohn wurde entführt.«

Andara preßte die Lippen zu einem schmalen Strich zusammen. Seine Hand schloß sich so fest um die Kaffeetasse, daß sie das dünne Blech eindrückte. »Was soll das?« fragte er. »Wer sind Sie, und was wollen Sie von mir? Warum erzählen Sie mir das alles?«

»Um Sie davon zu überzeugen, daß Rowlf und ich nicht Ihre Feinde sind, Andara«, antwortete H.P. ernst. »Wie gesagt, Mister Andara – ich habe lange nach einem Mann wie Ihnen gesucht. Sie und ich, wir sind gewissermaßen Schicksalsgenos-

Shudde Mell

sen. Auch ich werde verfolgt, und wenngleich *meine* Feinde durchaus weltlicher Art und Weise sind, sind sie kaum weniger unangenehm als die . . . *Individuen*, die Sie jagen.«

»Das tut mir ausgesprochen leid«, sagte Andara kalt. »Aber ich wüßte nicht, wie ich Ihnen helfen könnte. Ich habe selbst genug Probleme.«

»Und ich habe die Lösung dazu«, sagte H.P. lächelnd. »Oder zumindest einige Anhaltspunkte, die uns ihr näher bringen könnten.« Er warf seine Zigarre in die Kaffeetasse, sah zu, wie die Glut zischend erlosch, und zündete sich sofort eine neue an. »Ihr Sohn wurde entführt, und ich weiß, wo er ist. Genauer gesagt, wo er aller Wahrscheinlichkeit nach hingebracht wird.«

»So?« fragte Andara. »Und wo?«

»R'Lyeh«, antwortete H.P. ruhig.

Andara fuhr zusammen wie unter einem Schlag. »Woher kennen Sie diesen Namen?« fragte er. »Was wissen Sie von R'Lyeh und . . .«

»Und dem Cthulhu-Kult?« H.P. lächelte ein wenig breiter, aber seine Augen blieben kalt. »Eine Menge, mein lieber Freund. Wenn auch sicherlich nicht so viel wie Sie – einer der Gründe, aus denen ich Kontakt mit Ihnen aufzunehmen wünschte.«

Länger als eine Minute starrte Andara ihn an, und es war ein Blick, unter dem selbst H.P. immer unsicherer und nervöser zu werden begann. »Was wissen Sie?« fragte er schließlich.

H.P. atmete hörbar auf. Das Eis war gebrochen, das spürte er. Er atmete hörbar aus. »Nicht sehr viel«, gestand er. »Aber das wenige, was ich in Erfahrung bringen konnte, ist schlimm genug. Sagen wir: ich weiß, daß die Welt nicht nur aus den Dingen besteht, die wir sehen und anfassen können.«

»Das hat Shakespeare schon besser formuliert«, sagte Andara. »Wenn Sie Ehrlichkeit von mir verlangen, dann fangen Sie selbst damit an.«

H.P. schien auffahren zu wollen, beließ es dann aber bei einem verärgerten Stirnrunzeln und blies eine Qualmwolke in Andaras Richtung. »Sie sind ein mißtrauischer Mensch, Roderick«, sagte er. »Aber vielleicht können Sie nichts dafür.

Möglicherweise wird man zwangsläufig so, wenn man zu lange auf der Flucht ist.«

»Das sollten Sie besser wissen als ich.«

H.P. lächelte. »Touche. Ein Punkt für Sie, Roderick. Aber gut – ich will Ihnen erzählen, was ich weiß.« Er schnippte seine Zigarre in den erloschenen Kamin.

»Ich sagte Ihnen schon, daß auch ich mich auf der Flucht befinde«, begann er. »Die Männer, die mich verfolgen, waren einmal meine Freunde, aber das ist lange her. Ich war Mitglied eines . . .« Er suchte einen Moment nach Worten. »Sie würden es eine *Loge* nennen, vermute ich. Eines geheimen Bundes jedenfalls, dessen Ziele ich anfangs für erstrebenswert und gut hielt.«

»Jetzt nicht mehr?« fragte Andara lächelnd.

H.P. schüttelte den Kopf. »Nein«, erwiderte er knapp. »Aber das tut jetzt hier nichts zur Sache. Unsere Vereinigung beschäftigte sich jedenfalls stark mit religiösen Dingen, und auch ich stellte gewisse persönliche Forschungen an. Ich stieß dabei auf einige sehr sonderbare Umstände, Roderick. Erstaunliche Übereinstimmungen etwa in gewissen Teilen der Bibel und des Korans oder anderen religiösen Schriften. Aber das allein war es nicht, was mich auf die richtige Spur brachte. Vielmehr war es mein rein persönliches Interesse an Dämonologie, Hexerei und den schwarzen Künsten. Ein rein wissenschaftliches Interesse anfangs. Aber je mehr ich forschte, desto mehr Dinge fielen mir auf. Übereinstimmungen in gewissen Punkten, die kaum mehr zufällig sein konnten. Es scheint, als gäbe es auf der Seite der bösen Kräfte eine Art Urbild, auf das fast alle Dämonenkulte zurückzuführen sind. In Kulturen, die niemals Kontakt miteinander hatten und Tausende von Jahren und Meilen auseinanderlagen.«

»Eine nicht gerade neue Theorie«, sagte Andara.

H.P. nickte. »Ich weiß. Ich wußte es auch damals. Aber ich gehöre zu jenen wenig beneidenswerten Menschen, die mit einer regen Phantasie geschlagen sind. Ich fragte mich: was, wenn es wahr wäre? Was, wenn all die düsteren Geschichten, die sich die Menschen seit Jahrzehntausenden erzählen, auf real existierende Wesen zurückzuführen sind? Was, wenn es das Vorbild des Teufels gegeben hat, Baal, Azatoh, Belphegor und wie sie alle heißen? Und was . . .« Er legte eine bewußt dramatische Pause ein, ». . . wenn sie es vielleicht noch immer gibt?«

»Eine interessante Frage.« Andara hob seine Kaffeetasse, sah, daß sie leer war, und schenkte sich aus der verbeulten Kanne nach. »Und zu welchem Schluß sind Sie gekommen?«

Zwischen H.P.s Brauen entstand eine steile Falte, die zeigte, wie sehr ihn Andaras Frage ärgerte. Aber seine Stimme klang ruhig und fast unbewegt, als er antwortete; die Stimme eines geübten Erzählers, der genau wußte, welche Macht Worte haben konnten. »Zu dem Schluß, daß es sie gibt«, sagte er. »Ich glaube, daß es eine Welt gibt, die neben der unseren existiert, die Welt der Alpträume und des Wahnsinns, und daß sie von Wesen bevölkert wird, die wir uns normalerweise nicht einmal vorzustellen vermögen. Und daß sie eine durch und durch reale Bedrohung darstellt. Ich gab mich mit dieser Theorie allein nicht zufrieden, Mister Andara, denn an sie zu glauben, heißt sie zu fürchten. Ich forschte weiter, auch nachdem ich gezwungen war, mein Leben auf so dramatische Weise zu ändern und Europa zu verlassen. Und ich fand eine Menge Dinge heraus, die mir seither Alpträume bereiten. Das Böse existiert, real und körperlich. Es existierte auf dieser Welt, lange bevor es Menschen gab, und es existiert noch, wenngleich jetzt verborgen in den tiefsten Schlünden der Erde und des Meeres. Und ich bin nicht der einzige, der dies weiß. Es gab zu aller Zeit Menschen auf der Welt, die um die alten Dämonen und ihre Macht wußten, und es gab zu aller Zeit solche, die sich in ihren Dienst stellten und sie zu erwecken versuchten.« Er sah Andara scharf an. »So, wie zum Beispiel die Leute aus Ihrer Heimatstadt, Andara.«

»Wenn Sie all dies wissen und sich nicht nur zusammenphantasieren«, sagte Andara gereizt, »dann sollten Sie auch wissen, daß ich nichts damit zu schaffen hatte.«

»Natürlich«, erwiderte H.P. »Und das ist auch der Grund, aus dem sie Sie verfolgen, seit damals. Sie sind ein Abtrünniger, genau wie ich. Aber das«, fügte er mit einem dünnen, raschen Lächeln hinzu, »ist nun wirklich eine reine Theorie.«

Die Frage hinter diesen Worten war unüberhörbar, aber Andara tat so, als bemerke er sie nicht.

»Damit erschöpft sich mein Wissen auch schon beinahe«, fuhr H.P. nach einer Weile fort. »Ich fand einiges heraus über ein Wesen – oder Volk –, das sich Cthulhu nennt, aber nichts davon war konkret genug, mir als Spur zu dienen. Ich vermute, Sie könnten mir mehr davon erzählen.«

»Unterstellt, daß Sie recht hätten, H.P.«, antwortete Andara, »dann sollte Ihnen klar sein, daß allein das Wissen um diese Dinge höchst gefährlich sein kann. Glauben Sie wirklich, ich würde es so einfach preisgeben?«

»Nein«, gestand H.P., wenn auch mit deutlichen Zeichen der Verärgerung. »Aber ich will es auch nicht *so einfach* haben, Roderick. Ich biete etwas dafür. Meine Hilfe dabei, Ihren Sohn zu finden und zu retten.«

»Und wie?« Andaras Gesicht zeigte noch immer keine Spur irgendeiner Regung. H.P. hatte ihn aus der Fassung gebracht, für einen kurzen Moment, aber jetzt hatte er sich wieder in der Gewalt; vielleicht besser als vorher. Er wußte nichts über diesen Mann, rein gar nichts, und auch, wenn ihm sein Instinkt sagte, daß er die Wahrheit sprach und sie zumindest potentiell Verbündete waren – er hatte gelernt, vorsichtig zu sein.

Vielleicht zu sehr.

H.P. seufzte. »Warum tun Sie das, Roderick?« fragte er. »Wir beide besitzen Teile eines Puzzlespieles, die jedem einzelnen von uns nichts nutzen. Tun wir uns doch zusammen und versuchen, unserer Problem gemeinsam zu lösen.« Er schüttelte traurig den Kopf. »Aber gut – ich gebe Ihnen einen kleinen Vorsprung: Ich besitze Informationen, aus denen mit ziemlicher Sicherheit hervorgeht, daß sich Ihr Sohn und Miss Craven an einem Ort oder in einer Stadt namens R'Leyh befinden. Und ich glaube zumindest, Ihnen den Weg dorthin zeigen zu können.«

»Sie wissen es nicht?«

»Es gibt Dinge, die weiß man besser nicht«, antwortete H.P. ernst. »Aber ich verfüge über gewisse Informationen, die sich als sehr wertvoll für Sie erweisen könnten, Roderick. Gegen eine gewisse Gegenleistung Ihrerseits bin ich bereit, Ihnen diese Informationen zur Verfügung zu stellen.

Andara lachte bitter. »Wie soll diese . . . Gegenleistung aussehen, H.P.?« fragte er. »Soll ich Ihre Verfolger verhexen, damit sie Sie nicht mehr erkennen? Oder reicht es vielleicht, wenn ich Sie in eine neunzehnjährige Mexikanerin verwandle, die garantiert niemand sucht?«

H.P.s Lippen preßten sich zu einem zornigen Strich zusammen. »Ihr Sarkasmus ist unangebracht, Roderick«, sagte er ärgerlich. »Aber ich sehe schon, ich muß deutlicher werden.« Er hob die Hand. »Rowlf.«

Der rothaarige Hüne schlurfte heran und legte eine abgewetzte braune Aktenmappe auf den Tisch. H.P. bedankte sich mit einem flüchtigen Kopfnicken, ließ den Verschluß aufschnappen. »Das hier ist mein einziger Trumpf in diesem Spiel, Roderick«, sagte er. »Sie sehen – ich vertraue Ihnen vollkommen.«

Andara schwieg. Er fühlte sich unbehaglich, und er wußte selbst nicht genau, warum.

H.P. öffnete die Mappe. Ein in grobe graue Leinentücher eingeschlagenes Paket kam zum Vorschein. Behutsam legte er es vor sich auf den Tisch und begann, die Tücher auseinanderzufalten, mit spitzen Fingern, als fürchte er sich davor, das zu berühren, was darunter verborgen war. Andara beugte sich neugierig vor.

Im allerersten Moment war er fast enttäuscht, denn unter den Leinentüchern befand sich zuerst einmal nur eine Schicht glänzenden dunkelgelben Ölpapieres. H.P. fuhr sich mit der Zungenspitze über die Lippen und löste mit spitzen Fingern den Bindfaden, der um das Ölpapier gewickelt war.

Darunter kam etwas zum Vorschein, das Andara im ersten Moment für eine Glasscherbe hielt.

»Was . . . was ist das?« fragte er stockend. Er fror plötzlich. Es war verrückt und gegen jegliche Logik, aber es war, als ginge von dem, was er für eine Glasscherbe gehalten hatte, eine Woge intensiver, unangenehmer Kälte aus. Das Licht im Raum schien zu flackern, obgleich die Kerzen ruhig weiterbrannten.

Irgend etwas bewegte sich in den Schatten, was nicht dorthin gehörte.

Andara beugte sich weiter vor und nahm die Scheibe behutsam auf. Es war unangenehm, sie zu berühren. Ihre Oberfläche war zugleich glatt und rauh, und dabei so kalt, daß die Fingerkuppen fast darauf festfroren.

Und es war Andara unmöglich, ihre Form zu bestimmen.

Sie war weder rund noch kantig, aber es war auch kein Splitter mit ungleichmäßigen Rändern, der roh aus einer größeren Fläche herausgebrochen worden war. Sie war einfach . . .

Andara fand keine Worte für die unmöglichen Linien und Kurven, über die seine Fingerspitzen tasteten. Es *war* eine geometrische Form, aber eine, die einen Euklid schlichtweg in den Wahnsinn getrieben hätte. Es gab Winkel und Krümmungen, die einfach nicht möglich waren, Kanten, die so gegeneinander geneigt waren, daß sie sich gegenseitig aufhoben, Parallelen, die sich ein dutzendmal schnitten und dem räumlichen Verständnis des menschlichen Geistes die Zunge herausstreckten. Allein die Scheibe anzusehen, bereitet Andara körperliches Unbehagen.

»Was ist das?« fragte er noch einmal. Plötzlich fiel es ihm schwer, zu sprechen. Ein pelziger, sehr unangenehmer Geschmack war auf seiner Zunge.

»Möglicherweise der Beweis für meine Unschuld«, sagte H.P. ruhig. »Möglicherweise auch nicht. Ich . . . ich weiß es nicht, Roderick. Aber es ist die einzige Spur, die ich habe.« Er stand auf, beugte sich über den Tisch und nahm Andara die Kristallscheibe vorsichtig aus den Händen. Erst, als er sie wieder in das Ölpapier eingewickelt und den Bindfaden darum sorgsam verknotet hatte, sprach er weiter: »Ich habe Ihnen von meinen Forschungen erzählt, Roderick, und auch von den Männern, die mich verfolgen.« Er atmete hörbar ein. »Ich will es kurz machen: die Methoden meiner Verfolger, sich meiner zu entledigen, sind etwas subtiler als die Ihrer Feinde, Roderick, aber kaum weniger wirkungsvoll. Ich werde des Mordes bezichtigt.« Er legte eine genau bemessene, rhetorische Pause ein und deutete auf das Bündel vor sich. »Und ich fürchte, der einzige Weg, meine Unschuld zu beweisen, ist das da. Was immer es sein mag.«

»Und wieso?«

H.P. seufzte. »Das ist eine lange Geschichte. Trotzdem ist sie schnell erzählt. Ich war nicht ohne Freunde, als ich Europa verließ, müssen Sie wissen. Durch meine Forschungen stand ich in engem brieflichem Kontakt mit einem gewissen Dr. Langley, Professor für Anthropologie an der Miscatonic-Universität in Arkham. Vor etwa zwei Jahren reiste ich zu ihm, und meine Hoffnung, Hilfe und Unterschlupf zu finden, erfüllte sich. Aber leider nur für eine äußerst bescheidene Zeitspanne.« Er brach ab. Sein Blick verdüsterte sich, als bereite ihm allein die Erinnerung Unbehagen.

»Was ist geschehen?« fragte Andara.

»Dr. Langley beschäftigte sich mit den gleichen Dingen wie ich«, sagte H.P. »Der größte Teil meines Wissens stammt von ihm, müssen Sie wissen. Ich argwöhnte bereits in Europa, daß er über weit mehr Informationen verfügte, als er mir gegenüber zuzugeben bereit war, und mein Argwohn stellte sich als begründet heraus. Tatsächlich fand ich einen Mann vor, der ein menschliches Wrack war. Er war nervös, fahrig, unkonzentriert – und er hatte Angst. Ich bot ihm meine Hilfe an, und nach einer Weile gelang es mir auch, sein Vertrauen zu erringen. Was er mir erzählte, Roderick, ließ mich seine Angst verstehen. Er sprach von R'Leyh und Cthulhu und Wesen, die er die GROSSEN ALTEN nannte, und er behauptete, den Weg zu diesem R'Leyh zu kennen. Eines Abends eröffnete er mir, daß er zu diesem Ort reisen wolle, um einer nicht näher bezeichneten Gefahr zu begegnen. Natürlich versuchte ich, ihn von seinem Entschluß abzubringen, aber er ließ nicht mit sich reden und begann schließlich, mich zu beschimpfen und der Feigheit zu bezichtigen: letztendlich warf er mich aus seiner Wohnung. Am nächsten Morgen war er verschwunden, nicht jedoch, ohne einen an mich adressierten Brief zu hinterlassen, in dem er sich für sein Benehmen entschuldigte und mir versicherte, daß er keine andere Wahl gehabt hätte, denn er müsse einer Gefahr begegnen, die die gesamte Menschheit bedrohe. Und er versprach, sich wieder bei mir zu melden, so weit ihm dies möglich sei.«

»Hat er das getan?«

H.P. zögerte. »Vielleicht«, sagte er schließlich. »Ich bekam weder einen Brief noch sonstwie Nachricht von ihm, aber dafür begannen sich die Behörden für mich zu interessieren. Ich will Sie jetzt nicht mit Einzelheiten langweilen, Roderick, aber die ganze Sache lief darauf hinaus, daß man mich verdächtigte, etwas mit dem Verschwinden Langleys zu tun zu haben. Um es in einem Satz auszudrücken: Ich werde wegen Mordes an Professor Langley gesucht.« Er lächelte bitter. »Sie sehen, ich befinde mich in einer Lage, die sich nur unwesentlich von der Ihren unterscheidet.«

»Das mag sein«, sagte Andara ruhig. »Aber ich sehe immer noch nicht, was das mit dem Verschwinden meines Sohnes zu tun hat. Geschweige denn, woher Sie die Überzeugung nehmen, daß Bob und Miss Craven sich in R'Leyh aufhalten.«

»Eine simple Schlußfolgerung«, antwortete H.P. »Sehen Sie, ich würde eine Woche brauchen, Ihnen alles zu erzählen, was ich von Langley erfahren habe. Für jetzt nur so viel: Langley fand heraus, daß die Anhänger des Cthulhu-Kultes seit einigen Jahren eine beunruhigende neue Aktivität entwickeln. Und daß seit der gleichen Zeitspanne immer öfter Menschen verschwinden, Menschen, die in irgendeiner Weise mit Magie und Außersinnlichem zu tun haben. Menschen wie Sie, Roderick, oder Ihr Sohn, der Ihr Talent zweifellos geerbt haben dürfte. Und er vermutete, daß sie zu diesem R'Leyh verschleppt worden sind.«

»Und Sie glauben, mein Sohn wäre auch dort?«

»Dort oder auf dem Wege dorthin.« H.P. nickte. »Es ist mehr als eine Vermutung, Roderick. Ich mußte Arkham recht überhastet verlassen, wie Sie sich vorstellen können, aber einige Zeit später erhielt ich diese Scheiben.« Seine Rechte landete klatschend auf dem Ölpapier und zog sich so hastig wieder zurück, als hätte er glühendes Eisen berührt. »Es war das erste von insgesamt sechs gleichartigen Kristallgebilden.«

»Und jetzt glauben Sie, es wären die versprochenen Nachrichten des Professors«, vermutete Andara. »Warum?«

»Weil in die letzte Scheibe, die ich vor zwei Monaten bekam, eine Nachricht eingeritzt war«, antwortete H.P. »Sie bestand aus drei Sätzen: *Sind gefangen. Cthulhu erwacht. Kommt nach R'Leyh.*« Er blickte Andara durchdringend an. »Sie sehen, Roderick«, fuhr er fort, »es ist mehr als eine wilde Vermutung. Und dies ist mein Angebot: Helfen Sie mir, Langley zu finden und somit meine Unschuld zu beweisen, und Sie finden gleichzeitig Ihren Sohn.«

Fast auf den Tag genau drei Wochen später erreichte Andara Arkham. Sie hatten sich getrennt, nachdem sie noch weit bis in den nächsten Tag hinein geredet hatten – das heißt, H.P. hatte geredet, während Andara zugehört und nur dann und wann ein zustimmendes Nicken oder eine Bemerkung beigesteuert hatte.

H.P. hatte vorgeschlagen, gemeinsam mit ihm nach Arkham zu reisen, aber Andara war dagegen gewesen; die Geschehnisse in Walnut Falls bewiesen mit grausamer Klarheit, wie dicht ihm seine Verfolger bereits wieder auf der Spur waren. Wahrscheinlich hatte er sie in Wahrheit niemals wirklich abgeschüttelt. Und er hatte gewisse Vorbereitungen zu treffen, sollten sie hier in Arkham oder auf ihrer späteren Suche wirklich auf die Wesen treffen, die H.P. als Drahtzieher hinter Langleys Verschwinden argwöhnte; ein Verdacht, der sich auch in Andara mehr und mehr festigte, je länger er H.P.s Erzählungen zuhörte.

So waren sie übereingekommen, jeder für sich und auf verschiedenen Wegen nach Arkham zu reisen – ein Unterfangen, das weitaus rascher gefaßt als in die Tat umgesetzt war, wie Andara zu seinem Leidwesen herausfand. Es gab weder eine Bahnlinie noch sonst irgendeine auch nur halbwegs bequeme Möglichkeit, diesen abseits gelegenen Winkel Neu-Englands zu erreichen, so daß er sich gezwungen sah, das vorletzte Stück des Weges auf einem nicht gerade vertrauenerweckenden Küstenboot und das letzte Stück – gute fünf Meilen unwegsames waldiges Gelände, die zwischen der kleinen Küstenstadt Innsmouth und Arkham lagen und auf denen sich die in die Karte eingezeichnete Straße als schlaglochdurchsetzte Marterstrecke herausstellte – auf dem Rücken eines Pferdes zurückzulegen, das er für einen Wucherpreis von einem dortigen Händler erstanden hatte.

H.P. hatte ihn gewarnt, sich nach Möglichkeit von den Leuten von Innsmouth fernzuhalten. Es seien verschlossene Menschen, die Fremde nicht mochten, hatte er gesagt, und die keine Gelegenheit ausließen, sie über den Tisch zu ziehen. Er hatte nicht gesagt, daß sie gebürtige Betrüger und Halsabschneider waren, dachte Andara grimmig, denn der Gaul, den er zu einem Preis erstanden hatte, zu dem er in Denver oder New York einen kompletten Vierspänner hätte mieten können, war nicht einmal ein Reitpferd, sondern eine flügellahme Mähre, die ihr Lebtag lang einen Pflug gezogen haben mußte. Er hatte so wenige Übung darin, einen Menschen zu tragen, wie Andara andererseits darin, zu reiten.

Arkham selbst überraschte ihn. Nach H.P.s Erzählungen hatte er erwartet, eine düstere Ortschaft vorzufinden, in der die Angst herrschte und die voller blasser, verängstigter Menschen war, aber das genaue Gegenteil war der Fall.

Er erreichte den Ort mit dem letzten Licht des Tages, und was er sah, als er aus dem Wald ritt und sein Pferd einen Moment lang zügelte, war nichts anderes als eine verträumte Kleinstadt an der Südspitze Neu-Englands, die möglicherweise hundert Jahre hinter der Zeit zurückgeblieben, nichtsdestotrotz aber hell und freundlich und voller fröhlicher Menschen zu sein schien. Das blaue Band des Miskatonic-River zerschnitt die Stadt in zwei ungleichmäßige Hälften, und irgendwo auf der anderen Seite des Flusses, vom blasser werdenden Licht der untergehenden Sonne bereits zu einem schwarzen flachen Schatten degradiert, überragten die mächtigen Mauern und Türme der Universität ihre Dächer wie eine Trutzburg die Stadt, die sie schützte.

Andara bemerkte nichts von Furcht oder Verschlossenheit, als er in die Stadt einritt und ihren Menschen begegnete. Da war nichts von der düsteren, nicht in Worte zu fassenden Bedrohung, keine finsteren Schatten, nichts von den raschen, ängstlichen Blicken, die ihm nur allzuoft begegnet waren, überall, wo er auf *ihre* Spuren gestoßen war.

Nein – Arkham schien eine ganz normale Kleinstadt zu sein, in der das Aufregendste die sonntägliche Messe war und man das Verstreichen der Zeit nach Jahren, nicht nach Tagen maß.

In gemäßigtem Tempo ritt er durch die Stadt, fragte sich zum Mietstall durch und gab sein Pferd in Pflege, ehe er sich nach der Pension erkundigte, die ihm H.P. als Treffpunkt genannt hatte. Wie sich herausstellte, waren es bis dorthin nur wenige Schritte, so daß er sich selbst die Mühe sparen konnte, einen Burschen zu suchen, der sein Gepäck trug.

Die Sonne ging endgültig unter, als er das zweistöckige Gebäude Ende Armitage- und Jenkins-Street erreichte. Wie H.P. ihm gesagt hatte, handelte es sich um ein eher unauffälliges Haus, das ein Stück von der Straße zurückgesetzt lag und an dem die Zeit sichtlich genagt hatte. Andara sah die großen, pockennarbigen Stellen, an denen der Verputz abzublättern begann, die ein wenig schräg in den Angeln hängenden Läden und das leicht eingesunkene Dach. Arkham war eine alte Stadt, zumindest für die Zeitbegriffe dieses noch jungen Landes, und dieses Haus war ein altes Haus. Eigentlich hätte es ihm auf Anhieb sympathisch sein müssen, aber das genaue Gegenteil war der Fall. Irgend etwas daran beunruhigte ihn.

Aber vielleicht war er auch nur erschöpft und begann schon, hinter allem und jedem Verrat und Heimtücke zu wittern. Es gab eine gewisse Art von Paranoia, die fast zwangsläufig kam, wenn man zu lange auf der Flucht war.

Er stellte seine Koffer ab, betätigte den löwenköpfigen Türklopfer und trat ein kleines Stück zurück, als von drinnen schlurfende Schritte laut wurden. Eine Kette klirrte, dann schwang die Tür eine Handbreit nach innen, und ein zerknautschtes Gesicht lugte zu ihm heraus. »Ja?«

»Miss Lugosi?« Andara lächelte und deutete eine Verbeugung an, während der Blick glitzernder Fischaugen über sein Gesicht und seine Gestalt glitt und ihn schnell und routiniert taxierte. »Sie entschuldigen die Störung – mein Name ist Andara, Roderick Andara. Ich bin auf der Suche nach einem

Zimmer. Man hat mir Ihr Haus als sauber und vertrauenswürdig empfohlen.«

»So, hat man das?« Bella Lugosi bedachte ihn mit einem Blick, der sehr deutlich machte, daß sie diese beiden Attribute als nicht unbedingt zutreffend empfand. Ihr Mund wurde zu einem schmalen Strich, der wenig sympathisch wirkte. »Und wer ist *man,* wenn ich fragen darf?« fuhr sie nach einer mißbilligenden Pause fort.

»Ein gemeinsamer Freund von uns«, antwortete Andara. Er senkte die Stimme ein ganz kleines bißchen. »H.P.«

Das Mißtrauen in Miss Lugosis Augen schlug urplötzlich in Erstaunen, dann ebenso rasch in Erschrecken um. Sie trat zurück, öffnete hastig die Tür und machte eine wedelnde Bewegung mit der Linken, als Andara für ihren Geschmack zu langsam eintrat.

»Sie sind ein Freund von H.P.?« fragte sie, nachdem sie die Tür wieder geschlossen und die Kette sorgsam vorgelegt hatte. Andara nickte. »Dann sollten Sie seinen Namen nicht zu laut aussprechen«, fuhr Miss Lugosi fort. »Und schon gar nicht in der Öffentlichkeit. Es gibt viele Ohren in Arkham. Kommen Sie.« Sie rauschte an ihm vorbei und öffnete eine weitere Tür, die in einen kleinen, sehr einfach ausgestatteten Salon führte. Es gab drei große, nach Süden führende Fenster, und die Tapeten waren zwar alt, aber hell und freundlich gemustert. Eine Petroleumlampe verbreitete warmes, gelbes Licht.

Andara stellte seine Koffer neben der Tür ab und sah sich neugierig um. Es gab nicht viel Interessantes zu entdecken: eine Kommode, ein großer Tisch mit sechs stoffbezogenen Stühlen, neben der Tür ein halb mannshoher, goldgefaßter Spiegel, der in der Ecke zu einem kantigen Spinnennetz-Muster gesprungen war, ein Ölgemälde, das einen alten Indianer auf einem noch älteren Pferd zeigte; nichts, was ungewöhnlich oder auch nur der Beachtung wert gewesen wäre. Aber auf dem kleinen Tischchen vor dem Kamin standen zwei benutzte Gläser, daneben ein Aschenbecher, in dem sich die zerdrückten Reste von mindestens einem Dutzend schwarzer Virgina-Zigarillos drängelten. Andara lächelte dünn.

»Er ist also bereits hier«, sagte er.

Miss Lugosi runzelte etwas zu demonstrativ die Stirn. »Wer?« fragte sie.

»H.P.«, antwortete Andara. »Bitte – Sie brauchen sich nicht zu verstellen. Ich bin wirklich sein Freund.« Er deutete mit einer Kopfbewegung auf den Aschenbecher. »Aber Sie sollten vorsichtiger sein, und er auch. Die Polizei pflegt die Angewohnheiten der Leute zu kennen, die sie sucht.«

Miss Lugosi blickte auf die Zigarrenreste und sah plötzlich sehr betroffen aus. Ohne ein weiteres Wort ging sie an ihm vorbei, leerte den Aschenbecher in den Kamin und wischte ihn mit einem Zipfel ihrer Kittelschürze sauber, ehe sie ihn an seinen Platz zurückstellte. »Sie sind ein scharfer Beobachter, Mister Andara«, sagte sie. Ihr Körpergeruch fiel ihm auf, als sie an ihm vorüberging. Er war nicht direkt unangenehm, aber zumindest ungewöhnlich; ein wenig feucht, wie nach Tang und Meer. Aber was ging es ihn an?

»Im Augenblick bin ich wohl eher ein müder Beobachter«, erklärte er mit einem entschuldigenden Lächeln. »Falls es Ihnen nichts ausmacht, würde ich Sie bitten, mir mein Zimmer zu zeigen – und vielleicht H.P. Bescheid zu geben, daß ich da bin.«

»Das Zimmer ist gleich über den Flur«, erklärte Miss Lugosi. »Sie können es nicht verfehlen – die Tür steht offen. Aber H.P. ist nicht da.« Sie wandte sich zum Kamin. Auf dem Sims stand eine kleine Schatulle, deren Deckel sie aufklappte, um einen schmalen weißen Briefumschlag herauszunehmen. »Das hier soll ich Ihnen geben«, sagte sie, »für den Fall, daß H.P. nicht da sein sollte, wenn Sie kommen.« Sie streckte die Hand aus, zog sie dann aber noch einmal zurück und legte den Kopf auf die Seite, um ihn abermals scharf zu mustern. »Sie sind doch der, für den Sie sich ausgeben, oder?«

Andara lächelte, griff nach dem Brief und nahm ihn an sich, öffnete ihn aber noch nicht. »Er hat Ihnen also gesagt, daß ich komme? Gerade an der Tür . . .«

»Man muß vorsichtig sein«, unterbrach ihn Miss Lugosi. »Arkham ist nicht mehr, was es war, wissen Sie? In letzter Zeit kommen viele Fremde in die Stadt. Sonderbare Fremde.« Sie schien noch mehr sagen zu wollen, beließ es dann aber bei einem Kopfschütteln und deutete zur Tür. »Ich muß in die Küche, Mister Andara. Sie finden das Zimmer auch ohne mich. Die Miete beträgt fünf Dollar die Woche, Verpflegung eingeschlossen und im voraus. Gegessen wird pünktlich um sieben, morgens und abends. Für Ihr Mittagessen müssen Sie selbst sorgen. Dieser Salon hier und das Bad stehen zu Ihrer Verfügung, im oberen Stockwerk liegen meine Privaträume. Damenbesuche sind nicht gestattet. Und nun entschuldigen Sie mich, ich habe zu tun.« Und damit ging sie an ihm vorbei und verließ den Salon.

Andara unterdrückte ein Lächeln. Bella Lugosi war vielleicht eine sonderbare Frau, die auf die meisten Menschen im ersten Moment abschreckend gewirkt hätte, mit ihrem eigentümlichen Parfüm und ihren kalten Augen. Aber ihre burschikose Art gefiel ihm, und er glaubte plötzlich zu verstehen, warum H.P. ausgerechnet ihr Haus als Treffpunkt vorgeschlagen hatte, obwohl es in Arkham zwei gute Hotels gab.

Er steckte den Brief ein, nahm seine Koffer wieder auf und ging über den Flur in das Zimmer, das Miss Lugosi ihm bezeichnet hatte. Sorgsam verschloß er die Tür, überzeugte sich davon, daß das Fenster zum Hof hinausging und dieser leer war, und legte vorsichtshalber die Läden vor, ehe er sich auf das Bett setzte und den Briefumschlag aufriß.

Er enthielt einen säuberlich gefalteten Zettel, auf dem nur wenige Zeilen in H.P.s fast unleserlicher Handschrift gekritzelt waren, und alles in Kleinschrift, wie sie es ausgemacht hatten, um sicher sein zu können, daß schriftliche Botschaften auch wirklich von dem jeweils anderen stammten:

roderick! mußte für ein paar tage weg. versuche, am 2. oder 3. juli zurück zu sein. warte bis zum 5. wenn ich bis dahin nicht zurück bin oder du nachricht von mir hast, gehe zur miskatonic-universität und wende dich dort an einen studenten namens henry wolf.

H.P.

ps: halte dich von den carsons fern!

Andara runzelte die Stirn, las die Notiz ein zweites Mal und sah auf den Kalender, der neben der Tür hing. Er war mehrere Jahre alt und zeigte den 7. Dezember, aber heute war der 4. Juli, wenn er sich nicht sehr täuschte. Also war dieser Brief mindestens vier oder fünf Tage alt, und die Frist, die H.P. bis zu seiner Rückkehr gesetzt hatte, eigentlich schon überschritten. Und was sollte dieses ›PS‹? Wer immer diese Carsons waren – es gab kaum eine bessere Methode, ihn auf ihre Spur zu setzen, als die Aufforderung, es nicht zu tun.

Mehr verwirrt als wirklich beunruhigt oder besorgt faltete er das Blatt wieder zusammen, ließ es in der Rocktasche verschwinden und verließ sein Zimmer wieder, um nach Miss Lugosi zu suchen. Möglicherweise wußte sie, wo H.P. hingegangen war.

Das Haus war sehr still, als er auf den Korridor hinaustrat. Nach ihren Worten hatte er erwartet, Miss Lugosi in der Küche mit Töpfen und Geschirr hantieren zu hören, aber die einzigen Geräusche, die er vernahm, waren seine eigenen Atemzüge und die gedämpften Laute, die von der Straße hereindrangen. Unschlüssig blieb er einen Moment stehen, drehte sich wieder herum, um in sein Zimmer zurückzugehen, und machte dann doch kehrt. Das Haus war nicht sehr groß, und solange er das obere Stockwerk nicht betrat, würde er sich kaum den heiligen Zorn der Hausherrin zuziehen.

Er fand die Küche praktisch auf Anhieb. Miss Lugosi nicht. Der kleine, mit Regalen voller Kochgeschirr und Vorräten vollgestopfte Raum war leer. Das Feuer in dem mächtigen gußeisernen Ofen war seit Stunden erloschen, und in der Luft lag ein Geruch, der allenfalls an faulenden Fisch erinnerte, nicht an das Abendessen, daß Miss Lugosi jetzt eigentlich zubereiten sollte, wenn sie ihren eigenen Zeitplan einhielt.

Andaras Verwirrung nahm ein ganz kleines bißchen zu. Er versuchte sich damit zu beruhigen, daß er im Augenblick möglicherweise der einzige Gast war und er kaum damit rechnen konnte, daß Miss Lugosi nichts Besseres zu tun hatte, als auf ihn zu warten – aber dieser Gedanke überzeugte ihn selbst nicht.

Verwirrt ging er in sein Zimmer zurück, verriegelte sorgsam

die Tür hinter sich und warf sich angezogen aufs Bett, ohne Licht zu machen. Plötzlich war er sehr müde. Die Anstrengungen der vergangenen Tage und der Ritt hierher forderten ihren Tribut.

Er schlief nicht ein, aber er gab sich ganz bewußt jener wohligen Entspannung hin, die dem Schlaf vorausging, während er dalag und mit offenen Augen die Decke über sich anstarrte. Auf dem abblätternden Verputz war ein Fleck, und jetzt, als er entspannt dalag und versuchte, an nichts zu denken, spürte er auch den leicht moderigen Geruch, der in der Luft hing. Offensichtlich war dieses Haus von Feuchtigkeit befallen. Miss Lugosis Erben würden nicht mehr sehr viel Freude daran haben.

Er verscheuchte den Gedanken, faltete die Hände hinter dem Kopf zusammen und versuchte zu ergründen , was wohl H.P. dazu bewogen haben mochte, nicht hier im Haus auf ihn zu warten, sondern seine Nachforschungen auf eigene Faust zu beginnen – etwas, was nicht ohne Gefahr für ihn sein konnte. Immerhin wurde er von der örtlichen Polizei gesucht, und zweifellos hatte jeder Sheriff im Umkreis von hundert Meilen seinen Steckbrief.

Aber er würde seine Gründe haben. Und noch war die Frist, die er in seinem Brief selbst gesetzt hatte, nicht vorbei. Er würde abwarten und übermorgen zur Universität gehen, wenn H.P. bis dahin nicht zurück war.

Er mußte wohl doch eingeschlafen sein, denn das nächste, was er bewußt wahrnahm, war ein Klopfen an der Tür und Miss Lugosis Stimme, die leise seinen Namen rief. Er setzte sich auf, fuhr sich ein wenig schuldbewußt mit dem Handrücken über die Augen und unterdrückte ein Gähnen.

»Was . . . gibt es denn?« fragte er verschlafen.

»Es ist sieben Uhr, Mister Andara«, drang Miss Lugosis Stimme durch die Tür. »Genau gesagt, schon fünf Minuten nach sieben«, fügte sie tadelnd hinzu. »Zeit zum Essen, Mister Andara.«

»Ich . . . komme sofort«, antwortete Andara verstört, setzte sich mit einem Ruck vollends auf und schwang die Füße vom Bett. Sieben? Er erinnerte sich nicht, eingeschlafen zu sein, aber ein Blick zum Fenster zeigte ihm, daß vor den Ritzen der baufälligen Läden jetzt vollkommene Dunkelheit lastete und Miss Lugosi wohl recht hatte. Der Gedanke beunruhigte ihn. Er war es nicht gewohnt, gegen seinen Willen einzuschlafen, ganz gleich, wie müde oder erschöpft er war. Er hatte früh gelernt, seinen Körper bis zur Perfektion zu beherrschen. Wenn es sein mußte, konnte er eine Woche ohne Schlaf auskommen.

Was nichts daran änderte, daß er sich im Augenblick hundemüde und so zerschlagen wie selten zuvor in seinem Leben fühlte. Die Stunde, die er geschlafen hatte, schien ihn nicht erfrischt, sondern eher noch müder gemacht zu haben.

»Ich komme sofort, Miss Lugosi«, sagte er. »Einen kleinen Moment nur noch.«

»Das will ich hoffen, Mister Andara«, antwortete Miss Lugosi. »Mein Haus ist kein Hotel, wissen Sie, sondern eine Pension. Es gibt da gewisse Unterschiede.«

Andara warf der Tür einen feindseligen Blick zu, schluckte die scharfe Antwort herunter, die ihm auf der Zunge lag, und bückte sich statt dessen nach seinen Schuhen.

Als er sich vorbeugte, wurde ihm schwindelig. Für einen Moment begann sich das Zimmer um ihn zu drehen. Ein übler Geschmack stieg aus seinem Magen hoch und breitete sich in seinem Mund aus.

Er kämpfte das Gefühl zurück, preßte die Hand gegen Augen und Stirn und zwang sein Herz, ruhig und gleichmäßig zu schlagen. Es gelang ihm, aber anders als gewohnt kostete es ihn enorme Anstrengung, und selbst danach war das Schwindelgefühl nicht gänzlich verschwunden, sondern lauerte irgendwo am Rande seines Bewußtseins darauf, daß er unaufmerksam wurde. Vielleicht hatte er sich schlichtweg überanstrengt auf dem Wege hierher. Während der letzten drei Wochen war er kaum länger als einen Tag an ein und demselben Ort geblieben, um seine Spur zu verwischen.

Zornig auf sich selbst schlüpfte er in seine Schuhe, stand auf und ging in den Salon hinüber, wo Miss Lugosi mit einem sehr mißbilligenden Stirnrunzeln auf ihn wartete.

Der Raum hatte sich verändert. Im Kamin brannte ein Feuer, das jedoch mehr der Behaglichkeit diente als dem Zweck, Wärme zu verbreiten, denn der Juli hatte das Haus mit Hitze vollgesogen wie einen Schwamm mit Wasser, und es war selbst jetzt eher zu warm als zu kühl hier drinnen. Auf dem Tisch lag eine saubere weiße Decke, auf der Miss Lugosi ein überraschend großzügiges Abendessen aufgefahren hatte: eine gewaltige Schüssel mit dampfenden Kartoffeln, einen Braten, der für ein Dutzend hungriger Holzfäller ausgereicht hätte, und gleich vier Schüsseln mit verschiedenen Gemüsesorten, dazu Wein in einer geschliffenen Karaffe.

Andara dachte flüchtig an einen erloschenen Ofen und eine unaufgeräumte Küche, in der es nach schlecht gewordenem Fisch roch, aber der Anblick der aufgetischten Köstlichkeiten ließ ihm fast sofort das Wasser im Munde zusammenlaufen. Er verscheuchte das Bild, ließ sich auf den freien Stuhl sinken und griff auf ein auffordendes Kopfnicken Miss Lugosis hin zu. Er merkte erst jetzt richtig, wie hungrig er war. Während der letzten drei Tage hatte er fast ausschließlich von Wasser und abwechselnd kalten und lauwarmen Bohnen gelebt.

Miss Lugosi lächelte versöhnt, als sie sah, wie es ihm schmeckte, aß aber zu seinem Erstaunen selbst nichts von alledem, was ihre Kochkunst hervorgebracht hatte, sondern begnügte sich mit einem winzigen Schluck Wein und etwas kaltem Fisch, der auf einem gesonderten Teller lag.

Andara registrierte auch dies sehr wohl, aber er beschloß, es so wie alles andere unter der Rubrik der Dinge abzulegen, die ihn nun wirklich nichts angingen. Er hatte über Wichtigeres nachzudenken als die Eßgewohnheiten seiner Zimmerwirtin.

»Hat es Ihnen geschmeckt?« erkundigte sich Miss Lugosi, nachdem er das dritte Mal nachgenommen hatte und seinen Teller endlich zurückschob.

Andara nickte, tupfte sich mit der Serviette die Lippen ab und spülte mit einem Schluck des schweren, etwas zu süßen Weines nach. »Es war köstlich«, sagte er. »Ich muß Ihrer Kochkunst meine Hochachtung aussprechen.«

Miss Lugosi lächelte, aber es wirkte ein bißchen gequält.

»Vielen Dank«, sagte sie. »Aber eigentlich gebührt das Kompliment dem Chefkoch des Palace-Hotels.«

Andara sah sie fragend an.

»Ich war nicht auf Gäste eingerichtet, wissen Sie?« erklärte Miss Lugosi. »Deshalb bin ich vorhin, als Sie schliefen, rasch zum Hotel hinübergelaufen und habe all dies bestellt. Ab morgen werde ich mich dann selbst um Ihr leibliches Wohl kümmern, das verspreche ich.«

Andara blickte ein wenig betroffen auf seinen Teller herab. »Das war sehr zuvorkommend«, sagte er. »Aber durchaus nicht nötig. Sagen Sie mir, was es gekostet hat, und ich bezahle das Essen. Es muß mehr gekostet haben, als Sie in einer Woche an Miete einnehmen.«

»Unsinn.« Miss Lugosi winkte verärgert ab. »Ich vermiete nicht des Geldes wegen, mein lieber Freund. Ich beziehe eine kleine Pension, von der ich leben kann, wenn ich ein wenig haushalte. Noch etwas Wein?« Sie wartete seine Antwort nicht ab, sondern griff bereits nach der Flasche und schenkte sein Glas wieder voll. »Eigentlich geht es mir nur darum, ein wenig Gesellschaft zu haben, dann und wann«, fuhr sie fort. »Ich habe keine lebenden Verwandten mehr, müssen Sie wissen, und Arkham ist nun wahrlich keine Stadt, in der aufregende Dinge geschehen.« Sie seufzte, setzte die Flasche wieder ab, zögerte einen Moment und nahm sie dann erneut zur Hand, um ihr eigenes Glas zu füllen. »Im Grunde geht es mir nur darum, dann und wann ein wenig Gesellschaft zu haben«, sagte sie noch einmal.

Andara hob sein Glas und trank sehr langsam, vor allem, um Zeit zu gewinnen. Man mußte kein Magier sein, um zu begreifen, worauf Miss Lugosi hinaus wollte. Sie war wohl im Grunde nichts als eine gelangweilte alte Jungfer und machte nicht einmal einen Hehl daraus, daß ihr so ziemlich jedes Mittel recht war, ihm ein Gespräch aufzunötigen.

Aber warum eigentlich nicht? Immerhin gehörte sie zu den wenigen Menschen in Arkham, denen H.P. noch vorbehaltlos zu vertrauen schien, und er konnte sich kaum eine bessere Gelegenheit vorstellen, etwas über diese Stadt in Erfahrung zu bringen, als einen gemütlichen Plausch mit einer Frau, die ihr

Leben lang in Arkham gewohnt hatte und noch dazu offensichtlich sehr schwatzhaft war.

»Sie kennen H.P. schon lange?« fragte er.

»Lange?« Sie überlegte einen Moment, dann schüttelte sie den Kopf. »Nein. Er wohnte damals bei mir, als der arme Professor verschwand und all diese anderen schrecklichen Sachen geschahen. Später war er dann noch zweimal hier, freilich in aller Heimlichkeit.« Sie lächelte. »Man muß einen Menschen nicht lange kennen, um zu wissen, woran man mit ihm ist.«

»Was für andere schreckliche Sachen?« fragte Andara.

»H.P. hat Ihnen nichts davon erzählt?«

Andara verneinte.

»Dann werde ich es auch nicht tun«, sagte Miss Lugosi entschieden. »Er wird seine Gründe haben. Vielleicht erzählt er es Ihnen ja, wenn er zurück ist.«

In ihrer Stimme war ein Ton, der deutlich machte, daß sie auf keine weitere dementsprechende Frage antworten würde; und daß er es sich gefälligst gar nicht erst erdreisten solle, eine solche zu stellen.

Andara nippte wieder an seinem Wein. Wieder spürte er, wie stark und schwer das Getränk war, und in seinen Gedanken meldete sich eine leise Stimme, die ihm riet, lieber nichts mehr davon zu trinken, denn es mochte sein, daß er jedes bißchen klares Denken noch brauchte, zu dem er fähig war. Trotzdem leerte er das Glas, schüttelte aber rasch den Kopf, als Miss Lugosi die Hand ausstreckte, um es wieder aufzufüllen.

»Eine Zigarre?« fragte sie.

Andara verneinte. »Ich rauche nicht«, antwortete er. »Eines der wenigen Laster, die ich nicht habe.«

»Schade«, sagte Miss Lugosi. »Ich mag den Geruch von gutem Tabak, wenn ich auch selbst nie geraucht habe. Es schickt sich nicht für eine Frau.« Sie schürzte die Lippen, aß ein Stückchen von ihrem Fisch und sah ihn prüfend an. »Sind Sie verheiratet, Mister Andara?«

»Ich . . . war es«, antwortete Andara, obwohl er sich Mühe gab, ruhig zu klingen, mußte Miss Lugosi das kaum merkliche

Stocken in seinen Worten aufgefallen sein, denn sie sah plötzlich ein bißchen betroffen aus.

»Ich wollte Ihnen nicht zu nahe treten«, sagte sie. »Es tut mir leid.«

Andara winkte ab. »Schon gut«, sagte er. »Man kann nicht immer die Augen vor dem verschließen, was nun einmal geschehen ist.«

Miss Lugosi nickte, als spräche er damit etwas aus, was auch für sie eine – wenn auch andere – große Bedeutung hatte. »Ist sie gestorben?« fragte sie unvermittelt.

»Vor zwei Jahren.« Er griff nach der Flasche, schenkte sich selbst nach und leerte das Glas mit einem Zug. »Es war ein Unfall. Eine Fähre geriet in Brand und sank. Meine Frau war an Bord.«

»Das tut mir sehr leid«, murmelte Miss Lugosi. Das Bedauern in ihrer Stimme klang aufrecht. »Es muß ein schwerer Schlag für Sie gewesen sein.«

»Das war es.« Andara lächelte schmerzlich, stand auf und schob pedantisch seinen Stuhl an den Tisch zurück. »Ich denke, ich werde mich heute früh zum Schlafen zurückziehen«, sagte er. »Die Reise war anstrengend, und ich habe einen noch anstrengenderen Tag vor mir. Gute Nacht.«

Miss Lugosi mußte genau spüren, daß dies ganz und gar *nicht* der Grund für seine überhastete Verabschiedung war. Aber sie besaß zumindest jetzt genug Taktgefühl, nicht weiter auf das Thema einzugehen, sondern erwiderte nur sein Kopfnicken und erhob sich ebenfalls, um das Geschirr zusammenzuräumen.

Er ging sofort in sein Zimmer zurück. In seinem Kopf drehte sich alles, und der Wein war wohl noch stärker gewesen, als er gefürchtet hatte, denn er spürte deutlich die ersten Anzeichen eines beginnenden Schwipses: ein ganz leises, durchaus angenehmes Schwindelgefühl und eine beinahe hysterische Heiterkeit, die absurderweise neben der Bedrückung existierte, mit der ihn Miss Lugosis Frage erfüllt hatte.

Schwer ließ er sich auf das Bett fallen, lehnte sich zurück und stand dann noch einmal auf, um die Petroleumlampe anzuzünden. Der Docht war verklemmt und ließ sich nicht herausdrehen, so daß die Flamme kaum größer als ein Fingernagel blieb und fast keine nennenswerte Helligkeit verbreitete. Ganz im Gegenteil erfüllte sie das Zimmer eher mit jenem unsicheren Zwielicht, in dem das menschliche Auge beinahe weniger als bei wirklicher Dunkelheit sieht. Trotzdem widerstand Andara der Versuchung, sie wieder zu löschen oder nach Miss Lugosi zu rufen, ihm eine neue zu bringen.

Seine Ausrede, müde zu sein und frühzeitig zu Bett gehen zu wollen, war nur zur Hälfte gelogen gewesen – er spürte die Anstrengungen der Reise hierher in allen Knochen. Tatsächlich hatte er sich seit Monaten nicht mehr so abgespannt und müde gefühlt wie jetzt; die Aussicht auf eine Nacht voller ungestörtem Schlaf erschien ihm geradezu paradiesisch. Und es schien nichts zu geben, was dagegen sprach: er hatte seine Verfolger – wenigstens für den Moment – abgeschüttelt und war in einem Haus, das vielleicht nicht seinem gewohnten Komfort entsprach, aber so sicher war, wie er unter den gegebenen Umständen nur erwarten konnte. Nichts konnte ihm passieren, wenn er sich den kleinen Luxus von neun Stunden ungestörter Ruhe gönnte.

Wenigstens war es das, was er glaubte, als er sich zur Seite beugte und den Lampendocht ausblies.

Er sollte sich täuschen.

In dieser Nacht träumte er. Es war nicht das erste Mal, daß ihn ein Alptraum quälte. Seit jenem entsetzlichen Tag vor zehn Jahren gehörten Alpträume und das unangenehme Gefühl, in kalten Schweiß gebadet und mit rasend hämmerndem Herzen zu erwachen, so zu seinem Leben wie die Angst bei Tage und seine nicht enden wollende Flucht.

Und doch war es anders.

Es war keiner jener sinnlosen Alpträume, in denen er rannte und rannte, ohne von der Stelle zu kommen, verfolgt von namenlosem Schrecken und der Gewißheit, auf fürchterliche Weise ums Leben zu kommen, sobald er sich herumdrehte. Es war auch keine jener entsetzlichen Rückerinnerungen, die ihn immer wieder peinigten und in denen er das Sterben und Töten von Jerusalems Lot wieder und wieder durchlebte, als rächten sich die Seelen der Ermordeten auf diese Weise an ihm. Es war ein Traum sonderbarer realer Art. Eine jener ganz seltenen Gelegenheiten, bei denen man farbig und nicht in flachen, sinnlos aneinandergereihten Bildern träumt, sondern die Dinge eher wie ein außenstehender Beobachter verfolgte; unbeteiligt, sich der Tatsache vollkommen bewußt, daß es nur ein Traum und nichts anderes sein konnte, aber auch unfähig, daraus zu erwachen oder etwas an seinem Verlauf zu ändern.

Er lag mit weit geöffneten Augen auf seinem Bett und sah nach oben, und obwohl die Decke in der Dunkelheit nichts als ein heller Schemen irgendwo über ihm war, erkannte er doch den Wasserfleck in der Mitte des Zimmers, so deutlich, als wären seine Ränder mit dünnen Bleistiftstrichen nachgezogen worden.

Der Fleck war größer geworden, deutlich größer, und der Geruch von faulendem Wasser hatte zugenommen. Ein sonderbarer Laut hatte sich in das Schweigen des Hauses gemischt: zuerst ein helles dünnes Plätschern, dann ein schweres, schwerfälliges Rauschen und Gluckern, als glitte ein großer Körper sehr langsam ins Wasser und bewege sich heftig darin. Es war kalt. Die Luft im Zimmer war plötzlich sehr feucht, und der Geruch nach faulendem Fisch wurde unerträglich.

In seinem Traum stand er auf, ging zur Tür und öffnete sie vorsichtig. Der Korridor war so dunkel wie sein eigenes Zimmer, aber das Geräusch war auch hier zu vernehmen, deutlicher sogar noch als bisher, und nach einer Weile gelang es ihm sogar, die Richtung zu bestimmen, aus der es kam: von oben. Flüchtig dachte er an Miss Lugosis Bitte, die obere Etage des Hauses als ihre Privatsphäre zu akzeptieren, aber seine Neugier war stärker, und außerdem war es nur ein Traum, und seine Zimmerwirtin konnte ihn schlecht für Dinge belangen, die er in einem solchen tat.

Er lächelte flüchtig über die innere Logik dieses völlig unlogischen Gedankens – den er ja gar nicht dachte, sondern nur träumte –, zog die Tür hinter sich zu und ging zur Treppe. Die ausgetretenen Holzstufen knarrten hörbar unter seinen Schritten, und als er die Hand auf das Geländer legte, um sich daran festzuhalten, begann es unter seinem Gewicht derart zu zittern, daß er den Arm hastig wieder zurückzog.

Oben angekommen, blieb er einen Moment stehen, um sich über die genaue Quelle des sonderbaren Geräusches klar zu werden, das er noch immer hörte. Es gab vier Türen hier oben – drei zur Rechten und eine vierte ganz am Ende des Korridors. Das Platschen und Schwappen drang durch das Holz der mittleren Tür – was nur logisch erschien, dachte er an den Wasserfleck an seiner Zimmerdecke. Der Raum mußte genau über dem liegen, den ihm Miss Lugosi zugewiesen hatte.

Das Geräusch war jetzt sehr viel deutlicher zu hören als unten. Und es war etwas Beunruhigendes daran. Andara fand keine befriedigende Erklärung für dieses Gefühl, aber es war zu deutlich, als daß er es ignorieren konnte. Es war nur der Laut von Wasser, in dem sich etwas bewegte – aber es war eindeutig das Geräusch von ölig-stinkendem Wasser, in dem sich etwas Schleimig-Gleitendes wand und bog, ein schwarzes Ding mit Schuppen und Krallen und einem lippenlosen, schnappenden Maul, das unter hervorstehenden Froschaugen grinste.

Er verscheuchte den Gedanken, trat einen Schritt auf die Tür zu und streckte die Hand nach dem Knauf aus. Als er ihn berührte, ertönte von drinnen ein heftiges Poltern und Rauschen, eine halbe Sekunde später das charakteristische Klatschen, mit dem Wasser auf hölzerne Dielen trifft, dann rasche, platschende Schritte und schließlich ein kurzes Schleifen.

Entschlossen, sich von seinem Traum nicht weiter narren zu lassen, ließ er das Schloß ausrasten und stieß die Tür auf.

Das Zimmer dahinter lag im Dunkel, aber durch das weit offenstehende Fenster drang ausreichend Mondlicht herein, ihn erkennen zu lassen, daß dieser verrückte Alptraum wirklich von ganz außerordentlicher Perfektion war, denn zu den gehörten Geräuschen sah er nun die passenden Bilder.

Das Zimmer war leer bis auf einen gewaltigen hölzernen Trog in seiner Mitte, der von zwei rostigen Eisenreifen zusammengehalten wurde. Die Dielen ringsum glänzten vor Nässe, und von seinem jenseitigen Rand führte eine doppelte

Reihe breiter nasser Spuren zum offenstehenden Fenster. In der Ecke neben der Tür lag ein graubraunes Kattunkleid, wie es Miss Lugosi am Abend getragen hatte.

Andaras Beunruhigung wuchs. Noch immer war er sich in jeder Sekunde vollkommen der Tatsache bewußt, daß er träumte, aber irgend etwas stimmte nicht mit diesem Traum. Er war zu perfekt. Selbst der Geruch des Wassers war da – ein widerlicher Gestank wie nach faulendem Tang, der die Luft im Zimmer so verpestete, daß er kaum mehr atmen konnte.

Trotzdem schloß er nach kurzem Zögern die Tür hinter sich, trat an den Rand des brusthohen Holztroges und lugte vorsichtig hinein. Das Wasser sah so aus, wie es roch – eine faulige Brühe mit grünlich schillernder Oberfläche, in der kleine grüne und weiße Klümpchen unbestimmtbarer Konsistenz tanzten. Auf seinem jenseitigen, dem Fenster zugewandten Rand klebte etwas, das wie der Schleim einer übergroßen Schnecke aussah, und als Andaras den Trog umkreiste und die Spuren genauer in Augenschein nahm, sah er, daß es nicht die Spuren menschlicher Füße waren, sondern die eines großen, froschartigen Wesens, fünfzehig, wobei jede Zehe an ihrem vorderen Rand eine extreme Verdickung aufwies, und offensichtlich mit etwas wie Schwimmhäuten dazwischen. Unwillkürlich mußte er an eine große, aufrecht gehende Kröte denken.

Vorsichtig richtete er sich wieder auf, trat ans Fenster und blickte hinaus. An Rahmen und Rand glitzerten kleine Flecken der gleichen farblosen Schleimflüssigkeit, die den Trog besudelten, und als er sich – sorgsam darauf achtend, die widerliche Masse nicht zu berühren – vorbeugte und an der Wand hinabsah, erblickte er auch dort große Flecken der gleichen Substanz. Mit etwas Phantasie, dachte er, konnte man meinen, daß was immer diese Spuren verursacht haben mochte, geradewegs an der Wand hinabgelaufen sei. Was natürlich vollkommen unmöglich war.

Andara blieb lange so stehen und blickte auf den Hof hinab, und einmal glaubte er auch, etwas formlos Schwarzes davonhuschen zu sehen, war sich aber nicht ganz sicher, ob es nicht nur eine Katze oder ein streunender Hund gewesen war.

Schließlich begannen seine Augen vor Anstrengung zu brennen. Er wandte sich wieder um, zögerte dann, drehte sich noch einmal dem Fenster zu und grinste fröhlich in sich hinein, während er es schloß und sorgsam den Riegel vorlegte. Welcher Teil seines Unterbewußtseins auch immer für diesen verrückten Traum verantwortlich war; er würde daran zu arbeiten haben, dem erträumten Bewohner dieses nicht existierenden Raumes wieder Zutritt zu selbigem zu verschaffen, wollte er nicht seine eigene innere Logik durchbrechen.

Er verließ den Raum, zog die Tür sorgsam wieder hinter sich zu und ging in sein Zimmer zurück. Als er sich auf das Bett setzte und die Schuhe abstreifte, merkte er, daß sie naß geworden waren. Er grinste abermals, wünschte dem unbekannten rebellischen Teil seines Unterbewußtseins viel Spaß bei der Lösung dieses neuerlichen Problems, ließ sich zurücksinken und glitt fast augenblicklich in einen normalen, traumlosen Schlaf hinüber.

Er erwachte mit einem Gefühl größerer Müdigkeit, als er eingeschlafen war. Seine Augen brannten, als hätte jemand Sand hineingestreut, und auf seiner Zunge war jener unangenehm-fiebrige Geschmack, den zuwenig Schlaf hervorruft. Für einen kurzen Moment war er sich nicht einmal sicher, ob er nicht bloß die Fortsetzung seines verrücktgen Alptraumes erlebte, aber dann drang ein gleichmäßiges Pochen an sein Ohr, und eine halblaute, aber sehr ungehaltene Stimme, die irgend etwas von ›halb acht‹ und bereits kalt gewordenem Kaffee rief: Miss Lugosi, deren Zeitplan er nunmehr zum zweiten Mal durcheinanderbrachte.

Trotzdem fiel es ihm unglaublich schwer, überhaupt die Augen zu öffnen und sich in eine halb sitzende Stellung hochzustemmen. »Ich . . . komme gleich, Miss Lugosi«, sagte er müde. »Nur einen kleinen Moment noch.«

»Das will ich hoffen, Mister Andara«, drang die Stimme seiner Zimmerwirtin durch die Tür. »Die Frühstückszeit ist nämlich im Grunde schon vorbei. Ich verstehe ja, daß Sie von der langen Reise müde sind, und nehme auch gerne Rücksicht darauf. Aber das darf mir, bitte, nicht zur Gewohnheit werden.«

Andara runzelte die Stirn, stemmte sich mit enormer Willensanstrengung vollends hoch und verbarg das Gesicht in den Händen. Er hatte acht Stunden geschlafen, möglicherweise sogar neun, aber er fühlte sich, als hätte er die gleiche Zeit mit dem Fällen versteinerter Bäume zugebracht. Jeder einzelne Muskel im Leib tat ihm weh, und seine Glieder schienen Zentner zu wiegen und wollten ihn immer wieder auf das Bett zurückziehen.

»Also Sie kommen dann?« vergewisserte sich Miss Lugosi.

Andara nahm die Hände herunter und schenkte der Tür einen finsteren Blick. Er begann zu verstehen, warum Miss Lugosi keine Freunde hatte. »In einer Minute«, versprach er.

Miss Lugosi murmelte eine Antwort, die er nicht verstand, und schlurfte davon. Andara blieb noch einen Moment auf der Bettkante sitzen, zwang sich dann jedoch mit Macht, aufzustehen und das Fenster zu öffnen.

Die frische Luft tat gut, obwohl es selbst zu dieser frühen Stunde schon beinahe zu warm war. Zudem war der kleine Hinterhof an allen Seiten von hohen Mauern umschlossen, so daß sich nicht der leiseste Windzug regte.

Einen Moment lang dachte Andara an seinen Traum und daran, wie unheimlich und drohend dieser Hof darin gewirkt hatte. Jetzt, im hellen, freundlichen Licht des Morgens, war nichts Bedrohliches mehr an ihm. Es war ein ganz normaler kleiner Hinterhof, genau so heruntergekommen und alt wie dieses ganze Haus, aber nicht mehr. Er seufzte, schloß das Fenster wieder und bückte sich nach seinen Schuhen, die neben dem Bett standen.

Sie waren naß.

Andara erstarrte. Für einen kurzen, entsetzlichen Moment hatte er das Gefühl, die Berührung einer eisigen Hand im Nacken zu spüren. Seine Schuhe waren naß, nicht feucht, oder mit dem Schlamm der Wege bespritzt, die er entlanggeritten war, sondern *naß*. Auf dem Boden rings um sie herum hatte sich eine glitzernde Pfütze gebildet, die knöchelhohen Stulpen waren aufgeweicht, und traurig wie verwelkte Blütenblätter nach innen gesunken. Aber das war *unmöglich*!

Sein Kopf flog mit einem Ruck in den Nacken. Seine Augen weiteten sich vor Schrecken, als er den Wasserfleck an der Decke sah.

Er war auf das Doppelte seines Umfanges angewachsen. Der Verputz hatte sich dunkelbraun verfärbt und war in der Mitte bereits so aufgeweicht, daß er eigentlich längst hätte herunterfallen müssen. Und noch während er hinsah, sammelte sich Wasser zu einem kleinen Tropfen und fiel von der Decke, um zielsicher einen seiner Schuhe zu treffen.

Andaras Herz begann zu rasen. Plötzlich, von einer Sekunde auf die andere, hatte er Angst, völlig sinnlose, aber deshalb nicht weniger schreckliche Angst. Er dachte an das schwere Rauschen und Schwappen, das hastige Platschen großer nasser Füße und sich formlos windendes schwarzes Entsetzen, und mit einemmal fiel ihm auch der Geruch wieder auf, der noch immer im Zimmer hing und deutlich stärker geworden war als am Vorabend.

Andara trat abermals ans Fenster, um auf den Hof hinauszusehen. Diesmal schenkte er ihm mehr als einen flüchtigen Blick. Aber da war nichts: keine feuchten Flecken, die an der Wand entlangführten, keine glitzernden Schleimspuren, als wäre eine gewaltige Schnecke hier entlanggekrochen. Andara drehte sich herum, starrte die Decke an, seine feuchten Schuhe, auf die immer noch Wasser in gleichmäßiger Folge heruntertropfte, dann wieder die Decke, und versuchte Ordnung in das Chaos zu bringen, das mit einemmal hinter seiner Stirn tobte. Er war noch immer vollkommen sicher, daß alles nichts als ein Traum gewesen war – nicht mehr gewesen sein *konnte*! – aber da waren der Wasserfleck und der Gestank und seine nassen Schuhe.

Mit aller Macht zwang er sich zur Ruhe. Das Schlimmste überhaupt, was ihm im Moment passieren konnte, war, in Panik auszubrechen. Vielleicht gab es für alles eine ebenso simple wie einleuchtende Erklärung – zum Beispiel diese: irgendwo im Zimmer über ihm war eine lecke Leitung, durch die Wasser in die Decke lief; Wasser, das während der Nacht auf seine Schuhe heruntergetropft, vielleicht auch ihn selbst getroffen hatte. Und der Teil seines Bewußtseins, der für die Träume zuständig war, hatte den Gestank und die Nässe und das Geräusch fallenden Wassers genommen und den Rest dazuerfunden, perfide, wie dieser Teil des menschlichen Geistes nun einmal war.

Nun, das war *eine* Erklärung, und eine nicht einmal schlechte dazu.

Aber irgend etwas sagte ihm, daß sie ebenso falsch wie einleuchtend war. Etwas, das sich mit schwarzen schuppigen Dingen und glotzenden Fischaugen beschäftigte.

Miss Lugosis Schwatzhaftigkeit feierte während des gesamten Frühstücks fröhliche Urstände. Andara hatte halb erwartet, halb sogar erhofft, daß sie ihm ob seiner neuerlichen Verspätung noch gram sein und deshalb mit Nichtbeachtung strafen würde, aber das genaue Gegenteil war der Fall. Sie redete praktisch ununterbrochen, versicherte ihn ihres Mitgefühles ob der hinter ihm liegenden Strapazen und begann schließlich über dieses und jenes zu plappern, was sich in Arkham in den letzten Wochen und Monaten zugetragen hatte, ohne daß sie Andara auch nur die Chance gab, eine Zwischenfrage zu stellen oder um mehr als den Zucker zu bitten. Seine eigene, grüblerische Schweigsamkeit schien ihr nicht einmal aufzufallen. Zumindest ignorierte sie sie.

»Was werden Sie heute tun, Mister Andara?« fragte sie schließlich. »Es scheint ein wunderschöner Tag zu werden, und Arkham ist zwar ein gottverdammtes Kaff, bietet aber für einen Fremden doch das eine oder andere Sehenswerte.«

Andara überlegte einen Moment. Er hatte sich die gleiche Frage insgeheim auch schon gestellt. So, wie die Dinge lagen – weder H.P. noch Rowlf waren hier, und die einzige Spur, die er hatte, war der Name eines ihm völlig unbekannten Studenten an der Universität –, gab es nicht sonderlich viel, was er überhaupt tun konnte. Vielleicht würde er wirklich Miss Schwatzhafts Vorschlag folgen und sich die Sehenswürdigkeiten Arkhams ansehen; wenngleich ihm sicherlich andere

Sehenswürdigkeiten vorschwebten als ihr. Die Bibliothek der Miskatonic-Universität etwa oder gewisse abseits gelegene Lagerschuppen am Fluß, von denen ihm H.P. erzählt hatte. Andererseits war Arkham eine Kleinstadt, in der ein Fremder unvermeidlich Aufsehen erregen mußte, wenn er zu neugierig war.

»Zuerst einmal werde ich meine Schuhe trocknen«, sagte er und sah Miss Lugosi dabei scharf an. Sie runzelte die Stirn und beugte sich unter den Tisch, um einen Blick auf sein Schuhwerk zu werfen. Als sie sich wieder aufrichtete, war eine steile tiefe Falte zwischen ihren Brauen erschienen, die aber möglicherweise eher auf den allmählich größer werdenden Fleck zurückführen war, der sich auf dem Teppich unter ihm bildete.

»Es ist nicht meine Schuld«, kam er dem zu erwartenden Vorwurf zuvor. »Ich reise mit kleinem Gepäck und habe leider kein Ersatzschuhwerk. Sie sahen so aus, als ich vorhin aufwachte. Gestern abend«, fügte er hinzu, »waren sie noch trocken.«

Miss Lugosi nickte betrübt. »Ich weiß, mein lieber Freund. Diese Wasserleitung bringt mich noch um mein letztes bißchen Fassung. Dreimal habe ich sie richten lassen in den letzten sechs Monaten, und jedesmal geht sie schneller wieder kaputt als zuvor. Das Haus ist alt.«

»Wenn Sie wollen, sehe ich mir die Sache an«, erbot sich Andara. »Ich bin zwar kein Klempner, aber ich besitze ein wenig handwerkliches Geschick.«

»Aber das kommt ja gar nicht in Frage«, antwortete sie entschieden. »Sie sind hier als Gast, nicht als Handwerker. Wozu bezahle ich diese Halsabschneider, wenn sie keine anständige Arbeit zu liefern bräuchten?« Sie schüttelte noch einmal den Kopf, um ihre Worte zu bekräftigen, schenkte ihm unaufgefordert Kaffee nach und lächelte versöhnt. »Vielleicht sollten Sie wirklich für heute einfach Gott einen guten Mann sein lassen und sich etwas Ruhe gönnen, nach der langen Reise«, fuhr sie fort. »Ich werde jetzt gleich Ihr Zimmer richten und dafür sorgen, daß diese lästige Tropferei aufhört. Heute abend schlafen Sie in einem trockenen Bett, das verspreche ich Ihnen.«

»Wer sind die Carsons, Miss Lugosi?« fragte Andara, als sie mit ihrem Tablett aus der Tür wollte.

Miss Lugosi blieb stehen, wandte ihm stirnrunzelnd den Blick zu und fuhr sich mit der Zungenspitze über die Lippen. Andara fiel zum ersten Male auf, daß sie sehr kleine, spitze Zähne hatte.

»Die Carsons?« wiederholte sie, obgleich sie den Namen sehr wohl richtig verstanden haben mußte. »Wie . . . kommen Sie ausgerechnet darauf?«

»Ohne bestimmten Grund.« Andara lächelte flüchtig. »Der Name spukt mir seit Tagen im Kopf herum. H.P. hat ihn ein- oder zweimal erwähnt, aber ich weiß einfach nicht mehr, in welchem Zusammenhang.«

»Sicher in keinem guten«, sagte Miss Lugosi entschieden. »Das sind Leute, von denen Sie sich fernhalten sollten, Mister Andara. Ein übles Volk, das unten an der Küste lebt, nicht weit von Innsmouth entfernt.«

»Volk?«

Miss Lugosi zuckte so heftig mit den Achseln, daß die Tassen und Teller auf ihrem Tablett zu klirren begannen. »Ben Carson, seine drei unehelichen Bankerte und dieses verlotterte Weibsstück von ihrer Mutter, mit dem er in ›wilder Ehe‹ lebt«, sagte sie. Andara hatte selten so viel Abscheu und Verachtung in der Stimme eines Menschen gehört wie jetzt in der ihren. Ihr Blick und ihre Worte waren von einem fast heiligen Zorn.

»Sie hausen wie die Tiere in einer Hütte, die sie sich aus Treibgut und Abfällen gebaut haben, und sie benehmen sich auch wie die Tiere. Niemand hier verkehrt mit ihnen. Und Sie sollten das auch nicht tun. Sie sind bestimmt keine Freunde von H.P.« Die unausgesprochene Drohung, daß Leute, die die Carsons kannten, ganz gewiß auch nicht *ihre* Freunde waren und mit großer Sicherheit auch nicht unter ihrem Dach geduldet werden würden, war unüberhörbar.

»H.P. erzählte etwas Ähnliches«, sagte Andara hastig. »Jetzt, wo Sie es sagen, fällt es mir wieder ein. Ich hatte den Namen aufgeschnappt und wußte nur nicht, wo ich ihn unterbringen sollte.«

»Dann vergessen Sie ihn am besten gleich wieder«, riet Miss

Lugosi, wandte sich auf der Stelle um und rauschte aus dem Zimmer. Andara war sicher, daß sie die Tür hinter sich zugeworfen hätte, hätte sie eine Hand freigehabt.

Die Carsons, dachte er. Nun, was immer H.P.s geheimnisvolles Postscriptum zu bedeuten hatte – wenn er bis zum Abend nicht zurück war, stellte diese Familie wohl den dritten Punkt auf der Liste der Leute und Örtlichkeiten dar, die er in Augenschein nehmen würde.

H.P. kam an diesem Tage nicht zurück, und auch nicht am Abend. Andara war Miss Lugosis Vorschlag und der Stimme seiner eigenen Vernunft gefolgt und hatte das Haus nicht verlassen, sondern sich nach dem Mittagessen, das zwar nicht im Mietpreis einbegriffen, aber nichtsdestotrotz sehr reichlich ausgefallen war, noch einmal in sein Zimmer zurückgezogen, um ein wenig zu schlafen; ein Unterfangen, das von Miss Lugosi beziehungsweise den Handwerkern, die den ganzen Nachmittag im Haus ein und aus gingen und einen Heidenlärm in den oberen Räumen verursachten, auf äußerst erfolgreiche Art und Weise torpediert wurde.

Nachdem ihn das Dröhnen der Hämmer und die erstaunlich phantasievollen Flüche des Klempners das dritte Mal geweckt hatten, zog Andara sich übellaunig in den Salon zurück und verbrachte den Nachmittag damit, die Sammlung mehrerer Wochen alter Ausgaben des *Arkham Advertiser* durchzulesen, die er auf einem Tischchen neben dem Kamin fand.

Er war immer noch müde, und als Miss Lugosi pünktlich um sieben das Abendessen hereintrug, fand sie ihn schlafend im Kaminsessel vor. Sie weckte ihn, redete eine geschlagene Dreiviertelstunde auf ihn ein und mahnte ihn augenzwinkernd, nicht wieder schlafzuwandeln und dabei in den Fluß zu fallen wie in der vergangenen Nacht, als er sich schließlich für die Nacht verabschiedete. Andara fand ihren Humor mittlerweile etwas nervtötend, enthielt sich aber jeglicher Antwort, sondern lächelte nur unverbindlich und zog sich zum Schlafen zurück.

In dieser Nacht träumte er wieder, und wieder die gleiche Art von entsetzlich realistischem Traum wie in der vergangenen, wenigstens am Anfang. Alles war wieder da: der entsetzliche Geruch, das Platschen großer schwimmflossiger Füße und das Rauschen und Sprudeln von Wasser, in dem sich finstere Dinge suhlten. Aber als er in diesem Traum sein Zimmer verließ und auf den Korridor hinaustrat, begegnete er Miss Lugosi – die freilich nur vom Hals an abwärts Miss Lugosi war; ihr Gesicht hatte sich in ein abstoßendes froschartiges Ding mit hervorstehenden Glubschaugen verwandelt –, die ihm mit gräßlich quakender Stimme in Erinnerung rief, daß er in den oberen Stockwerken nichts zu suchen habe, und er ging zurück in sein Zimmer. Aber er hörte noch lange die entsetzlichen Laute aus dem oberen Stockwerk herabdringen.

Als er am nächsten Morgen erwachte, fühlte er sich noch erschöpfter und ausgelaugter als am Tage zuvor; Miss Lugosi mußte ihn nicht nur ein-, sondern gleich dreimal wecken, bis er überhaupt die Energie fand, die Augen lange genug offenzuhalten, sich anzuziehen und aus dem Zimmer zu schlurfen. Selbst das halbe Dutzend Tassen starken schwarzen Kaffees, das er herunterstürzte, machte ihn kaum wacher. Es schien, als hätte ihn der Schlaf nicht erquickt, sondern ganz im Gegenteil noch an seinen Kräften gezehrt. Aber er war selbst zu müde, diesen Gedanken zu Ende zu verfolgen.

H.P. war nicht zurückgekommen während der Nacht, und Miss Lugosi hatte auch keine Nachricht von ihm, und obwohl er so müde war, daß er am liebsten sofort wieder in sein Zimmer und ins Bett gegangen wäre, brachte Andara irgendwie die Energie auf, sich zum Verlassen des Hauses zu zwingen; im Grunde ohne festes Ziel und nur aus der vagen Hoffnung heraus, daß ihm die frische Luft und ein wenig Bewegung vielleicht helfen mochten, seine unerklärliche Schwäche zu überwinden. Es war längst nicht nur eine Ermattung des Körpers, die er spürte. Auch seine geistige Disziplin ließ spürbar nach. Der eigentliche Grund seines Hierseins – den verschwundenen Professor und somit Bob und Miss Craven oder wenigstens ihre Spur zu finden – erschien ihm immer unwichtiger, und während des Frühstükkes hatte er sich ein paarmal bei der Überlegung ertappt, ob es nicht das beste sei, einfach wieder abzureisen.

Aber seine Rechnung ging auf – als er das Haus verließ und mit einem mühsam unterdrückten Gähnen auf die Straße hinaustrat, spürte er schon nach wenigen Schritten, wie die Schwere aus seinen Gliedern zu weichen begann. Und als er den Fluß erreichte – der Weg dorthin war nicht weit, weil in einer Stadt von der Größe Arkhams kein Weg weit sein konnte –, fühlte er sich bereits wieder frisch und ausgeruht. Es war fast, als lebe er mit jedem Schritt auf, den er sich von Miss Lugosis Pension entfernte.

Der Gedanke, so absurd er im allerersten Moment war, setzte sich in seinem Bewußtsein fest. Er dachte einen Moment ernsthaft darüber nach, während er am Ufer des Miskatonic-River entlangflanierte, legte ihn dann aber in die Schublade unbegründeter Ängste ab. Es wäre gewiß nicht das erste Mal, daß er mit Fallen derart heimtückischer Art konfrontiert wurde. Die Mächte, die ihn seit einem Jahrzehnt verfolgten, verfügten über Möglichkeiten und Hilfsmittel, deren bloße Vorstellung jedem anderen schier das Blut in den Adern hätte gerinnen lassen. Außerdem – wäre in diesem Haus irgend etwas nicht mit rechten Dingen zugegangen, hätte er es gespürt. So, wie er selbst ein Hexer war, spürte er die Anwesenheit eines anderen magisch begabten Menschen so unfehlbar, wie ein Jagdhund die Beute wittert.

Nach einer Weile wandte er sich von der Water Street ab, überquerte die High Lane und trank in einem kleinen Straßencafé auf der Armitage Street eine Tasse Kaffee; sie war nicht halb so stark wie der verdünnte Teer, den Miss Lugosi ihm kredenzt hatte, weckte zum Unterschied dazu seine Lebensgeister aber wirklich. Sein Blick fiel auf ein großes Fenster auf der gegenüberliegenden Straßenseite, auf das mit weißer Farbe der Schriftzug:

ARKHAM ADVERTISER

geschrieben war. Er erinnerte sich schwach, den Namen auf den zerlesenen Gazetten gesehen zu haben, mit denen er sich den gestrigen Nachmittag vertrieben hatte. Sein Denken funktionierte jetzt wieder einwandfrei, und so dauerte es nur bis zur zweiten Tasse Kaffee, bis ihm klar wurde, daß er genau hier mit seinen Nachforschungen beginnen konnte.

Er zahlte, überquerte die Straße und betrat ohne zu zögern das Büro. Eine Messingglocke verkündete sein Eintreten, und trotz des großen Fensters hinter ihm empfingen ihn stauberfülltes Halbdunkel und schattige Kühle.

Der Raum sah genau so aus, wie man sich das Büro einer so kleinen Zeitung wie des *Advertiser* nur vorstellen konnte – er war an sich groß, aber derart vollgestopft, daß man meinte, kaum mehr Platz zum Atmen zu haben. Den allermeisten Raum nahmen eine gewaltige Druckerpresse und die dazugehörigen Gerätschaften ein, daneben stapelte sich bedrucktes und noch unbenutztes Papier fast bis zur Decke. Überall lagen vollgekritzelte Zettel und Notizen herum; an der Wand neben der Tür gab es eine gewaltige Schiefertafel, auf die kryptologische Verwirrspiele gekritzelt waren, die ihr Urheber vielleicht für so etwas wie eine Handschrift halten mochte. Der einzig halbwegs aufgeräumte Teil des Raumes lag zur Linken: eine lange Holztheke mit zerschrammter Platte, an der die Kunden ihre Bestellungen und Beschwerden aufgeben konnten und an der sicher auch der größte Teil der redaktionellen Arbeit verrichtet wurde.

Ein kleines, vom Alter gebeugtes Männchen schlurfte auf das Läuten der Türglocke hin herbei, schob seine Brille zurecht und erkundigte sich nach Andaras Wünschen. Andara stellte sich vor – wobei er auf seine ganz eigene Art dafür sorgte, daß der Mann seinen Namen im gleichen Moment wieder vergessen haben würde, in dem er das Haus verließ, ebenso wie die Tatsache, daß er überhaupt dagewesen war –, erklärte, daß er im Auftrage eines namhaften New Yorker Verlages für ein Buch über aufsehenerregende Kriminalfälle recherchiere, und daß er in diesem Zusammenhang auf den Fall des bedauernswerten Professors Langley gestoßen sei, überdies auf Gerüchte um andere, höchst seltsame Begebenheiten, die sich zu jener Zeit in der Gegend von Arkham zugetragen haben sollten; und ob es vielleicht ein Archiv gäbe, in dem er ältere Ausgaben des *Advertiser* diesbezüglich nachschlagen könne.

Der Zeitungsmann, der sich als Clark Asthon-Smythe

vorstellte und, wie sich herausstellte, nicht nur Redakteur, sondern auch Chef und einziger Reporter, Drucker, Setzer, Korrektor und überhaupt alles in einer Person darstellte – man konnte wohl mit Fug und Recht behaupten, dachte Andara amüsiert, daß er der ARKHAM ADVERTISER *war* – zeigte sich auf höchste erfreut, ihm auf diese Weise behilflich sein zu können, und führte ihn in ein kleines, nach altem Papier und Staub reichendes Hinterzimmer, in dem sämtliche Jahrgänge des *Advertiser,* säuberlich in schweinslederne Folianten gebunden, aufbewahrt waren.

Andara fand sehr schnell, wonach er suchte – der zwei Jahre alte Foliant war an dieser Stelle besonders stark abgegriffen, denn er war offensichtlich nicht der erste, der sich für das Verschwinden des Professors interessierte. Die Meldung selbst indes war eine Enttäuschung: nichts als eine kurze, im Grunde nichtssagende Notiz, das sonderbare Verschwinden eines honorigen Professors der örtlichen Universität betreffend; kein Wort vom Verdacht eines Verbrechens, geschweige denn irgendwelchen Ermittlungen, die auf H.P. hinwiesen.

»Das ist nicht unbedingt das, was Sie erwartet haben, wie?« fragte Asthon-Smythe, der bei ihm stehengeblieben war und ihn die ganze Zeit über nicht aus dem Auge gelassen hatte.

Andara lächelte matt. »Wie kommen Sie darauf?«

Asthon-Smythe zuckte mit den Achseln. »Man bekommt ein gewisses Gefühl, im Laufe der Zeit«, antwortete er, »wenn man wie ich davon lebt, Neuigkeiten zu verbreiten. Sie sind nicht der erste, der sich für die Sache interessiert. Erst vor drei Monaten war jemand hier und hat ganz genau die gleichen Fragen gestellt.«

»Jemand?«

Asthon-Smythe nickt, lehnte sich mit vor der Brust verschränkten Armen gegen den Türrahmen – und gab Andara eine so genaue Personenbeschreibung H.P.s, als stände dieser im Raum. »Er schien so enttäuscht wie Sie«, schloß er mit einem Lächeln. »Und er interessierte sich genauso für alles, was damals passiert ist.«

»Und . . . was war das?« fragte Andara stockend. Er war verwirrt. H.P. sollte hiergewesen sein, in aller Offenheit? Ganz automatisch wollte er den Folianten wieder aufschlagen, aber Asthon-Smythe schüttelte mit einem neuerlichen Lächeln den Kopf, drehte sich plötzlich herum und verschwand und kam wenige Augenblicke später mit einer halbvollen Whiskyflasche und zwei nicht gerade sauberen Gläsern wieder.

»Sie können sich die Arbeit sparen, nachzuschlagen«, sagte er, während er Andaras Glas einen Finger breit und sein eigenes bis dicht unter den Rand füllte. »Steht nichts drin. Es gab gewisse Kreise, die damals nicht an einer Veröffentlichung interessiert waren.«

»Gewisse Kreise?« Andara nahm sein Glas, suchte nach einer halbwegs sauberen Stelle und nippte vorsichtig daran, als der Alte ihm zuprostete. Der Whisky brannte wie Säure auf seiner Zunge und schmeckte nach dem, was er wahrscheinlich auch war – praktisch verdünnter Alkohol, der wohl in irgendeiner privaten Brennerei in den Wäldern um Arkham entstanden war.

»Fragen Sie mich nicht nach Namen, Sir«, sagte Asthon-Smythe bekümmert. »Sie würden Ihnen nichts sagen. Aber es waren einflußreiche Leute. Man muß vorsichtig sein, wenn man ein so kleines Blatt wie den *Advertiser* leitet.«

»Und es behalten will«, fügte Andara hinzu.

Asthon-Smythe enthielt sich einer Antwort, aber das Glitzern in seinen Augen sagte genug. Zum Beispiel, daß es nicht seine Schuld wäre, wenn die ganze Geschichte nun im nachhinein doch in einem Buch oder gar einer der großen New Yorker Tageszeitungen erschien, und – und das vor allem – daß Schadenfreude nun schließlich nicht strafbar sei.

»Ich kann mich darauf verlassen, daß mein Name nicht erwähnt wird?« fragte er lauernd.

»Und der des *Advertisers* auch nicht«, fügte Andara hinzu. »Es sei denn, Sie legen Wert darauf.« Er nippte wieder an seinem Glas. »Wie würde Ihnen die Formulierung ›*gewisse wohlinformierte örtliche Kreise*‹ gefallen?«

»Ausgezeichnet«, antwortete Asthon-Smythe und grinste. »Erzählen Sie.«

Asthon-Smythe leerte sein Glas in einem Zug und schenkte sich nach. »War eine üble Geschichte damals«, begann er. »Das

Verschwinden des Professors war nur die Spitze des Eisberges. Es sind ein paar sonderbare Sachen passiert. Niemand weiß wirklich etwas Genaues, und die, die Bescheid wissen, lassen sich eher die Fingernägel herausreißen, ehe sie was sagen. Aber es hat ein paar Tote gegeben, und ein paar Leute sind unter sehr sonderbaren Umständen verschwunden, unten in der Nähe von Innsmouth.«

Andara wurde hellhörig, verbiß sich aber im letzten Moment die Frage, ob dabei etwa rein zufällig der Name Carson gefallen sei. Er hätte Asthon-Smythe mit Leichtigkeit zwingen können, ihm alle Informationen zu geben, die er besaß, aber einen Menschen seines freien Willens zu berauben, war etwas, das er nur im allerschlimmsten Notfall tat. Es war nicht nur unangenehm und unmenschlich, sondern auch entwürdigend – für beide Seiten. Und es war ein durchaus zweischneidiges Schwert, denn Asthon-Smythe würde, wenn er ihn zwang, zwar alle Fragen der Wahrheit nach und in vollem Umfang beantworten, aber eben nur seine *Fragen.* Die Menge der Informationen, die Andara erhielt, wenn er ihn einfach reden ließ, mochte größer sein.

»War ein übler Winter damals«, fuhr Asthon-Smythe fort, nachdem er das zweite Glas Selbstgebrannten geleert hatte. »Der Schnee lag so hoch, daß die Leute ihre Häuser manchmal nicht mehr verlassen konnten. Eine Menge Viehzeug ist erfroren, draußen auf den Weiden und in den Wäldern. Selbst die Indianer sind weggegangen, während der schlimmsten Monate. Weiß aber nicht, ob es wirklich der Schnee war, der sie vertrieben hat.«

»Was sonst?«

Asthon-Smythe schürzte die Lippen. »Weiß nicht«, sagte er. »Manche behaupten, daß sich sonderbare Dinge in den Wäldern taten. Dinge, über die man besser nicht redet und schon gar nicht schreibt. Ich selbst hab' nichts gehört oder gesehen, aber die Fallenthorps, die in ein paar Meilen südlich von Arkham leben, schwören Stein und Bein, des Nachts seltsame Laute gehört zu haben. Ein Heulen und Wimmern wie von tausend gequälten Seelen.« Er lächelte entschuldigend ob dieser pathetischen Formulierung und fügte hinzu: »Sind nicht meine Worte, sondern die vom alten Ames Fallenthorp. Und er will irgendwas gesehen haben, oben am Himmel. Ein Ding wie ein Vogel mit seltsam zerfransten Flügeln, aber unmöglich groß. Und außerdem schwört er, daß es geschlagene zehn Minuten völlig still in der Luft gestanden hat, ohne daß es auch nur einmal mit den Flügeln gezuckt hätte. Klar hat ihm keiner geglaubt. Aber ich hab' mit ihm gesprochen, wissen Sie, und ich will verdammt sein, wenn ich jemals einen Menschen getroffen habe, der solche Angst gehabt hätte wie der alte Ames, als er mir die Geschichte erzählte. Andere wieder sagen, sie hätten Spuren im Schnee gefunden, die unmöglich von einem Menschen oder irgendeinem Tier stammen könnten.« Er seufzte, füllte sein Glas erneut und nahm einen gewaltigen Schluck. »Keiner weiß, was es wirklich war«, fuhr er fort, »aber Tatsache ist, daß irgendwas in den Wäldern herumschlich, damals in dem Winter, in dem der Professor und die anderen verschwunden sind.«

»Welche anderen?« fragte Andara. H.P. hatte nicht von irgendwelchen *anderen* erzählt.

»Ames Fallenthorp und seine beiden Söhne zum Beispiel«, antwortete Asthon-Smythe. »Die beiden Jungens sind nie wieder aufgetaucht. Den Alten haben sie gefunden, eine Woche später – genauer gesagt das, was von ihm übrig war.« Er zog eine Grimasse. »Muß ein Bär oder ein ganzes Rudel Wölfe gewesen sein, so wie der Kadaver aussah. Seine eigene Frau hat ihn kaum wiedererkannt.«

Andara schwieg einen Moment. Er war sich noch nicht ganz darüber klar, was er von den Erzählungen Asthon-Smythes halten sollte. Wenn er die Wahrheit sprach – woran eigentlich kein Zweifel bestand –, dann hatte H.P. ihm nur einen sehr kleinen Teil der wahren Geschichte erzählt.

»Und . . . der Professor?«

»Langley?« Asthon-Smythe runzelte die Brauen. »War eine komische Sache. Alle dachten, daß es Wölfe gewesen wären, vielleicht auch ein Grizzly, den der strenge Winter in diese Gegend verschlagen hätte. Nur der Professor nicht. Er hat nicht viel gesagt, jedenfalls nicht viel, mit dem man was hätte anfangen können, aber was er sagte, reichte aus, manchen das

Blut in den Adern gefrieren zu lassen. Schnüffelte ständig draußen in den Wäldern herum und machte die arme Fallenthorp ganz krank mit seiner Neugier. Und dauernd machte er diese Andeutungen.« Er hob seine Stimme ein wenig, um die wohl leicht näselnde Aussprache des Professors nachzuäffen. »Andeutungen von gewissen lichtscheuen Elementen, die von Welten jenseits der Wirklichkeit kämen und die unsere äußerst aufmerksam beobachteten. Von Dingen, deren Namen man besser nicht ausspräche, wolle man nicht Gefahr laufen, an Leib und Seele zu Schaden zu kommen. Schließlich wurde es den Leuten zuviel. Ein paar Männer aus der Stadt gingen zur Universität und erklärten dem Dekan, daß sie es nicht mehr hinnehmen würden, wenn Langley damit fortführe, ihre Kinder und Frauen zu erschrecken. Ich glaube, in Wahrheit hatten sie wohl auch Angst vor dem, was Langley sagte.«

»Und?« fragte Andara, als Asthon-Smythe nicht weitersprach.

»Er bekam gehörig eins reingewürgt vom Dekan«, erklärte Asthon-Smythe grinsend. »Danach wurde es ein wenig besser, wenigstens die erste Zeit. Aber nach einer Weile fing er wieder an, und schlimmer als vorher. Schließlich haben sich ein paar von den Jungs auf die Lauer gelegt und ihn gehörig verdroschen. Danach gab es ein halbes Jahr Ruhe. Und dann war er plötzlich weg.«

»Einfach so?«

»Einfach so«, bestätigte Asthon-Smythe. »Ein paar von seinen Studenten oben in der Universität haben ihn gesehen, wie er spätabends in die Bibliothek ging. Am nächsten Morgen brannte die Lampe noch, die er mitgenommen hatte. Seine Pfeife lag da und irgend so ein alter Foliant, in dem er gelesen hatte. Aber Langley war verschwunden. Seither hat ihn niemand mehr gesehen.«

»Aber es gab doch eine Untersuchung?«

»Und ob«, bestätigte Asthon-Smythe. »Die Polizei hat jeden verhört, der damals dabei war, sowohl bei der Abordnung, die sich beim Dekan beschwert hat, als auch bei den Männern, die ihn vermöbelt haben. Aber sie konnten keinem was nachweisen. Schließlich wurde die Untersuchung eingestellt. Manche«, fügte er mit gewichtigem Gesichtsausdruck hinzu, »behaupten, daß er am Ende den Dingen zu Opfer gefallen wäre, von denen er dauernd faselte. Aber die offizielle Version ist, daß er wohl in die Wälder hinausgegangen und dabei umgekommen ist. War wohl nicht mehr ganz richtig im Kopf.«

»Es wurde niemand angeklagt?« vergewisserte sich Andara.

»Niemand«, bestätigte Asthon-Smythe. »Wer auch? Langley war zwar ein bißchen komisch, aber im Grunde hatte er keine Feinde. Jedenfalls keine, die ihn so haßten, daß sie ihn einfach hätten verschwinden lassen. Wahrscheinlich ist er von den gleichen Wölfen oder Bären gefressen worden, die den armen Ames und seine Söhne auf dem Gewissen haben. Hat sich ja auch dauernd in den Wäldern rumgetrieben. In Gegenden, die selbst die Eingeborenen meiden.«

Andara schwieg eine ganze Weile. Was er gehört hatte, begann sich langsam zu einem Bild zusammenzusetzen, wenngleich ihm auch noch einige wichtige Teile des Puzzlespieles fehlten, damit es Sinn ergab. Aber eines war klar – aus welchem Grund ihn H.P. auch immer hierherbestellt hatte, es war nicht der, den er während ihres Gespräches vortäuschte. Er wurde weder von der Polizei noch von sonstwem gesucht, zumindest nicht hier in Arkham. Andara spürte einen heftigen Zorn auf H.P., den er aber rasch niederkämpfte. Er würde seine Gründe gehabt haben, so und nicht anders zu verfahren. Und Andara hoffte in seinem Interesse, daß sie gut genug waren. Wenn nicht, würde H.P. spüren, was es hieß, *wirklichen* Ärger zu haben.

Wenn er ihn fand, hieß das.

»Sie haben mir sehr geholfen, Mister Asthon-Smythe«, sagte er nach einer Weile. »Ich danke Ihnen. Und es bleibt dabei – ich bin niemals hiergewesen, und Sie haben niemals mit mir gesprochen.«

»Ich hab' schon vergessen, daß es Sie gibt«, erklärte Asthon-Smythe, mit einem Grinsen, das wahrscheinlich mehrere Stufen weniger listig ausgefallen wäre, hätte er geahnt, daß er seinen morgendlichen Besucher *wirklich* vergessen würde, kaum daß dieser das Büro des *Advertiser* verließ.

Andara war nicht sehr überrascht, von Miss Lugosi zu hören, daß H.P. während seiner Abwesenheit weder angekommen noch die angekündigte Nachricht geschickt hatte; ganz im Gegenteil hätte es ihn wohl eher erstaunt, wäre eines von beiden der Fall gewesen. Aber er verlängerte die Liste der Dinge, die er ihm antun würde, wenn er ihn wiedersah, in Gedanken um einen weiteren Punkt.

Andara schlug Miss Lugosis Angebot, ihm ein Mittagsmahl zu bereiten, an diesem Tage aus – nicht zuletzt angesichts der Tatsache, daß sie irgend etwas von einem ›gemütlichen Plausch‹ hinzufügte. Und es kam noch etwas hinzu: er hatte das Haus nämlich kaum betreten, da begann er sich bereits wieder matt zu fühlen. Nicht wirklich müde; aber die Frische und Leichtigkeit, mit der ihn die klare Sommerluft Arkhams erfüllt hatte, wich beinahe augenblicklich aus seinen Gliedern. Er atmete nicht nur innerlich auf, als er das Haus wieder verließ und das Palace-Hotel ansteuerte, um dort zu Mittag zu essen.

Am frühen Nachmittag überquerte er den Fluß und machte sich auf den Weg zur Universität. Der große Gebäudekomplex wirkte sonderbarerweise selbst jetzt, im hellen Licht des Tages, noch immer düster und irgendwie staubig. Es waren sehr wenige Studenten zu sehen, selbst, als er den Campus betrat und auf eine mit ›Verwaltung‹ gekennzeichnete Tür zusteuerte, was aber durchaus an der Jahreszeit liegen mochte. Er hatte niemals eine Universität besucht und eher nebelhafte Vorstellungen vom Leben und Treiben an einer solchen. Aber es war Hochsommer, und möglicherweise waren Semesterferien.

Ein Schwall kühler, nach Büchern und Kernseife riechender Luft schlug ihm entgegen, als er das Gebäude betrat und sich suchend umsah. Es gab keine Pförtnerloge oder einen irgendwie gearteten Empfang, aber er hatte kaum eine halbe Drehung beendet, als zur Linken eine Tür aufschwang und ein grauhaariger Mann unbestimmbaren Alters auf ihn zutrat. »Sir?«

Andara stellte sich vor – wobei er wieder dafür sorgte, daß der Mann ihn rasch wieder vergessen würde –, erfand einen Grund für sein unangemeldetes Kommen und fragte dann geradeheraus nach einem gewissen Henry Wolf.

Die Reaktion des Gegenübers war vollkommen unerwartet. Statt nachdenklich die Stirn zu runzeln oder ihm zu erklären, daß der Campus über die Semesterferien geschlossen und der Gewünschte somit nicht zu sprechen sei, machte sich auf seinem Gesicht ein Ausdruck tiefer Bestürzung breit.

»Wolf?« wiederholte, er, als müsse er sich vergewissern, auch richtig verstanden zu haben. »Sie meinen Henry, den vormaligen Assistenten des armen Langley?«

Dieser Umstand war Andara neu, trotzdem nickte er. »Warum?« fragte er. »Was ist mit ihm?«

»Ja, haben Sie denn nicht gehört?« fragte sein Gegenüber. »Der arme Kerl ist . . .« Er brach ab, suchte einen Moment sichtlich nach Worten und rettete sich in ein sehr tiefes Seufzen. »Er wurde gefunden«, sagte er schließlich. »Vor drei Tagen, unten im Keller der Bibliothek.«

»Gefunden?« Andara erschrak. »Was soll das heißen? Ist er . . . tot?«

»Tot?« Sein Gegenüber schüttelte den Kopf. »Das nicht, aber es . . . es mag brutal klingen, aber es wäre fast besser für ihn. Er hat den Verstand verloren. Es ist natürlich zu früh, irgend etwas zu sagen – wir haben nach einem Spezialisten geschickt, der eine genaue Diagnose stellen wird –, aber wenn Sie mich fragen, dann ist da nichts mehr zu machen.«

»Er ist hier?«

Der Mann nickte. »Arkham ist eine kleine Stadt. Wir haben kein eigenes Hospital, und unser hiesiger Arzt . . .« Er sprach nicht weiter, aber sein Schweigen erklärte deutlich, was er von den Fähigkeiten des ansässigen Doktors hielt.

»Bringen Sie mich zu ihm«, verlangte Andara.

Seine Gegenüber lächelte freundlich. »Ich bitte Sie«, sagte er. »Was denken Sie sich? Henry ist krank und . . .«

»Ich will ihn sehen«, verlangte Andara noch einmal, und diesmal war in seiner Stimme ein Unterton, wie ihn wenige Menschen jemals in ihrem Leben gehört hatten. Etwas, das stärker war als Worte, stärker als alles, was man hätte *sagen* können. Für die Dauer einer einzigen, schreckerfüllten Sekunde malte sich blankes Entsetzen im Blick seines Gegenübers ab, dann erlosch irgend etwas in seinem Blick, und er nickte.

»Wie Sie wünschen, Sir. Wenn Sie mir folgen würden.« Seine Bewegungen waren nicht mehr ganz natürlich, als er sich umwandte und eine einladende Geste auf die Treppe im hinteren Teil der Halle machte. Wahrscheinlich wäre es einem unbefangenen Beobachter nicht einmal aufgefallen, aber er wirkte plötzlich ein ganz kleines bißchen wie eine Marionette, an deren Fäden ein – wenn auch begnadeter – Spieler zog.

»Sie sagten, dieser Henry wäre der Assistent Professor Langleys gewesen?« erkundigte sich Andara, während sie nebeneinander die breite marmorne Treppe hinaufschritten.

Sein Führer nickte, ohne ihn anzusehen. »Bis zu seinem Verschwinden, ja. Er nahm intensiv an seinen Forschungen teil.«

»Mit Erfolg?«

»Wenn Sie mit Erfolg das meinen, was nun geschehen ist, sicherlich«, antwortete der Mann. »Der Professor war verrückt, das ist hier die allgemeine Auffassung. Ein Genie, aber verrückt. Und Henry war ebenso besessen wie er. Nach Langleys Verschwinden wurde alles eher noch schlimmer. Er hat seine Forschungen weitergeführt, obwohl ihn jedermann warnte. Am Schluß hat es ihm der Dekan ausdrücklich verboten und mit seiner Suspendierung von der Universität gedroht, aber es hat nichts genutzt.«

»Was waren das für Forschungen?« erkundigte sich Andara, obwohl er eine sehr konkrete Vorstellung davon hatte, womit sich der bedauernswerte Henry beschäftigt hatte.

»Lauter verrücktes Zeug«, lautete die Antwort. »Ein wenig Mystik, gemischt mit echter Historie und einem guten Schuß Unsinn, wenn Sie mich fragen. Wir sind da.« Er blieb stehen, deutete auf eine Tür und zog mit ungelenken Bewegungen einen Schlüssel aus der Rocktasche.

Andara trat einen halben Schritt zurück, während sein unfreiwilliger Führer die Tür aufsperrte und eine einladende Handbewegung machte.

Im ersten Moment sah Andara nichts, denn der Raum hinter

der Tür war dunkel; vor den Fenstern lagen schwere, hölzerne Läden, die jedes bißchen Licht verschluckten, und zusätzlich waren die Vorhänge zugezogen. Aber er *hörte,* und was er hörte, reichte aus, ihn trotz der im Raum herrschenden Wärme frösteln zu lassen.

Zuerst ein halblautes, hastiges Schleifen und Flüchten, wie die Laute eines fliehenden Tieres, das sich in Panik in eine Ecke verkriecht, dann rasche, hektische Atemzüge und schließlich ein Wimmern und Stöhnen, wie es eine menschliche Stimme nur schwer vorstellbar hervorbringen konnte: dunkle, gutturale Töne, ein heiseres Bellen und widerwärtige Quietsch- und Pfeiflaute, die an das Kreischen einer sterbenden Ratte erinnerten.

»Warten Sie einen Moment, Sir«, sagte sein Führer. Er betrat – sehr vorsichtig, wie Andara bemerkte – das Zimmer und zog die Vorhänge zurück. Andara hörte, wie er das Fenster entriegelte und aufschob, dann flutete helles, nach der Dunkelheit schon beinahe unangenehmes Sonnenlicht in den Raum.

Was Andara sah, erfüllte ihn mit schierem Entsetzen.

Der Raum war provisorisch als Krankenzimmer hergerichtet worden, was hieß, daß alle beweglichen Möbel hinaus- und ein fahrbares Bett hineingeschafft worden war. Die eingebauten Bücherschränke waren leergeräumt worden, und vor dem Fenster prangte ein notdürftig angebrachtes Eisengitter. Als er den Raum betrat, fiel Andara auf, daß die Tür auf der inneren Seite keinen Knopf hatte. Unwillkürlich mußte er an die Isolierzelle eines Irrenhauses denken.

Dieser Eindruck war jedoch hauptsächlich auf den Bewohner dieses schrecklichen Zimmers zurückzuführen, der sich in die äußerste Ecke geflüchtet und angstvoll die Arme über den Kopf zusammengeschlagen hatte. Er stieß noch immer diese entsetzlichen, kaum menschlich zu nennenden Laute aus, und das, was Andara von seinem Gesicht erkennen konnte, war zu einer Grimasse der Furcht verzerrt.

Sein Führer wollte etwas sagen, aber Andara gebot ihm mit einer raschen Geste, zu schweigen und das Zimmer zu verlassen. »Schließen Sie die Tür«, sagte er. »Und warten Sie

Shub-Niggurath, das Tier

auf dem Korridor auf mich. Sie lassen niemanden herein, ganz gleich, wer kommt. Verstanden?«

Der Mann nickte, drehte sich mit steinernem Gesicht um und verließ das Zimmer. Das Schloß rastete mit einem hörbaren Schnappen hinter ihm ein.

Andara wartete, bis sich seine Schritte ein Stückweit entfernt hatten, dann wandte er sich wieder um und trat behutsam auf die in der Ecke kauernde Gestalt zu. Der junge Mann – er mocht zwanzig, im allerhöchsten Falle fünfundzwanzig Jahre alt sein – kauerte sich angstvoll noch weiter zusammen und schlug die Hände vor das Gesicht. Ein helles, panikerfülltes Wimmern und Schluchzen mischte sich in die entsetzlichen Laute, die aus seiner Kehle drangen.

»Keine Angst«, sagte Andara sanft. »Ich bin nicht Ihr Feind. Ich will Ihnen helfen.« Einen halben Schritt vor Henry blieb er stehen, ließ sich in die Hocke herabsinken und streckte mit einem freundlichen Lächeln die Hand aus. Henry beobachtete ihn durch die Finger hindurch. Seine Augen waren groß und dunkel. Angst und Wahnsinn loderten darin.

»Nehmen Sie die Hände herunter«, sagte Andara ruhig. »Ich werde Ihnen helfen.« Er legte alle suggestive Macht, zu der er überhaupt fähig war, in diese Worte. Trotzdem dauerte es lange, bis Henry gehorchte, und als er es tat, waren seine Bewegungen ruckhaft und voller Furcht.

Was Andara sah, ließ ihn abermals schaudern. Henry war ein Mann von sehr schlankem, fast schon dürrem Wuchs mit halblangem Haar, schlechten Zähnen und einem eingefallenen Gesicht, dem der struppige Vollbart vergeblich einen markanten Zug zu verleihen versuchte. Er korrigierte seine Schätzung sein Alter betreffend ein wenig nach oben. Obwohl noch Student, mußte er Anfang Dreißig sein.

»Ich tue Ihnen nichts, Henry«, sagte er eindringlich. »Ich bin Ihr Freund. Ich will Ihnen helfen.«

Der Wahnsinnige stierte ihn an. Ein wenig Speichel lief aus seinem Mundwinkel und versickerte in seinem Bart, ohne daß er es auch nur merkte. Sein Blick flackerte. Aber er hob die Hände nicht wieder, als sich Andara vorbeugte und mit der Rechten ganz behutsam seine Stirn berührte.

»Vertrauen Sie mir«, sagte er. »Ich helfe Ihnen. Gleich ist alles vorbei. Schließen Sie die Augen.«

Henry gehorchte, aber auch dieses Mal erst nach sehr, sehr langem Zögern. In seinem Blick war ein Flehen und eine Furcht, die irgend etwas in Andara sich zusammenziehen ließ.

Sehr sanft spreizte er die Hand, berührte mit Zeige- und Ringfinger die geschlossenen Lider und übte mit dem Mittelfinger einen schwachen Druck auf die Stelle zwischen den Brauen aus, während Daumen und kleiner Finger nach Henrys Schläfen tasteten. Dann schloß er ebenfalls die Augen und konzentrierte sich.

Es war schwer, unendlich schwer. Anders als sonst war es kein rasches, ruckhaftes Einklinken in den Geist seines Gegenübers, kein Verschmelzen von Seele und Seele, sondern ein Gefühl, als würde er in einen gewaltigen, sich rasend schnell drehenden Sog hineingezerrt, in einen schwarzen Mahlstrom aus Irrsinn und lautlosen Schreien und purem Schmerz, in dem auch sein Geist sich zu fangen drohte. Einen Moment, einen winzigen, aber schrecklich endlosen Moment nur, drohte er die Kontrolle zu verlieren. Die grauen Spinnweben des Wahnsinns griffen nun auch nach ihm, zerrten an seinem Selbst und untergruben mit jäher Plötzlichkeit die Barrieren aus Willenskraft und Stärke, die er um seinen Geist errichtet hatte. Erst im letzten Augenblick gelang es ihm, die geistige Verbindung wieder zu kappen und sich zurückzuziehen.

Er versuchte kein zweites Mal, direkt in Henrys Bewußtsein einzudringen, um auf diese Weise und direkt zu erfahren, was geschehen war, sondern beschränkte sich auf das einzige, was er für diesen bemitleidenswerten Jungen zu tun imstande war: den geistigen Taifun, der in seiner Seele tobte, ein wenig zu beruhigen und die Teile seines Ichs zu lähmen, die für Schmerz und Entsetzen zuständig waren.

Es war keine Hilfe auf Dauer, dessen war er sich klar. Der kurze, entsetzliche Blick, den er in seinen Geist getan hatte, hatte ihm gezeigt, daß es nichts mehr gab, was Henry helfen konnte. Andara vermochte viel, sehr viel. Er konnte Wunden heilen, Beschädigtes wieder aufbauen und Dinge vergessen lassen; ja, einen gestörten Geist sogar heilen. Aber Henrys Geist war nicht gestört. Er war vernichtet. Etwas war mit der Wucht eines Wirbelsturmes hineingefahren und hatte alles zermalmt, was an ihm jemals *Mensch* gewesen war.

Da war nichts mehr, was zu retten, wieder aufzubauen oder zu heilen gewesen wäre. Das wimmernde Bündel vor ihm war auf ein reines Lebewesen reduziert worden, eine Ansammlung möglicherweise noch immer perfekt funktionierender Organe und Nervenverbindungen, in der jedoch der göttliche Funke, der den Mensch über das Tier erhob, erloschen war. Endgültig.

Aber Andara hatte trotzdem erfahren, was er erfahren wollte, wenn auch nur in Bruchstücken. In jenem kurzen Moment hatte er nicht nur den Wahnsinn erblickt, sondern auch Bilder von schrecklicher Realität. Visionen von dunklen, grotesk verzerrten Wesen, boshafte Karikaturen menschlicher Wesen, die sich hopsend und hüpfend vorwärts bewegten und unnatürliche Laute ausstießen. Schreckensgebilde, die nicht sein durften und doch waren, entsetzliche Ungeheuer, wie sie sich keine meschliche Phantasie ersinnen konnte, und dem Menschen doch ähnlich, vielleicht gerade deshalb so entsetzlich.

Und auf grauenerregende Weise waren sie ihm vertraut.

Er hatte niemals Wesenheiten solcher Art gesehen, noch von ihnen gehört, und doch berührten die Bilder irgend etwas in ihm, ließen ein Gefühl von Wiedererkennen in ihm aufsteigen, das auf seine Art beinahe schlimmer als der bloße Anblick der Kreaturen war.

Mühsam scheuchte er die Bilder in einen Winkel seines Denkens zurück, in dem er sie unter Kontrolle hatte, streckte abermals die Hand aus und berührte die Stirn des jungen Mannes erneut, sehr viel vorsichtiger und nur mit spitzen Fingern. Diesmal war er auf den Sturm von Gefühlen und Bildern vorbereitet. Trotzdem fiel es ihm schwer, dem grauen Wahnsinn zu entrinnen, der ihn wie mit klebrigen Spinnfäden einzuweben suchte.

Auf dem Korridor wurden plötzlich erregte Stimmen laut; die seines Führers und eine andere, sehr viel energischere, die mit normaler Lautstärke lospolterte. Andara richtete sich überhastet auf und drehte sich gerade noch im richtigen Moment um, um zu sehen, wie die Tür aufgerissen und sein unfreiwilliger Wächter rüde beiseite geschoben wurde, von einem Mann, der zwar unterdurchschnittlich klein, dafür aber fast ebenso breit wie hoch war und Andara mit unverhohlener Wut anstarrte. Sein kleines feistes Gesicht war dunkelrot angelaufen, und der Zorn ließ seinen Atem so schnell gehen, daß er im ersten Moment kaum einen verständlichen Laut hervorbrachte.

»Was . . . was geht hier vor?« keuchte er. »Was fällt Ihnen ein, hier einzudringen, Sir?« Er wartete Andaras Antwort nicht ab, sondern fuhr auf den Absätzen herum und ballte kampflustig die Fäuste. »Jenson, Sie hirnverbrannter Trottel!« brüllte er. »Wie oft habe ich Ihnen gesagt, daß niemand . . .«

»Es war nicht seine Schuld«, unterbrach ihn Andara.

Der Mann brach mitten im Wort ab, fuhr abermals herum und starrte Andara kampfeslustig an. Seine Kiefer mahlten. »Wer . . . wer sind Sie?« fragte er.

»Andara«, stellte er sich vor. »Roderick Andara, Sir. Und mit wem habe ich das Vergnügen?«

»Mit niemandem«, fauchte der andere. »Es wird nämlich keines, Sir. Ich bin Dekan Wilson, und . . .«

»Der Dekan dieser Universität?« Andara lächelte. »Das ist gut. So erspare ich mir die Mühe, nach Ihnen suchen zu müssen.« Er lächelte noch freundlicher, trat einen Schritt auf Wilson zu und deutete mit der Spitze seines Spazierstockes erst auf Jenson, der mit sehr unglücklichem Gesichtsausdruck unter der Tür stand und ihn hilfesuchend anblickte, dann auf Henry, der noch immer zusammengekauert in seiner Ecke saß, aber schon merklich ruhiger geworden war.

»Ich versichere Ihnen noch einmal, Sir«, sagte er, »daß den armen Jungen nicht die mindeste Schuld an meinem Eindringen trifft. Ich habe darauf bestanden, zu Henry geführt zu werden.«

»Wer zum Teufel sind Sie?« fragte Wilson gereizt. »Ein Arzt? Oder ein Verwandter von ihm?«

»Weder, noch, fürchte ich«, antwortete Andara. »Ich bin . . . ein Freund eines guten Bekannten des bedauernswerten Professors, dessen Gehilfe der arme Henry ja wohl über längere

Zeit war, und als solcher fühlte ich mich verständlicherweise genötigt, zu sehen, was ich für den armen Burschen tun kann.«

Wilson starrte ihn mit offenem Mund an, aber Andara gab ihm keine Gelegenheit, auch nur zu Worte zu kommen, sondern gab sich redliche Mühe, einen semantischen Knoten in seine Gehirnwindungen zu drehen. »Mein Freund – der Bekannte des bedauerlicherweise verschwundenen Professors, Sie verstehen? – erzählte oft von Henry, und auch davon, daß er die Forschungen Langleys nach Kräften fortzusetzen trachtete. Und als ich dann von diesem entsetzlichen Zwischenfall hörte, bin ich natürlich sofort gekommen.«

»Natürlich«, murmelte Wilson, stutzte, atmete hörbar, stemmte zornig die Fäuste in die Hüften und begann zu brüllen: *»Was zum Teufel . . .«*

»Ich habe für Henry getan, was ich konnte«, unterbrach ihn Andara, mit leicht erhobener Stimme und einer Betonung, die Wilson vielleicht sehr sonderbar vorgekommen wäre, hätte er noch Zeit gefunden, sich darüber zu wundern.

Aber er hatte sie nicht. Sein geistiger Widerstand zerbrach so schnell wie der Jensons zuvor, und in seinen Augen machte sich die gleiche Leere breit wie in denen des anderen.

»Zeigen Sie mir die Notizen, an denen Henry gearbeitet hat, als Sie ihn fanden«, verlangte er.

Wilson nickte, wandte sich auf der Stelle um und wollte das Zimmer verlassen, aber Andara hieß ihn noch einmal zu warten und wandte sich an Jenson. »Sie bleiben hier«, befahl er. »Sie werden in einer Stunde aufwachen und sich weder an meinen Besuch noch an sonst etwas von dem erinnern, was hier geschehen ist. Ich konnte nicht viel für Henry tun, aber sie werden feststellen, daß er ruhiger geworden ist. Er wird so bleiben, wenigstens für eine Weile. Sorgen Sie gut für ihn.«

Wilson führte ihn in die Bibliothek, die für sich allein genommen schon beinahe einen Besuch gelohnt hätte, denn so klein und unbedeutend Arkham an sich sein mochte, so umfassend und erstaunlich war der Schatz an Wissen, der hier angehäuft war. In dem guten halben Dutzend Säle, die das

Bibliotheksgebäude ausfüllten, stapelten sich buchstäblich zahllose Bücher, Folianten und Loseblattsammlungen, manche davon so alt, daß Andara einen deutlichen Schauder von Ehrfurcht verspürte, wenn er sie nur ansah.

Wie er rasch feststellte, befaßte sich der überwiegende Teil dieses Wissensschatzes mit Dingen, die an jeder anderen denkbaren Hochschule nur Naserümpfen oder Gelächter ausgelöst hätte – mit Mystik, Zauberei und allen nur denkbaren Arten von Geheimwissenschaften. Sicherlich war der allergrößte Teil nichts als krauses Zeug, das Papier nicht wert, auf das er geschrieben war; aber der verbleibende Rest wäre noch immer groß genug gewesen, einen einzelnen Menschen für den Rest seines Lebens vollauf zu beschäftigen.

Aber so interessant dieser überraschende und unerwartete Fund sein mochte, so wenig ergiebig waren die Papiere, die Wilson ihm zeigte. Im allgemeinen handelte es sich nur um eine große Zahl eng mit Bleistift bekritzelter Blätter, deren Inhalt Andara entweder nicht entziffern konnte, oder der keinen Sinn ergab, des weiteren um ein sehr alt erscheinendes, in steinhart gewordenes Leder gebundenes Buch, das aber in einer Sprache abgefaßt war, die auch Wilson nur ein bedauerndes Kopfschütteln abnötigte, dazu noch eine Anzahl von Zeichnungen, Diagrammen und Tabellen, die entfernt an astronomische Berechnungen erinnerten, wenngleich Andara das nötige Fachwissen fehlte, dies mit Bestimmheit sagen zu können.

Die Papiere erschienen ihm nicht vollständig, aus manchen Blättern waren gar Stücke herausgeschnitten oder mit Tinte unleserlich gemacht worden, aber Wilson versicherte, daß nichts verändert oder auch nur angerührt worden sei, seit man den unglückseligen Henry vor drei Tagen hier vorgefunden habe, auf dem Boden kauernd und wahnsinnige Laute ausstoßend.

So, wie es aussah, gab es nur zwei Möglichkeiten: die eine war, daß Henry *wirklich* verrückt gewesen war, ebenso wie der arme Professor, die andere – von Andara favorisierte –, daß irgend jemand vor Wilson hier gewesen war und die Aufzeichnungen durchgesehen hatte. So oder so – sein Besuch in der

Universität erwies sich als völliger Fehlschlag. Alles, was er erreicht hatte, war der Liste unbeantworteter Fragen noch ein gutes Postskriptum hinzugefügt zu haben; und das ungute Gefühl, daß es nicht das letzte sein würde.

Er verabschiedete sich von Wilson, verließ die Bibliothek und den Campus und machte sich auf den Weg zurück zur Pension, ging dann aber an der Jenkins Street vorbei bis zum Mietstall, in dem er sein Pferd abgestellt hatte. Der Tag war noch jung – es ging auf zwei Uhr zu –, und er hatte das bestimmte Gefühl, daß es sehr wenig Sinn haben würde, bei Miss Lugosi auf H.P. zu warten. Und es gab noch eine Menge Dinge, die er erledigen konnte. Bei einem der Stallburschen erkundigte er sich nach dem Weg zum Haus der Fallenthorps, der ihm auch – freilich sehr widerwillig und erst, nachdem Andara mit einem glänzenden Fünf-Dollar-Stück nachgeholfen hatte – beschrieben wurde.

Der Weg zu Ethel Fallenthorps ärmlicher Holzhütte war einfach zu finden, aber weit; es war fast vier, als er die kleine, mit Unkraut und Gestrüpp überwucherte Lichtung fand, und wenn er sich nicht endgültig Miss Lugosis heiligen Zorn zuziehen und abermals zu spät zum Essen erscheinen wollte, blieb ihm kaum eine halbe Stunde, ehe er den Rückweg antreten mußte.

Er band sein Pferd an einen Pfosten neben dem Haus, ging zur Tür und klopfte. Hinter dem Fenster, an dem keine Gardine hing, bewegte sich ein Schatten, und er hörte Laute aus dem Haus, die deutlich die Anwesenheit von Menschen verrieten. Aber es dauerte trotzdem fast fünf Minuten, ehe ihm aufgetan wurde.

Eine kleine, ganz in Schwarz gekleidete Frau von sicherlich sechzig Jahren blickte ihn an. Ihr schlohweißes Haar war zu einem strengen Knoten zurückgekämmt, und in ihrem Blick lag jener vage Schmerz, der Menschen zu eigen war, die zu viele Unbillen des Schicksals hatten erdulden müssen. Hinter ihr huschte ein Schatten davon und verschwand hinter einer Tür. Andara hatte einen flüchtigen Eindruck wippender blonder Zöpfe und eines runden, noch sehr kindlichen Mädchengesichtes.

Er stellte sich vor und bat höflich darum, eintreten zu dürfen. Mrs. Fallenthorp sagte noch immer kein Wort, sondern blickte ihn nur voller Mißtrauen und Furcht an, trat dann aber zurück und machte eine kaum sichtliche, einladende Geste mit der Linken. Andara war sehr sicher, daß es keine Höflichkeit war, die sie bewegte, ihm Einlaß zu gewähren, sondern schlicht und einfach Angst. Sie hatte einfach nicht den Mut, ihn abzuweisen.

»Ich hoffe, Sie verzeihen meinen unangemeldeten Besuch, Mrs. Fallenthorp«, begann er, nachdem er in die kleine Wohnküche geführt worden war, die die Hälfte der Hütte einnahm, und sich gesetzt hatte. »Aber ich bin in einer sehr wichtigen Angelegenheit unterwegs, und ich hoffe, daß Sie mir einige Fragen beantworten können, die von großer Bedeutung für mich sind.«

Die Furcht in Mrs. Fallenthorps Blick nahm noch zu, und Andara begriff bestürzt, daß es allein seine geschraubte Ausdrucksweise war, die sie noch mehr verängstigte. »Sie leben allein hier draußen?« fragte er.

Mrs. Fallenthorps nickte, schüttelte dann den Kopf und schlurfte mit kleinen trippelenden Schritten um den Tisch herum, an dem er Platz genommen hatte. Als sie sich auf den einzigen Stuhl setzte, zuckten ihre Lippen, als bereite ihr die Bewegung Schmerzen. »Mit . . . mit meiner Tochter«, antwortete sie stockend. »Mein Mann und meine Söhne sind . . .«

»Ich weiß«, sagte Andara sanft, als sie nicht weitersprach. »Man hat mir erzählt, was geschehen ist. Mein aufrichtiges Beileid.«

In die Furcht in Mrs. Fallenthorps Augen mischte sich Mißtrauen. Ihr Blick erinnerte Andara an den eines geprügelten Hundes, der angstvoll auf eine zum Streicheln ausgestreckte Hand starrt und darauf wartet, daß sie sich zur Faust ballt, um ihn zu schlagen.

»Ich möchte Ihnen nicht unnötig weh tun, Mrs. Fallenthorp«, fuhr er fort. »Aber ich bin gekommen, um Ihnen . . . einige Fragen zu stellen. Fragen, den . . . Unfall Ihres Mannes und Ihrer Söhne betreffend.«

»Es war kein Unfall«, sagte Mrs. Fallenthorp. »Wer hat Ihnen erzählt, daß es ein Unfall war?« In ihren Augen blitzte es auf. »Was wollen Sie? Ich weiß nichts. Ich habe alles gesagt, was ich weiß, oft genug. Ich will nicht mehr darüber reden. Wer hat Sie geschickt? Sagen Sie Ben, daß ich nichts weiß. Ich habe alles vergessen.«

»Ben?« Andara sah sie scharf an. »Ich fürchte, ich verstehe nicht, was Sie meinen, Mrs. Fallenthorp.«

Der Trotz, der für einen Moment in Mrs. Fallenthorps Augen aufgelodert war, erlosch wieder. Andara konnte regelrecht sehen, wie ihr Widerstand zerbrach. Für einen ganz kurzen Moment hatte sie alle Kraft zusammengerafft, die sie noch aufbringen konnte. Aber es war nicht sehr viel gewesen. »Ich weiß nichts«, sagte sie noch einmal. Aber es klang nicht mehr zornig, sondern beinahe flehend.

Andara beugte sich über den Tisch und legte seine Hand auf ihre Finger. Mrs. Fallenthorp versuchte, ihre Hand zurückzuziehen, aber ihre Bewegung war nicht schnell genug.

»Sie können mir vertrauen, Mrs. Fallenthorp«, sagte er sanft. »Ich gehöre nicht zu den Leuten, vor denen Sie solche Angst haben. Ganz im Gegenteil.« Und er sagte es nicht nur – er ließ es sie *glauben*, mit der gleichen, lautlosen Stimme, mit der er Henry beruhigt und Wilson und Jenson gefügig gemacht hatte, nur daß es diesmal kein *Befehl* war, sondern nichts als ein wortloses Flehen um Vertrauen und Freundschaft.

Mrs. Fallenthorp sah verwirrt auf seine Hand herab, dann in sein Gesicht. Ihr Blick zeigte eine grenzenlose Verwirrung. Ihre Lippen zitterten.

»Wer ist es, vor dem Sie solche Angst haben?« fragte Andara und fügte, einer plötzlichen Eingebung folgend, hinzu: »Ben Carson?«

Die Reaktion auf Mrs. Fallenthorps Gesicht allein war Antwort genug auf seine Frage. Sie sagte nichts, aber sie wurde noch blasser, als sie ohnehin schon war.

»Ich werde dafür sorgen, daß Ihnen nichts geschieht, Mrs. Fallenthorp«, fuhr Andara fort. »Aber jetzt bitte ich Sie, mir einige Fragen zu beantworten. Fragen, die wichtig für mich sind. Es mag sein, daß es Sie schmerzt, darüber zu reden. Sie kannten Professor Langley, nicht wahr?«

Mrs. Fallenthorp nickte. Sie schluckte ein paarmal, fuhr sich nervös mit den Händen über den Kragen ihres schwarzen Kleides und versuchte vergeblich, Andaras Blick standzuhalten. »Nicht sehr . . . gut«, antwortete sie stockend. »Ames hat ihn gekannt, aber . . . aber ich bin immer weggegangen, wenn sie sich unterhalten haben. Ich habe . . . nichts von dem verstanden, worüber sie geredet haben. Und es . . . es hat . . . es hat mir angst gemacht.«

»Was ist damals passiert, Mrs. Fallenthorp?« fragte Andara. »Was haben Sie gemeint, als Sie sagten, es wäre kein Unfall gewesen?«

»Sie haben sie ermordet«, antwortete Mrs. Fallenthorp. Ihre Stimme war nur noch ein Flüstern, fast, als fürchte sie selbst jetzt, belauscht zu werden. »Sie haben Ames umgebracht und . . . und Joe und Mark auch.«

»Sie?«

»Die gleichen, die den Professor umgebracht haben. Und all die anderen. Ich . . . ich weiß nicht, wer es war, aber ich habe Ames einmal sagen hören, daß er Angst hätte. Und Ames hat vor nichts und niemandem Angst gehabt. Er war . . . er war sehr stark und sehr mutig. Einmal hat er einen Bären mit der Axt erschlagen, der ihn angegriffen hat, und als Lew Burnes mich damals überfallen wollte, hat er ihm mit der bloßen Hand das Genick gebrochen. Aber er . . . er hatte Angst.«

»Wovor?« fragte Andara.

»Vor . . . vor dem Ding in den Wäldern«, antwortete Mrs. Fallenthorp stockend. »Ich weiß nicht, was es war. Ich habe es einmal gesehen, aber . . .«

»Gesehen?« Andara richtete sich kerzengerade auf. »Sie haben es *gesehen*, Mrs. Fallenthorp?«

»Nicht wirklich.« Mrs. Fallenthorp schüttelte hastig den Kopf. »Nur . . . nur einen Schatten und . . . Laute. Ganz entsetzliche Laute.« Sie brach ab, und Andara spürte, daß sie auch nicht von selbst weitersprechen würde. Ganz sanft griff er in ihren Geist, dämpfte den lähmenden Schrecken ein wenig, den die Erinnerung darin hatte aufsteigen lassen, und forderte sie lautlos auf, weiterzureden. Mrs. Fallenthorp gehorchte.

»Es war . . . nachts«, begann sie stockend. »In jenem Winter, in dem Ames und die Jungen starben. Alles war voller Schnee, und wir konnten das Haus kaum verlassen. Aber wir mußten hinaus, weil wir kein Feuerholz mehr hatten, und Julie war noch so klein und hatte eine Lungenentzündung. Ames und Mark sind in den Wald gegangen, um Holz zu schlagen, und ich . . . ich bin ihnen nach, um ihnen heißen Tee zu bringen. Da . . . da habe ich es gehört.«

»*Was* haben Sie gehört, Mrs. Fallenthorp?« fragte Andara sanft.

Mrs. Fallenthorps Augen wurden dunkel vor Schrecken, als sie die entsetzlichen Augenblicke noch einmal durchlebte. »Es war . . . groß«, flüsterte sie. »Viel größer als ein Bär oder überhaupt ein Tier. Nur ein Schatten, aber er war . . . so unglaublich finster. Und irgendwie zerfetzt. Wie ein Stück Tuch, das in Fransen gerissen ist. Er schlich um die Lichtung, immer im Kreis, und er . . . er machte *Laute.* Ganz entsetzliche Laute. Geräusche, wie sie kein Ding aus Gottes Natur hervorbringen darf. Und am nächsten Tag haben wir dann die Spuren im Schnee gefunden.«

»Spuren?«

Mrs. Fallenthorp nickte. »Jedenfalls hat Ames gesagt, daß es Spuren sind. Ich habe mich nicht mehr hinausgetraut, und Julie war ja krank, so daß ich sie pflegen mußte. Aber Ames ist trotz des hohen Schnees hinuntergegangen in die Stadt und hat den Professor geholt.«

»Langley hat die Spuren also auch gesehen?«

»Er und der Junge, dieser Henry. Sie waren ganz aus dem Häuschen. Der Professor hat den Jungen Zeichnungen machen lassen und Dinge gesagt, die ich nicht verstanden habe. Aber Ames haben sie angst gemacht. Ich habe es ganz deutlich gespürt.« Sie stockte für einen Moment, als die Erinnerung sie zu übermannen drohte. Andara geduldete sich, bis sie von selbst weitersprach.

»Als . . . als der Professor weg war, habe ich Ames angefleht, nicht mehr hinauszugehen und sich nicht mehr um diese schrecklichen Dinge zu kümmern. Wir sind einfache Leute, habe ich gesagt, und solche Sachen gehen uns nichts an. Aber er hat mich gescholten und behauptet, sie gingen alle

Menschen an, und er hätte gar keine andere Wahl, er müsse dem Professor helfen und ich sollte mir keine Sorgen machen, ihm würde schon nichts passieren. Aber ich habe genau gespürt, daß er Angst hatte. Und die Jungen auch.«

»Und dann?« fragte Andara, als Mrs. Fallenthorp nicht weitersprach.

»Dann haben sie sie ermordet, alle drei«, flüsterte Mrs. Fallenthorp. »Der Professor ist wiedergekommen, und sie sind wieder hinausgegangen. Zwei Tage und drei Nächte waren sie weg, und später hat mir Joe erzählt, daß sie tief drinnen im Indianergebiet waren, wo sich sonst niemand hintraut, aber der Winter hatte die Roten ja alle vertrieben. Und ein paar Tage später sind . . . Ames und die Jungen noch einmal rausgegangen, diesmal ohne den Professor. Sie sind nicht wiedergekommen. Nach einer Woche haben sie Ames gefunden, aber Joe und Mark sind . . . sind nie wieder aufgetaucht.« Sie schluchzte, aber ihre Augen blieben trocken, als hätte sie alle Tränen schon vor langer Zeit verbraucht. »Sie haben gesagt, es wäre ein Bär gewesen, aber ich weiß, daß das nicht stimmt. Es war dieses Ding. Das Ding, das wir gesehen haben.«

»Haben Sie irgend jemandem davon erzählt?« fragte Andara. »Außer dem Professor natürlich, meine ich?«

Mrs. Fallenthorp nickte und schüttelte gleich darauf den Kopf. »Zuerst. Aber niemand hat mir geglaubt. Und dann ist Ben Carson gekommen und . . .«

»Und hat Sie bedroht, nicht weiter über Ihre Beobachtung zu reden«, vermutete Andara.

Mrs. Fallenthorp nickte. »Er hat gesagt, was . . . was Ames passiert ist, könnte Julie auch passieren. Und daß ich den Mund halten soll.« Plötzlich huschte ein Ausdruck jähen Schreckens über ihre Züge. »Sie werden doch niemandem sagen, was ich Ihnen erzählt habe?« fragte sie.

»Natürlich nicht«, antwortete Andara. »Ich kenne Ben Carson nicht persönlich, aber ich verspreche Ihnen, daß er Sie nicht mehr belästigen wird. Ich werde mit ihm reden.«

»Niemand kann mit Ben Carson reden«, sagte Mrs. Fallenthorp heftig. »Er ist kein Mensch. Er ist ein Ungeheuer. Alle haben Angst vor ihm, und mit Recht. Er und seine Söhne terrorisieren ganz Innsmouth. Und wenn er erfährt, daß ich Ihnen alles erzählt habe, dann wird er hierherkommen.«

»Das wird er nicht«, sagte Andara überzeugt. Er lächelte, um seine Worte zu bekräftigen. »Warum gehen Sie nicht von hier fort, Mrs. Fallenthorp?« fragte er. »Jetzt, wo Ihr Mann und Ihre Söhne nicht mehr da sind, bräuchten Sie nicht mehr hier zu bleiben. Gehen Sie irgendwohin, wo Carson Sie nicht erreichen kann.«

Er lächelte, griff unter seinen Mantel und zog seine Brieftasche hervor. Er zählte drei Hundert-Dollar-Scheine ab, legte sie vor Mrs. Fallenthorp auf den Tisch und machte eine auffordernde Kopfbewegung.

»Ich wäre glücklich, wenn Sie das annehmen würden«, sagte er. »Nehmen Sie Ihre Tochter, und gehen Sie fort, Mrs. Fallenthorp. Ich werde Ihnen eine Adresse in New York aufschreiben, wo Sie Unterkunft und eine Anstellung finden – und eine ordentliche Schule für Ihr Kind. Gehen Sie fort, irgendwohin, wo Carson Sie nicht findet.«

Mrs. Fallenthorp zögerte. Der Anblick des Geldes – einer Summe, die sie in ihrem ganzen Leben wahrscheinlich noch nicht auf einen Haufen gesehen, geschweige denn *besessen* hatte – verwirrte sie zutiefst. Aber plötzlich streckte sie die Hand aus und schob die Noten über den Tisch zu Andara zurück.

»Ich will Ihr Geld nicht«, sagte sie. »Das . . . das ist sehr freundlich von Ihnen, aber ich brauche es nicht. Julie und ich brauchen nicht viel, und im Sommer kann ich Kräuter und Wurzeln sammeln und verkaufen.«

»Und Carson?«

»Er würde mich überall finden«, sagte Mrs. Fallenthorp überzeugt. »Wo soll ich hingehen? Ich . . . ich will nicht nach New York. Ich habe niemanden mehr außer Julie, und sie ist noch ein Kind. Ich habe immer hier gelebt.«

»Überlegen Sie es sich«, sagte Andara, obwohl ihm eine immer lauter werdende innere Stimme riet, lieber den Mund zu halten. »Ich schicke Ihnen gerne einen Wagen, der Sie noch heute abholt. Ehe es dunkel wird, können Sie in der Bahn sitzen und wären in Sicherheit.«

Mrs. Fallenthorp schüttelte den Kopf. Aber in ihrem Blick war ein stummes Flehen, doch endlich aufzuhören.

Andara schwieg betroffen. Er kam sich mit einemmal schäbig vor, diese arme, verängstigte Frau nur noch weiter eingeschüchtert zu haben. Sein Vorschlag war dumm gewesen. Und verletzend dazu. Wie hatte er sich auch nur eine Sekunde einbilden können, dieser Frau mit *Geld* helfen zu können?

»Verzeihen Sie«, murmelte er. Mit einer fast hastigen Bewegung strich er sein Geld wieder ein, verstaute die Brieftasche und stand auf. »Sie haben mir sehr geholfen, Mrs. Fallenthorp«, sagte er. »Wenn ich noch irgend etwas für Sie tun kann, dann sagen Sie es mir.«

Mrs. Fallenthorp schüttelte stumm den Kopf. Aber er spürte ihre Erleichterung, als er sich umwandte und zur Tür ging.

Sein Weggang ähnelte verdächtig stark einer Flucht. Und im Grunde war er es auch. Andara fühlte sich tief betroffen, und gleichzeitig spürte er einen sehr tiefen, heißen Zorn auf die, die Menschen so etwas antun konnten. Vielleicht war es nur Hilflosigkeit, die er spürte, eine Hilflosigkeit, die weh tat, weil es nichts gab, was er für diese Frau und ihre Tochter tun konnte.

Aber vielleicht stimmte das nicht.

Es war jetzt das dritte Mal, daß er den Namen Carson hörte, und zum dritten Male unter unangenehmen Umständen. Er würde sich diesen Ben Carson und seine Familie ansehen, vor denen sich ganz Arkham und Umgebung zu fürchten schien, dachte er, während er sein Pferd losband und in den Sattel stieg. Und zwar noch heute.

Es war nach zehn, als er Innsmouth erreichte. Die Dunkelheit, die ihn während des Rittes hierher eingeholt hatte, ließ ihn den winzigen Ort noch unfreundlicher erscheinen, als er ihn in Erinnerung hatte, und vom nahen Meer her wehte eine eisige Brise heran, die ihn frösteln ließ.

Er ritt direkt zum einzigen Gasthaus des Ortes, band sein Pferd davor an und betrat das Lokal. Sein Inneres sah ganz so aus, wie er bei seinem äußeren Anblick erwartet hatte: klein und schmutzig, die Luft nach billigem Whisky und kalt gewordenem Zigarrenrauch und Schweiß stinkend, die wenigen Tische und Stühle verkratzt und vielfach repariert. Eine Handvoll Männer hockte an diesen Tischen, die meisten in einfache schwarze Arbeitsjacken gekleidet, darunter ein höchstens zwanzigjähriger, blondhaariger Hüne mit dem erschlafften Gesicht eines Idioten, lediglich mit einer zerschlissenen Latzhose bekleidet.

Andara fühlte sich müde. Er war kein geübter Reiter, und er hatte an diesem Tag eine Strecke zurückgelegt, die auch einen solchen erschöpft hätte. Und er war verwirrt; mehr, als er sich eingestehen wollte, denn die Geschehnisse begannen sich allmählich zu einem entsetzlichen Bild zusammenzusetzen, das aber trotzdem keinen rechten Sinn ergab. Wenn als Drahtzieher hinter den schrecklichen Geschehnissen um Arkham wirklich die geheimnisvollen Carsons steckten, warum hatte H.P. ihm dies dann verschwiegen? Und warum hatte er vorgegeben, in Arkham von der Polizei gesucht zu werden? Und – und das war es, was Andara am meisten verwirrte – warum spielte Miss Lugosi dieses sonderbare Spiel mit?

Er war zu erschöpft, um sich mit irgendwelchen Freundlichkeiten aufzuhalten, und steuerte direkt die schmutzstarrende Theke an, die lediglich aus einer über vier Fässer gelegten Eichenbohle bestand. Der Wirt – ein kleines kugelbäuchiges Männchen mit abstoßenden Wurstfingern und dem aufgequollenen Gesicht des gewohnheitsmäßigen Trinkers – blickte ihm mit unverhohlener Verachtung entgegen und spie aus. Andara tat so, als hätte er es nicht bemerkt.

»Was wollen Sie?« fragte der Wirt. »Wir haben Bier oder Whisky. Aber das Bier ist warm.«

»Weder, noch«, antwortete Andara kühl. »Ich brauche nur eine Auskunft, guter Mann.«

»Haben wir nicht«, sagte der Wirt und fuhr fort, seine Gläser zu polieren – mit einem Tuch, das sie höchstens schmutziger machen würde. »Jedenfalls nicht umsonst«, fügte er hinzu. Andara ignorierte auch dies.

»Ich suche die Carsons«, sagte er. »Ben Carson und seine Familie. Wo finde ich sie?«

Die Reaktion auf diese Frage fiel gänzlich anders aus, als er erwartet hatte. Der Wirt erstarrte mitten in der Bewegung. Seine Augen schienen noch ein Stück weiter aus den Höhlen zu quellen. Und mit einemmal war es still; so still, daß man die berühmte Stecknadel hätte fallen hören können. Andara widerstand nur mit Mühe der Versuchung, sich herumzudrehen. Aber er spürte, wie sich plötzlich aller Aufmerksamkeit auf ihn richtete. Dann scharrte ein Stuhl.

»Die . . . Carsons?« wiederholte der Wirt stockend.

Andara nickte. Hinter ihm war plötzlich das Geräusch nackter Füße, die sehr behutsam aufgesetzt wurden. Andaras rechte Hand schloß sich ein wenig fester um den Stockdegen. Aber er lächelte weiter, als bemerke er nichts. »Ganz recht« sagte er. »Ben Carson und seine Familie. Man sagte mir, daß sie in der Nähe von Innsmouth leben. Das ist doch richtig, oder?«

Der Wirt nickte. Ein verzerrter Schatten spiegelte sich in seinen Pupillen. Andara verlagerte sein Körpergewicht unmerklich auf den rechten Fuß und spannte sich.

»Stimmt schon«, sagte der Wirt. »Sind nur ein paar Meilen, immer nach Norden, am Strand entlang. Sie können sie gar nicht verfehlen, wenn Sie sich am Meer halten. Sind Sie . . . ein Freund von Ben?« fügte er lauernd hinzu.

»Das wird sich herausstellen«, antwortete Andara, bedankte sich mit einem freundlichen Kopfnicken für die Information und ließ sich zur Seite fallen.

Eine Faust von der Größe eines Kinderkopfes fuhr mit einem unangenehmen Zischen dicht an seinem Ohr vorbei und krachte auf die Theke. Andara stürzte, kam mit einer blitzartigen Bewegung wieder auf die Füße und steppte zur Seite, als der Hüne mit einem zornigen Brüllen herumfuhr und ihn mit beiden Händen zu packen versuchte.

Andara ließ ihm keine Chance. Mit einer raschen Bewegung tauchte er unter seinen zupackenden Pranken hindurch, schlug ihm den schweren Silberknauf seines Stockes gegen den Schädel und packte seinen ausgestreckten Arm, als der Riese zu wanken begann. Mit aller Macht zog er daran, drehte sich halb um seine eigene Achse und krümmte blitzschnell den Rücken. Der Hüne verlor plötzlich den Boden unter den Füßen, segelte zwei, drei Meter weit mit hilflos rudernden Armen durch die Luft und landete auf einem Tisch, zermalmte ihn unter sich und riß weitere drei Männer mit sich zu Boden. Seit seinem heimtückischen Angriff war wenig mehr als eine Sekunde vergangen.

Andara richtete sich wieder auf, trat einen Schritt von der Theke zurück, um nicht hinterrücks eine Flasche über den Schädel geschlagen zu bekommen, und hob mit einem ganz bewußt bösen Lächeln seinen Stock. »Nun, meine Herren?« fragte er. »Hat vielleicht noch jemand Lust?«

Die einzige Antwort war ein erschrockenes, sehr tiefes Schweigen. Ein Dutzend Augenpaare starrten ihn an, und was er darin las, war wohl mehr Erstaunen als Furcht, aber die gefährliche erste Sekunde verstrich, ohne daß einer der anderen veruchte, ihn anzugreifen.

Andara hätte weitaus subtilere und wirkungsvollere Methoden gehabt, den Angriff des jungen Riesen abzuwehren, aber er hatte ganz bewußt darauf verzichtet. Dies war eindeutig eine der Situationen, in denen brachiale Gewalt der beste Weg war, sich Respekt zu verschaffen.

Der junge Hüne, den er zu Boden geworfen hatte, stemmte sich stöhnend wieder hoch. Seine Augenbraue war aufgeplatzt; Blut lief über sein Gesicht, und seine Wange begann sich dunkel zu verfärben, wo sie der Degenknauf getroffen hatte. Aber auch in seinen Augen stand mehr Erstaunen und Unglauben als Schmerz geschrieben. Und eine tiefe, rasende Wut.

Andara fixierte ihn ganz kurz, und die Wut im Blick des Hünen erlosch. Seine gewaltigen Muskeln entspannten sich, und auf seinem Gesicht war jetzt nur noch Verwirrung, während er sich vergeblich zu erinnern versuchte, wieso er plötzlich auf dem Boden lag und was überhaupt geschehen war. Andara hatte keine Angst vor ihm; er hatte schon mit ganz anderen Gegnern fertig werden müssen. Aber er war nicht hierhergekommen, um sich mit dem Dorfdeppen zu prügeln.

»Ich weiß ja nicht, ob es bei Ihnen üblich ist, Fremde auf diese Weise zu begrüßen, meine Herren«, sagte er bewußt überheblich. »Aber ich passe mich ihren Sitten gerne an. Also?«

Niemand reagierte, obgleich er sich einer erdrückenden Übermacht gegenübersah. Andara lächelte kalt, drehte sich wieder herum und hob seinen Stock. Die eisenbeschlagene Spitze berührte unsanft das Doppelkinn des Wirtes. »Ich nehme an, daß die Wegbeschreibung richtig war, guter Mann«, sagte er. »Sollte Ihnen ein Fehler unterlaufen sein, korrigieren Sie ihn lieber jetzt. Ich würde ungern ein paar Meilen umsonst reiten und zurückkehren müssen, um mich zu beschweren.«

Der Wirt schluckte trocken. Er versuchte zurückzuweichen, aber die Stockspitze folgte ihm, bis er mit dem Rücken gegen die Wand stieß.

»Ben . . . Ben Carson will keinen Besuch«, sagte er nervös. »Sie werden Ärger kriegen, wenn Sie so einfach zu ihm rausreiten.«

»Möglich«, sagte Andara. »Aber wenn Sie sich weiterhin so wenig kooperativ zeigen, dann werden *Sie* Ärger bekommen, guter Mann, und zwar gleich. Also?« Er verstärkte den Druck auf das Doppelkinn seines Gegenübers ein wenig.

»Reiten Sie nach Süden«, sagte der Wirt nervös. »Zwei Meilen, bis Sie zu den großen Felsen kommen. Dahinter biegen Sie ab. Sie können das Haus gar nicht verfehlen. Aber geben Sie mir nicht die Schuld, wenn Ben Sie im Meer ersäuft.«

»Aber woher denn?« grinste Andara. »Wenn er es wirklich tut, kann ich es ja dann auch nicht mehr, oder?« Er lächelte freundlich, drehte sich betont langsam herum und verließ das Lokal.

Sein Lächeln erlosch übergangslos, als er in die Nacht hinaustrat. Plötzlich begannen seine Hände zu zittern, so heftig, daß er Mühe hatte, den Zügel seines Pferdes loszuknoten. Während der letzten Minuten hatte er sich nicht erlaubt, irgend etwas zu empfinden, was dazu angetan gewesen wäre, ihn abzulenken, aber mit einemmal spürte er, welch entsetzlich bedrückende Atmosphäre in der Gaststube geherrscht hatte. Die Erwähnung des Namens Carson allein hatte ausgereicht, die Männer dort drinnen vor Angst erstarren zu lassen. Großer Gott, dachte er, wer mochte dieser Mann sein, der es fertigbrachte, eine ganze Stadt in Schrecken und Angst zu versetzen, einfach dadurch, daß er *da* war?

Mit einemmal war er sich gar nicht mehr so sicher, daß sein Vorgehen richtig war. Vielleicht wäre es klüger gewesen, etwas weniger direkt vorzugehen. Er hatte das unangenehme Gefühl, einen Fehler begangen zu haben. Einen schweren Fehler.

Aber wenn, war es zu spät, ihn zu korrigieren.

Mit einem Ruck riß er die Zügel herum und ritt los; nach Süden.

Das Meer lag wie eine Ebene aus geschmolzenem Pech zur Linken, schwarz und lichtschluckend, und vor ihm ragten die Felsen auf; Schatten vor der Dunkelheit des Himmels. Andara fror, denn obwohl die Nacht warm war und der Boden noch die gespeicherte Hitze des Tages atmete, hatte ihn ein eisiger Wind begrüßt, kaum daß er aus dem Wald geritten und das schmale Stück knochenweißen Sandes betreten hatte, das Land und Meer voneinander trennte.

Und es war ein sehr eigentümlicher Wind. Im ersten Moment war es Andara kaum aufgefallen, aber nachdem er eine Weile am Strand entlanggeritten war, war die Kälte durch seine Kleidung und unter seine Haut gekrochen. Seine Fingerspitzen waren taub, und sein Gesicht prickelte, als scheuerten Millionen mikroskopisch feiner Glassplitter über seine Haut. Es war kein Seewind, böig und von dem eigentümlichen Aroma des Ozeans erfüllt, sondern ein beständiger, sehr gleichmäßiger Zug, jene Art von sehr unangenehmer Kälte, die einen an offenstehende Fenster und nicht richtig schließende Türen in einer kalten Winternacht denken ließ.

Und er *stank*.

Er stank nach fauligem Fisch, nach verrottendem Tang und noch etwas anderem, unbeschreiblich Fremdem und Widerwärtigen, und es war der gleiche Geruch, den er in Miss Lugosis Pension gespürt hatte, nur viel intensiver.

Sein Pferd begann zu scheuen, als er sich den Felsen näherte. Für einen Moment versuchte sich Andara einzureden, daß es nur der widerliche Geruch war, der es nervös machte, und den es mit seinen feinen tierischen Sinnen sehr viel deutlicher spüren mußte als er. Aber er wußte auch im gleichen Moment, daß das nicht stimmte. Es war etwas anderes. Zwischen dem Gestank und dem unheimlichen, wispernden Rauschen der Brandung kroch hoch etwas heran, irgend etwas, das auch er spürte, und das unendlich böse und lauernd war. Warum mußte er plötzlich an eine Spinne denken, die reglos dahockte und darauf wartete, daß die ahnungslose Fliege in ihr Netz ging?

Andara zügelte sein Tier, drehte sich halb im Sattel herum und starrte auf das Meer, dann zur anderen Seite. Nirgends war auch nur ein verdächtiger Schatten zu sehen, und doch . . .

Vielleicht war er einfach nur nervös, versuchte er sich zu beruhigen. Wahrscheinlich würde er in Ben Carson genau das finden, was er nach Miss Lugosis Worten im allerersten Moment erwartet hatte: einen jener starken, selbstgefälligen alten Männer, wie sie dieses Land oft hervorbrachte – und die es groß gemacht hatten! –, und der einfach nicht begriff, daß seine Zeit vorüber war.

Andara stieg ab, führte sein Pferd am Zügel in den Schatten des gewaltigen Felsens und band es sorgfältig an. Dann streifte er seinen Mantel ab, rollte ihn zusammen legte ihn über den Sattel. Sein Herz begann ein wenig schneller zu schlagen, als er aus dem Schatten der Felsen heraustrat und sich nach links wandte, in die Richtung, die ihm der Wirt gewiesen hatte. Er fühlte eine Gefahr, eine unglaubliche, dräuende Gefahr, ohne sie indes konkret fassen zu können. Was, wenn die Carsons schon wußten, daß er kam, und nur auf ihn warteten? Er war sehr schnell geritten, so daß niemand aus der Wirtsstube ihm hätte zuvorkommen können, aber wenn es jemand gab, der genau wußte, daß es andere Möglichkeiten der Informationsübermittlung als das gesprochene Wort gab – und gleich viel schnellere und präzisere –, dann war er es.

Er verscheuchte den Gedanken, ergriff seinen Spazierstock fester und machte sich auf den Weg. Der Strand stieg an dieser Stelle steil an, bis er nach zwanzig, dreißig Schritten fast unmerklich in eine mit Gras und Unkraut überwachsene Böschung überging, die ihrerseits wieder nach vielleicht zehn

Schritten vor der scheinbar undurchdringichen Mauer eines Waldes endete.

Seinen Spazierstock wie eine Machete handhabend, kämpfte sich Andara ein Stückweit durch das schier undurchdringliche Unterholz, bis Bäume und Gebüsch wieder auseinanderwichen und er sich unversehens auf einer runden, erstaunlich großen Waldlichtung wiederfand, die jedoch zur Hälfte von einer Ansammlung zyklopischer schwarzer Felstrümmer eingenommen wurde, an deren westliche Flanken sich eine Hütte schmiegte. Er blieb noch einen Moment im Schutze der letzten Büsche stehen und lauschte, vernahm aber nichts außer dem Raunen des Waldes und dem jetzt gedämpften Wispern der Brandung, und so schlich er schließlich weiter.

Er hatte die Hälfte der Lichtung überquert, ehe ihm auffiel, daß die Felsen keine Felsen waren, sondern die zerborstenen Überreste eines ehemals sicherlich gewaltigen Bauwerkes, zyklopische Quader, die von unvorstellbaren Gewalten gesprengt und wie Spielzeugklötze über- und durcheinandergeworfen worden waren.

Die ursprüngliche Form des Gebäudes war nicht mehr zu erkennen, doch vermutete Andara anhand des Grundrisses, daß es sich um eine Art Turm gehandelt haben mußte, wenngleich er wieder rund noch eckig noch . . . ja – was eigentlich? gewesen sein konnte. Sämtliche Winkel und Linien – soweit er sie in der Dunkelheit überhaupt erkennen konnte – schienen auf die absurdeste Weise falsch und verschoben, als wären sie nach den Regeln einer fremden Geometrie erschaffen. Es war das Verwirrendste – und zugleich Unheimlichste –, was er jemals gesehen hatte. Andara verstand plötzlich ein wenig besser, warum die Bewohner von Innsmouth und den umliegenden Orten die Carsons fürchteten. Auch ihm waren Leute, die an einem Ort wie diesen lebten, von vornherein unsympathisch.

Eine Zeitlang betrachtete er stumm diese so sonderbar verkrüppelt wirkende Ruine, dann riß er sich fast gewaltsam von ihrem zugleich abstoßenden wie morbide faszinierenden Anblick los und wandte sich der Hütte zu. Sie war ein wenig größer als die Ethel Fallenthorps, jedoch von der gleichen, einfachen Bauweise. Aber es war niemand zu sehen, und wenngleich hinter den schmalen Fenstern das ruhige Licht einer Petroleumlampe brannte, war Andara trotzdem sicher, daß sie leer war.

Er fand die Tür unverschlossen und das Haus leer, ganz wie er vermutet hatte. Er bestand nur aus einem einzigen, sehr großen Zimmer, das gleichzeitig als Wohn- und Schlafraum wie auch aus Kochküche diente. Ein halbes Dutzend Betten drängelte sich nebeneinander an der jenseitigen Wand. Es gab einen Schrank, dessen Türen offenstanden und einen Blick auf das fürchterliche Durcheinander gewährten, das er enthielt, einen Tisch mit sechs lehnenlosen Hockern und anderen Gerätschaften, allesamt in äußerst schlechtem Zustand. Überhaupt erinnerte ihn die Hütte weit mehr an einen Stall als an die Behausung menschlicher Wesen. Er mußte an Miss Lugosis Worte denken, und den Abscheu in ihrer Stimme, und er verstand sie jetzt besser.

Andara ging zur Tür zurück, überzeugte sich mit einem raschen Blick davon, daß er auch wirklich allein war, und begann die Hütte rasch und routiniert zu durchsuchen, ohne selbst eine klare Vorstellung von dem zu haben, wonach er suchte. Und er beschränkte sich nicht nur darauf, die Schränke zu durchwühlen und in Schubladen und unter Wäschestapel zu schauen, sondern tastete auch mit seinen anderen, magischen Sinnen umher. Aber die eine wie die andere Suche blieb erfolglos, und nach kaum zehn Minuten mußte er sich enttäuscht eingestehen, daß er in seinem Zorn und seiner Ungeduld auf eine falsche Spur geraten war – die Carsons schienen wirklich nichts als das zu sein, wofür Miss Lugosi sie hielt: eine Bande von Barbaren, die ihre Umgebung durch schiere Gewalt terrorisierten. Und so sehr Andara Menschen dieser Art verachtete – er war nicht hierhergekommen, um sich in die internen Schwierigkeiten zu mischen, die Innsmouth mit den Überbleibseln seiner Wildwestvergangenheit hatte.

Enttäuscht wandte er sich um und wollte die Hütte wieder verlassen, als sich sein Fuß an etwas verfing, das aus dem Boden ragte. Verwirrt und alarmiert blieb er noch einmal stehen, ließ sich in die Hocke sinken und suchte den Boden ab.

In die morschen Dielenbretter war ein eiserner Ring eingelassen, so geschickt, daß er bei flüchtigem Hinsehen kaum entdeckt werden konnte und auch so glatt mit dem Holz abschließend, daß er ihn nicht bemerkt hätte, hätte er sich nicht durch einen puren Zufall nicht ganz in die Vertiefung gesenkt, die in das Holz gefräst worden war.

Es war eine Klappe; ein hölzerner Deckel von vielleicht einem Yard Seitenlänge, die mit einer in dieser Umgebung erstaunlich anmutenden Akribie in den Boden eingelassen war. Selbst die Scharniere, die sie hielten, waren aufs genaueste in den Boden versenkt.

Andara zögerte einen Moment, dann ging er – ohne sich aus der Hocke zu erheben – ein kleines Stück zurück, legte entschlossen die Hand in den eisernen Ring und öffnete die Klappe. Sie bewegte sich ohne das geringste Geräusch, als wären die Scharniere erst vor kurzem frisch geölt worden.

Ein Schwall abgestandener, feuchtkalter Luft schlug ihm entgegen. Die obersten drei oder vier Stufen einer roh in den lehmigen Boden gegrabenen Treppe waren zu sehen – und ein blasses, sonderbar unangenehmes grünliches Licht, das aus der Tiefe emporstieg und in beständiger Bewegung zu sein schien.

Und *Laute* . . .

Sie waren so schwach, daß er sie im allerersten Moment mehr ahnte als wirklich hörte, aber als er sich konzentrierte und einen Augenblick gebannt lauschte, begannen sie rasch eine beunruhigende Realität anzunehmen. Es waren Geräusche, wie er sie nie zuvor gehört hatte, und die doch entsetzlich vertraut klangen: ein unmenschliches Schreien und Wimmern, ein Jammern und Quietschen und Quäken, das sich manchmal zu einer entsetzlichen Melodie zu formen schien, jedesmal aber wieder in schrille Dissonanz abkippte, wenn er glaubte, so etwas wie einen Rhythmus darin zu vernehmen. Aber die Laute berührten etwas in ihm. Etwas Düsteres, das sehr tief in den verborgensten Winkeln seine Seele lauerte; etwas wie eine Erinnerung an Dinge, die er niemals selbst erlebt hatte.

Andara setzte mit klopfendem Herzen den Fuß auf die oberste Stufe. Das Licht nahm an Intensität zu, als er langsam in die Tiefe stieg, ohne dabei wirklich heller zu werden. Er konnte auch seine Quelle nirgends entdecken. Es war einfach da, als leuchte die Luft selbst in diesem seltsam unheiligen Schein.

Die Treppe führte sehr weit in die Tiefe. Andara zählte an die siebzig Stufen, die nach einer Weile nicht mehr aus aufgeweichtem klebrigem Lehm, sondern aus Felsen bestand, denn der Schacht führte tief in den Leib der Erde hinein. Schließlich fand Andara sich in einem nur halbhohen, runden Gang wieder, dessen Wände mit groben Zeichnungen und in den Felsen gekratzten Bildern übersät waren, blasphemische Darstellungen gotteslästerlicher Wesen und Begebenheiten, die sich zugetragen hatten, lange bevor der Mensch seinen Fuß auf die Oberfläche dieser Welt setzte. Und sie waren alt, unglaublich alt. Dieser Gang, der so niedrig war, als wäre er für weit kleinere Wesen gebaut, mußte erschaffen worden sein, lange bevor Menschen hierherkamen, und dazu mit der Hilfe einer Technik, die sich nicht einmal vorzustellen vermochte, denn seine Wände waren glasig und wie poliert, als wären sie in den Felsen hineingebrannt worden.

Sehr vorsichtig ging er weiter. Das grüne Licht begleitete ihn, und so sehr es den Gang auch erhellte, verhinderte es zugleich auch nachhaltig, daß er wirklich sah, wohin er ging, denn alles, was weiter als vielleicht zehn Schritte vor ihm lag, schien hinter einem wogenden grünlichen Vorhang verborgen zu liegen.

Dafür wurde der entsetzliche Nicht-Gesang lauter. Nach ein paar Dutzend Schritten steigerte er sich zu einem gräßlich grölenden Chor der unbeschreiblichsten Laute; Geräusche, die auf entsetzliche Weise weder aus Menschen- noch aus Tierkehlen zu stammen schienen, aber die – und das war das schrecklichste überhaupt – doch irgendwie einen *Sinn* ergaben.

Nach einer Weile begann sich der Tunnel zu erweitern, so daß Andara aufrecht gehen konnte. Gleichzeitig nahm die Unversehrtheit seiner Wände aber in erschreckendem Maße ab: große, pockennarbig wirkende Löcher gähnten in der grünschwarzen Glasur, viele der blasphemischen Zeichnungen waren beschädigt oder wie von zorniger Hand ganz ausgelöscht, und nach einigen weiteren Dutzend Schritten bewegte

Andara sich durch einen unregelmäßig geformten, wohl eher von der Hand der Natur geschaffenen Tunnel. Möglicherweise war es eine natürliche Höhle oder Grotte, zu der der Stollen nur eine künstliche Verlängerung darstellte, eine unterirdische Verbindung zwischen ihr und der gewaltigen Turmruine oben im Wald. Was bedeutet hätte, daß der glatte, runde Tunnel *von hier unten her gebohrt worden war.*

Andara ging langsamer, denn auch das grüne Leuchten nahm nun deutlich ab. Dafür gewann der altraumhafte Gesang immer mehr und mehr an Gewalt, und nun spürte er auch wieder die Nähe des Meeres. Er hatte sich wieder zur Küste zurückbewegt.

Andara blieb stehen, um seinen Augen Gelegenheit zu geben, sich wieder an die Dunkelheit zu gewöhnen, und lauschte. Die entsetzlichen Geräusche und Laute waren nicht verstummt, und jetzt, als er ihrer Quelle nahe war, hörte er wieder diesen fürchterlichen arhythmischen Rhythmus, dazwischen Worte, die keine Worte waren, sondern die schiere Verhöhnung jeglicher menschlicher Artikulation.

Und plötzlich wußte er, woher er sie kannte.

Es waren die gleichen entsetzlichen Laute, die der bedauernswerte Henry ausgestoßen und die er für Produkte seines Wahnes gehalten hatte, ein schreckliches, gutturales Würgen und Quaken, das sich zu einer Lautfolge zusammensetzte, die seine Nackenhare sich sträuben ließen:

Ngai ngai! kreischten die entsetzlichen Stimmen. *Yiäh Cthulhu fhtagn! Yiäh! Cthulhu!* Immer und immer wieder.

Andaras Hände begannen zu zittern, und plötzlich, von einer Sekunde auf die andere, war die Angst da. Es dauerte lange, bis er die Kraft fand, sie niederzukämpfen und weiterzugehen.

Der Weg war jetzt nicht mehr weit. Nach wenigen weiteren Schritten tat sich eine gewaltige, unterirdische Grotte vor ihm auf, deren Boden ein gutes Dutzend Meter unter ihm lag und die zu vier Fünfteln mit Wasser gefüllt war; Wasser, das zweifellos aus dem Meer kam, das aber so penetrant stank, daß es ihm fast den Atem verschlug. Und irgend etwas in diesem Wasser bewegte sich.

Dann sah er die Gestalten.

Das Licht in der Grotte war sehr schwach, und zudem war der Winkel ungünstig, aus dem er den felsigen Uferstreifen des unterirdischen Sees einsehen konnte, und trotzdem war der Anblick, der sich ihm bot, entsetzlich.

Es war ein halbes Dutzend finsterer, nackter Gestalten die einen grotesken abstoßenden Tanz am Ufer des Sees aufführten, das gräßliche: *Ngai ngai! Yiäh Cthulhu fhtagn! Yiäh! Cthulhu!* ausstoßend und dabei unablässig in die Höhe und zur Seite hüpfend und springend, mit Bewegungen, die so unnatürlich wie ihr Gekreische waren, und ebenso abstoßend. Sie waren keine Menschen. Aber es waren auch keine Tiere, sondern Wesen, die auf furchteinflößende Weise zugleich zu beiden und zu keiner der beiden Spezies zu gehören schienen. Blasphemische Spottgeburten von grob menschenähnlicher Gestalt, zugleich frosch- und fischähnlicher, mit Haut wie schwarzes und grünes Leder und gewaltigen Händen und Füßen, zwischen deren Gliedern sich ekelig schimmernde Schwimmhäutchen spannten. Wie besessen hüpften und sprangen sie am Ufer des unterirdischen Sees entlang, mal einzeln und unabhängig voneinander, mal zugleich, einem nicht erkennbaren Takt folgend und unablässig das gräßliche *Ngai ngai! Yiäh Cthulhu fhtagn! Yiäh! Cthulhu!* ausstoßend.

Zugleich angeekelt und fasziniert von dem entsetzlichen Anblick, ließ sich Andara hinter einen Felszacken sinken und beobachtete das tierhafte Treiben der Ungeheuer weiter.

Dann geschah etwas Grauenvolles.

Die Bewegung im See, die Andara schon einmal bemerkt hatte, wiederholte sich, viel stärker und deutlicher diesmal, und irgend etwas Großes begann aus den schwarzen Fluten nach oben zu steigen. Gleichzeitig steigerte sich der Gesang des höllischen Gezüchts noch einmal; ihre Bewegungen gerieten endgültig zu einem rasenden Zucken und Toben.

Der Schatten im See wuchs weiter, nahm Formen und Umrisse an, die sich ständig zu verändern schienen, und näherte sich gleichzeitig dem Ufer. Etwas Finsteres, Peitschendes durchbrach die Wasseroberfläche, blieb einen Moment zitternd und triefend in der Luft hängen und klatschte zurück, sich wie eine finstere Schlange windend.

Und dann *öffneten sich in der widerlich pulsierenden Masse zwei gigantische, gelbleuchtende Augen!!!*

Andara unterdrückte nur mehr mit allerletzter Kraft einen Schrei, als er begriff, daß die entsetzlichen wagenradgroßen Augen *ihn ansahen*! Er wollte aufspringen, herumfahren und davonlaufen, so schnell er nur konnte, aber es ging nicht. Der Blick dieser höllischen Augen lähmte ihn, ließ seinen Willen erlöschen wie der Sturmwind die Flamme einer Kerze und irgend etwas tief in ihm zu Eis erstarren.

Der kreischende Gesang brach unvermittelt ab.

Für einen Moment wurde es ruhig, beinahe unnatürlich ruhig. Nur das ferne Wispern der Brandung war zu hören, und das schwerfällige Platschen und Rauschen des absurden Protoplasma-Klumpens dort unter ihm.

Der Koloß regte sich wieder; ein schwerfälliges Fließen und Gleiten, fast, als bewege sich sein abstoßender Körper nicht als Ganzes, sondern glitte und flösse in sich wie eine Masse widerlich schwarzen Schleimes. Andara erkannte einen absurden, mißgestalteten Schädel, von Dutzenden fleischiger kurzer Tentakel eingefaßt, die sich wie lebende Schlangen unablässig wanden und zuckten, einen aufgedunsenen Balg unbeschreiblicher Form und Größe und ein gutes Dutzend langer, mit schrecklichen Saugnäpfen besetzter Fangarme, wie die Tentakel eines Kranken, aber größer und auf entsetzliche Weise *anders*.

Und dann hob sich einer dieser Arme, bewegte sich zitternd und schleimtriefend aus dem Wasser heraus und deutete anklagend auf ihn!

Andara erwachte mit einem Schrei aus seiner Erstarrung, fuhr hoch und herum und rannte wie noch nie zuvor in seinem Leben.

Das Pferd brach unter ihm zusammen und starb, eine Meile vor Arkham, so sehr hatte er es gehetzt, und er legte den Rest des Weges zu Fuß zurück. So weit es seine Erschöpfung zuließ, rannte er, gehetzt wie von tausend Furien. Trotzdem zeigte sich am Horizont das erste Grau der heraufziehenden Dämmerung, ehe er Arkham erreichte und sich selbst gestattete, etwas langsamer zu gehen.

Dabei war er sich durchaus des Umstandes bewußt, auch hier in der Stadt keineswegs in Sicherheit zu sein, denn es gab keine Sicherheit vor dem entsetzlichen Wesen, das er gesehen hatte. Weder hier noch sonstwo auf der Welt, vielleicht nicht einmal auf irgendeiner der anderen zahllosen Welten, die den Kosmos füllen mochten.

Obwohl seit seiner Flucht aus der schrecklichen Grotte Stunden vergangen waren, zitterten seine Hände noch immer, und der Schreck saß so lähmend und frisch in seinen Gliedern wie im allerersten Moment. Er hatte *gewußt,* daß es sie gab; ebenso wie H.P. und Langley und der arme Henry, wie Ames Fallenthorp und sicherlich noch sehr viele andere Menschen auf der Welt. Aber ebenso wie sie hatte er niemals einen von *ihnen* zu Gesicht bekommen.

Bis heute.

Andaras Gedanken drehten sich wild im Kreise. Er war hierhergekommen, um diese oder eine ähnliche Beobachtung zu machen – ja, mehr noch, die Spur zum Nest dieses Höllengezüchtes aufzunehmen –, aber jetzt, als es soweit war, war er verstört und erschreckt wie ein Kind, das mit Feuer gespielt und dabei ganz versehentlich das Haus seiner Eltern angezündet hatte. Wie oft hatte er von *ihnen* gehört, wie viele verbotene Bücher und Schriften über *sie* gelesen, wie viele Gespräche mit anderen Eingeweihten über *sie* geführt? Und trotzdem lähmte ihn *ihr* Anblick ebenso, wie er jeden anderen gelähmt hätte. Die letzten zehn Jahre seines Lebens war er auf der Flucht vor *ihnen* gewesen, aber niemals hatte er *sie* selbst zu Gesicht bekommen, sondern stets nur ihre Diener, und auch davon nur die Allergeringsten, geistlose Ungeheuer, Maschinen gleich, die zu nichts anderem fähig waren als zum Jagen und Töten.

Doch jetzt . . .

Es gab keinen Zweifel – die lederhäutigen Spottgeburten, deren Veitstanz er beobachtet hatte, waren jene, die in den alten

Schriften als die *Tiefen Wesen* bezeichnet wurden, blasphemische Kreuzungen zwischen Mensch und Fisch oder Kröte, und von denen es hieß, daß sie oft in der Nähe großer Küstenstädte gesehen wurden, nie aber greifbar waren, sondern auf unheimliche Weise immer zu verschwinden wußten, war man ihnen auf der Spur. Und das Wesen im Wasser war . . .

Andara weigerte sich, den Gedanken zu Ende zu denken. Es war unvorstellbar. Es konnte nicht sein, weil es nicht sein durfte.

Andara erinnerte sich hinterher kaum, wie er das Haus in der Jenkins Street erreicht hatte. Wohl eine Stunde war er ziellos durch die nachtstillen Straßen Arkhams geirrt, bis sich hinter Fenstern und Toreinfahrten das erste Leben regte und er sich in Miss Lugosis Pension flüchtete, denn was er jetzt am wenigsten ertragen hätte, wäre die Begegnung mit einem anderen Menschen gewesen. Er wußte, daß *sie* ihn nicht verfolgen würden, denn Wesen solch absurder körperlicher Beschaffenheit, wie es die Tiefen Wesen waren, konnten sich unmöglich so schnell wie ein Mensch fortbewegen. Aber da war noch das Ding im Wasser, und erwußte nur zu gut, daß es über andere und weit schrecklichere Handlanger verfügte als die absurden Froschmenschen.

Zu seiner Erleichterung fand er das Haus verschlossen. Leise öffnete er die Tür, blieb einen Moment stehen, um zu lauschen, und schlich dann auf Zehenspitzen in seinem Zimmer. Aber er betrat es nicht, sondern wandte sich nach kurzem Zögern wieder um, blickte sichernd die Teppe ins obere Stockwerk hinauf, in dem Miß Lugosis Privaträume lagen, und wandte sich dann den beiden anderen Türen zu, die es außer der zum Salon und der Küche im Erdgeschoß noch gab. Hinter einer davon mußte H.P.s Zimmer liegen, und möglicherweise fand er dort einen Hinweis auf dessen Verbleib. Andara hatte das sichere Gefühl, daß ihm nicht mehr viel Zeit blieb, das Rätsel zu lösen.

Die erste Tür, an der er rüttelte, war verschlossen, aber er brauchte nur einen Augenblick, den primitiven Mechanismus des Schlosses zu ergründen und außer Kraft zu setzen. Leise öffnete er sie, blickte noch einmal zur Treppe hinauf und riß ein

Streichholz an. Das bleiche, flackernde Licht gewährte ihm einen Blick auf eine große, aber vollkommen leere Kammer, auf deren Boden eine zollstarke Staubschicht bewies, daß sie seit Jahren nicht mehr betreten worden war.

Er löschte das Streichholz, verriegelte die Tür wieder und wandte sich der zweiten zu. Auch sie war versperrt, und diesmal brauchte er länger, das Schloß zu überlisten, denn zu seiner großen Überraschung mußte er feststellen, daß es einen Schatzzauber gab, der einen normalen Einbrecher vor gehörige Probleme gestellt hätte. Wer immer versucht hätte, es zu öffnen, hätte für die nächsten Wochen *gar nichts* mehr auf- oder zugeschlossen, denn das Schlüsselloch war mit einer wachsähnlichen, farblosen Masse verschmiert, die bei der geringsten Berührung in Flammen aufgehen und dabei eine enorme Hitze entwickeln würde. In Andaras Bewunderung für H.P.s Umsicht und Können mischte sich ein deutliches Gefühl von Ärger, denn sein neugewonnener Kampfgefährte schien keinen Gedanken daran verschwendet zu haben, daß zum Beispiel auch Miss Lugosi oder ein anderer Unschuldiger versuchen könnte, diese Tür zu öffnen, aus dem einen oder anderen Grund. Er entfernte die tückische Masse und betrat das Zimmer. Diesmal schob er die Tür sorgfältig hinter sich ins Schloß, ehe er ein weiteres Streichholz anriß.

Der Anblick traf ihn wie ein Schlag.

Das Zimmer war verwüstet. Tisch und Stühle waren umgeworfen und zerbrochen, das Bett zerwühlt und die beiden Koffer, in denen H.P.s und Rowlfs Habseligkeiten gewesen waren, auf den Boden geworfen, ihr Inhalt herausgerissen und zum Teil zerfetzt.

Das Streichholz brannte herab und versengte Andara die Finger. Er fluchte lautlos, warf es zu Boden und tastete im Dunkeln nach der Lampe, ehe er ein weiteres Holz anriß und die Flamme an den Docht hielt.

Im bleichen Licht der Petroleumlampe erkannte er das wahre Ausmaß der Zerstörung. In dem kleinen Zimmer mußte nicht nur ein Kampf, sondern eine regelrechte Schlacht getobt haben; kein Stück, das noch unbeschädigt oder noch an seinem Platz gewesen wäre. H.P.s Habseligkeiten waren über den gesamten

Boden verstreut, Hemden und Mäntel zum Teil zerrissen, als hätte jemand – oder etwas – seine Wut daran ausgelassen, das Bett zerwühlt und selbst die Matratze darunter zerfetzt. Auf den weißen Laken war Blut.

Und noch etwas.

Andara beugte sich beunruhigt vor und hielt die Lampe so, daß ihr Lichtschein direkt auf das Bett fiel. Etwas Dunkles, schwarzgrün Glitzerndes lag vor ihm, groß wie seine Hand und zerknüllt wie ein Stück Pergament, aber halb durchsichtig und von sonderbar organischer Konsistenz.

Andaras Herz begann vor Aufregung und Schrecken zu hämmern, als er begriff, was er sah.

Es war ein Stück Haut. Keine menschliche Haut, sondern ein dünner, grünlich glänzender Hautlappen, jetzt vertrocknet und bereits halb in Verwesung übergegangen, aber noch immer deutlich als das zu erkennen, was er einmal gewesen war: ein Fetzen jener Haut, wie ihn manche amphibische Tierarten zwischen Fingern und Zehen besitzen. Schwimmhaut.

Andara richtete sich wieder auf, setzte die Lampe vorsichtig zu Boden und sah sich um. Es schien ihm wenig sinnvoll, das Zimmer zu durchsuchen, denn wer immer für diese Verwüstung – und aller Wahrscheinlichkeit nach auch für H.P., Verschwinden – verantwortlich war, hatte dies sicher schon getan und alles entfernt, was für ihn irgendwie von Nutzen sein konnte.

Aber irgend etwas *mußte* hier sein. H.P. wäre nicht H.P. wenn er nicht umsichtig genug gewesen wäre, auch für diesen Fall irgendeinen Hinweis für ihn zu hinterlassen.

Andara schloß die Augen, preßten beide Hände gegen die Schläfen und konzentrierte sich.

Im ersten Moment spürte er nichts, nichts außer einer fast körperlichen Ahnung von Gewalt, die sich wie ein übler Geruch in diesem Raum festgesetzt hatte, ein Miasma des Bösen, das nicht erst seit wenigen Tagen, sondern seit langer Zeit auf dieses Haus eingewirkt hatte. Dann plötzlich hatte er das heftige Empfinden, daß da etwas war, vor und unter ihm . . .

Er öffnete die Augen, beugte sich hinab und tastete mit den

Fingerspitzen über den Boden. Eines der Bretter war lose. Er hob es heraus, ließ sich auf die Knie herabsinken und nahm ein kleines, erstaunlich schweres Bündel aus der schmalen Vertiefung, die darunter zum Vorschein kam. Noch bevor er die weißen Tücher öffnete, in die es eingeschlagen war, wußte er, was es enthielt.

Es war eine der Kristallscheiben, wie H.P. sie ihm in Walnut Falls gezeigt hatte, ein wenig kleiner und von anderer Form und glatt wie Glas, ohne irgendwelche hineingeritzten Botschaften. Dafür spürte Andara die fast körperliche Bosheit, die ungeheure Drohung, die dieses Stück irisierenden Kristalls ausstrahlte. Beinahe hastig legte er es wieder zurück, beugte sich noch einmal vor und gewahrte einen schmalen weißen Briefumschlag, der darunter gelegen hatte. Er öffnete ihn, faltete das halbe Dutzend Blätter auseinander, das er enthielt, und stellte zu seiner Entäuschung fest, daß es keine neuerliche Nachricht H.P.s war, sondern engbekritzelte Blätter in einer kaum zu entziffernden Handschrift.

Aber sie kam ihm bekannt vor, und nach einem Moment des Überlegens wußte er auch, woher: es war die gleiche, fahrige Schrift, in der die Notizen abgefaßt waren, an denen Henry gearbeitet hatte, die seine oder die des Professors. Andara erinnerte sich, daß augenscheinlich einige Seiten davon gefehlt hatten.

Neugierig geworden, hielt er sie ins Licht und versuchte mit eng zusammengepreßten Augen, die krakelige Schrift zu entziffern.

Das meiste davon ergab noch immer keinen Sinn, aber da waren Andeutungen von *dem Tag,* der nun bald heranrücke, und *den Wesen aus dem Meer,* die schreckliche Gestalt annähmen, je weiter sich der Mond fülle und mehrere Andeutungen, daß *es* sich zu wiederholen scheine, so unbarmherzig, wie es den Professor getroffen habe. Mehr als einmal stieß er auf den Namen Carson, und mehrmals war die Rede von *Dingen, die des Nachts umgingen und nur in den Schatten sichtbar, aber von tödlicher Realität* seien. Gegen Ende schließlich wurde der Text immer verworrener, bis er schließlich wirklich nichts weiter als das Gekrakel eines Verrückten war.

Oder eines Mannes, der vor Angst halb wahnsinnig war, dachte Andara beunruhigt.

Sorgfältig faltete er die Blätter wieder zusammen, verstaute sie in ihrem Umschlag und diesen in seiner Rocktasche, dann legte er die Kristallscheibe an ihren Platz zurück und fügte auch das Bodenbrett wieder ein. Schließlich löschte er die Lampe und verließ das Zimmer; nicht, ohne die teuflische Falle wieder in Kraft zu setzen, die wohl doch nicht von H.P. stammte, sondern eher ganz speziell für ihn aufgestellt war.

Aber er ging auch jetzt nicht in sein Zimmer zurück, sondern an dessen Tür vorbei auf die Treppe zu. Obwohl die Dunkelheit vor den Fenstern bereits zu weichen begann, war es noch sehr früh, denn es war Hochsommer, und Miss Lugosi schlief sicher noch. Er hatte nicht vor, sie zu wecken, wohl aber, die Zeit zu nutzen, sich unbemerkt im verbotenen oberen Stockwerk des Hauses umzusehen – und Miss Lugosi einige reichlich unangenehme Fragen zu stellen, sobald sie wach wurde.

Sehr leise schlich er die Treppe hinauf, blieb auf der obersten Stufe stehen und sah sich um. Im schwachen Dämmerlicht erkannt er drei Türen auf der rechten und eine vierte auf der Stirnwand des Ganges.

Ganz so, wie er es geträumt hatte.

Andara wandte sich kurz entschlossen nach rechts und blieb einen Moment mit geschlossenen Augen stehen, ehe er die Hand nach dem Türknauf ausstreckte. Für einen unvoreingenommenen Beobachter hätte es ausgesehen, als lausche er – und im Grunde war es auch genau das. Nur, daß er es mit seinen hypersensiblen, auf magische Weise geschärften Sinnen tat, und daß er hinterher mit hundertprozentiger Sicherheit wußte, daß das Zimmer hinter der Tür leer war. Er verspürte keine besondere Lust, in Miss Lugosis Schlafzimmer zu stolpern und sich unversehens in einer überaus peinlichen Situation wiederzufinden.

Es war eine mit allerlei Gerümpel, Kram und Unrat vollgestopfte Kammer, die er betrat. Alle Fenster waren vernagelt, und es stank unbeschreiblich; ein Raum, der ihn unwillkürlich an Miss Lugosis eigene Worte die Carsons betreffend denken ließ und der wirklich mehr an den Stall eines wilden Tieres denn eine menschliche Unterkunft erinnerte.

Was Andara fand, überraschte ihn. Es war keineswegs nur Gerümpel und Unrat, wie er im ersten Moment angenommen hatte, sondern ein kompletter Hausstand, der hier zusammengetragen und lieblos in Kisten und Schubläden gepfercht worden war. Es war, wie Andara mit einer Mischung aus Verwirrung und allmählich wachsender Bestürzung feststellte, tatsächlich alles, was man in einem Haus wie diesem brauchte – vom Kochgeschirr angefangen bis zur Bettwäsche und intimen Dingen, die ihren Platz eigentlich in Miss Lugosis Bade- oder Schlafzimmer haben sollten. Es war, als hätte Miss Lugosi alles, was sie an weltlichen Dingen überhaupt besaß, hier zusammengetragen und weggelegt, und zurückgeblieben waren nur die Möbel und die Dinge, die er im Salon und seinem und H.P.s Zimmer vorgefunden hatte.

Aber warum?

Die sonderbar leere Küche fiel ihm ein, und die mehrere Wochen alten Exemplare des *Advertiser*, zu denen keine neuen mehr hinzugekommen waren.

Aufs äußerte beunruhigt, verließ er die Gerümpelkammer wieder und öffnete die nächste Tür.

Es war wie ein Schritt zurück in seinen Alptraum, und er begriff im gleichen Augenblick, in dem er die Tür öffnete, daß es kein Traum gewesen war, sondern Realität, die sich mit der Maske eines Nachtmahres getarnt hatte, warum auch immer. Er begriff es im gleichen Moment, in dem er das leere Zimmer sah, den entsetzlichen Gestank wahrnahm und den gewaltigen, von rostigen eisernen Reifen zusammengehaltenen Bottich erkannte, gefüllt mit einer schmierigen, ölig schimmernden Brühe, in der kleinen weiße und grünliche Bröckchen tanzten.

Es war kein Traum gewesen!

Alles war wahr, die schreckliche Nacht, die entsetzlichen Geräusche, die platschenden Schritte und der verzerrte schwarze Schatten, der vor ihm in die Dunkelheit geflohen war. Dies alles und vielleicht noch viel mehr *war Wirklichkeit*!

Die Tür in seinem Rücken wurde mit einem dumpfen Schlag

aufgesprengt und krachte gegen die Wand, und unter der Öffnung erschien Miss Lugosi.

Aber wie hatte sie sich verändert! Von dem Bild der gutmütigen, vielleicht etwas versponnenen alten Dame war nichts, aber auch rein gar nichts mehr geblieben. Ihre Augen flammten in schierem Haß. Das Haar hing ihr wirr in die Stirn, das Kleid war offensichtlich nur hastig übergestreift, und in ihrer rechten Hand blitzte ein gewaltiges Küchenmesser.

»Was hat das zu bedeuten?« fragte Andara scharf. »Ich verlange auf der Stelle eine Erklärung für das alles hier, Miss Lu . . .«

Er kam nicht weiter, denn in diesem Moment sprang ihn Bella Lugosi an. Und sie sprang nicht wie ein Mensch, sondern stieß sich mit einem absurden, grätschbeinigen Hüpfer ab und überwand die drei oder vier Yards Distanz mit einem einzigen, gewaltigen Satz. Das Messer in ihrer Hand beschrieb einen tödlichen, rasend schnellen Bogen, an dessen Schnittpunkt Andaras Kehle lag.

Im letzten Moment ließ er sich zur Seite fallen und entging der Klinge so um Haaresbreite, aber Miss Lugosi prallte mit Wucht gegen ihn, riß ihn von den Beinen und schlug mit der freien Hand nach seinem Gesicht.

Ihr Hieb war so kräftig, daß Andara um ein Haar das Bewußtsein verlor. Er prallte hart mit dem Schädel gegen den hölzernen Bottich, spürte eine Woge dumpfer Schwere in sich aufsteigen und sah ein helles metallisches Blitzen vor sich. Ganz instinktiv riß er die Arme hoch. Ein brennender Schmerz zuckte durch seine Handfläche. Die Messerklinge fuhr mit einem dumpfen Schlag einen Inch neben seinem Gesicht in den Bottich.

Andara reagierte, ohne wirklich zu denken. Seine Linke umklammerte Miss Lugosis Handgelenk, während er mit der anderen Hand die wütenden Hiebe abzublocken versuchte, die auf sein Gesicht herunterprasselten. Schließlich gelang es ihm, ihren Arm beiseite zu schlagen und die Finger in ihr Haar zu verkrallen, um sie so von sich herunterzuzerren.

Wenigstens versuchte er es.

Ihr Haar ging ab.

Ihr Gesicht auch.

Darunter kam ein entsetzlicher Alptraumschädel zum Vorschein: glatte, grün-schwarz schimmernde Haut, die sich über einem flachgedrückten Krötenschädel spannte, ein breitlippiges Maul, in dem rasiermesserscharfe Knochenplatten die Stelle von Zähnen einnahmen, und große, glotzende Fischaugen, hinter halb durchsichtigen, gelierten Nickhäuten verborgen. Das absurde Ding war völlig haarlos. Es gab keine Ohren, und anstelle einer Nase erblickte er nur zwei senkrechte Schlitze, aus denen eine grünliche, eitrige Flüssigkeit tropfte.

Eine Sekunde lang starrte Andara ungläubig auf die dünne fleischfarbene Maske, die so perfekt eine menschliche Physiognomie vorgetäuscht hatte, dann wieder auf die verzerrte Alptraumfratze des Tiefen Wesens. Das Ungeheuer schien durch das Geschehen ebenso überrascht und erschreckt wie er selbst – aber es fand seine Fassung weit schneller zurück. Mit einem quäkenden Wiehern fegte es seine Arme beiseite, schlug ihm die geballte Faust gegen die Kehle und riß das Messer in die Höhe.

Andara griff mit der Kraft der Verzweiflung zu, packte die Klinge mit bloßen Händen und zerrte daran.

Der Schmerz war entsetzlich. Flüssiges Feuer schien durch seine Hände zu toben. Er schrie, bäumte sich auf und zerrte noch heftiger an der Waffe. Und er hatte Erfolg. Seine wahnwitzige Gegenwehr schien das groteske Ungeheuer zu überraschen, denn es ließ das Messer los. Eine halbe Sekunde später schleuderte Andara die Klinge davon, ballte die Faust und schlug sie dem Froschmenschen mit aller Kraft ins Gesicht.

Er hatte erwartet, auf festen Widerstand zu treffen, aber es war, als schlüge er in einen schleimgefüllten Sack. Die Alptraumfratze des Tiefen Wesens beulte sich ein, bis Andaras Faust in seiner Visage zu verschwinden schien. Mit einem quäkenden Schmerzlaut schlug das Wesen die schwimmhäutigen Pfoten vors Gesicht und versuchte mit ungelenken Bewegungen, wieder auf die Füße zu kommen.

Andara gab ihm keine Chance. Blitzschnell sprang er auf, riß die Klinge seines Stockdegens aus ihrer Umhüllung und durchbohrte das Monstrum, noch bevor es sich auch nur halb erhoben hatte. Die Kreatur stieß einen blubbernden Seufzlaut aus, kippte auf die Seite und blieb mit zuckenden Gliedern liegen. Eine Lache grünlich schillernden Blutes bildete sich unter seinem Körper.

Andara taumelte zurück. Mit einemmal hatte er nicht mehr die Kraft, seine Waffe zu halten. Der Stockdegen polterte zu Boden. Andara wankte, sank schweratmend auf die Knie und preßte die Kiefer aufeinander. Blut lief in breiten Strömen aus seinen zerschnittenen Händen und besudelte seine Kleider. Andara stöhnte gepreßt, kämpfte den Schmerz mit aller Willenskraft nieder und überzeugt sich noch einmal davon, daß das Tiefe Wesen wirklich tot war und keine Gefahr mehr darstellte. Erst dann stemmte er sich mühsam auf die Füße hoch, taumelte aus dem Zimmer und die Treppe hinunter. Das Haus begann vor seinen Augen zu verschwimmen, während er sich auf die Tür seines Zimmers zuschleppte. Ein bitterer Geschmack wie nach Kupfer war in seinem Mund. Ihm wurde übel. Als er sich auf sein Bett fallen ließ, begann sich die Welt um ihn herum zu drehen. Nur noch mit allerletzter Willenskraft gelang es ihm, die Bewußtlosigkeit zurückzudrängen, die sich seiner bemächtigen wollte. Und wahrscheinlich wäre ihm nicht einmal das gelungen, wäre da nicht das sichere Wissen gewesen, daß er die Augen nie wieder öffnen würde, wenn er sie jetzt schloß.

Aber auch so versank er in eine Art Trance, einen Dämmerzustand auf der schmalen Scheide zwischen Wachsein und Schlaf, in dem er zwar alles wahrnahm und registrierte, was rings um ihn geschah, aber unfähig gewesen wäre, darauf zu reagieren. Vor dem Fenster zogen die Dämmerung und schließlich der Morgen empor, aber Andara lag weiter reglos da, die blutigen Hände flach neben sich ausgestreckt, mit weit geöffneten Augen die Decke anstarrend, an der sich langam ein zweiter, dunklerer Fleck neben dem schon bekannten bildete.

Es wurde Mittag, bis er aus der Starre erwachte. Der schlechte Geschmack in seinem Mund war noch immer da, und zwischen seinen Schläfen raste ein quälender Kopfschmerz, der seine Ursachen aber wohl eher in seelischer denn körperlicher Ursache hatte. Seine Hände brannten.

Vorsichtig setzte er sich auf, schloß die Augen und konzentrierte sich darauf, Übelkeit und Schmerzen aus seinem Schädel zu verdrängen. Dann hob er langsam die Hände und betrachtete sie.

Die beiden tiefen, bis auf den Knochen hinab reichenden Schnitte waren nicht mehr da. Statt dessen gewahrte er jetzt nur noch zwei dünne, gezackte weiße Linien, wie mehrere Jahre alte Narben. Und auch sie würden in wenigen Tagen verschwunden sein, wenn er ein wenig vorsichtig war.

Trotzdem machte sich Andara nichts vor. Er hatte Glück gehabt. Der eingetrockneten rotbraunen Spur auf dem Boden und dem Aussehen seines Bettzeugs nach zu schließen, mußte er sehr viel Blut verloren haben. Und selbst seinen erstaunlichen Fähigkeiten und Kenntnissen waren Grenzen gesetzt.

Und auch den Kampf gegen das gräßliche Ungeheuer, das ihn in der Maske Miss Lugosis angesprungen hatte, hatte er wohl mehr durch Zufall als aus irgendeinem anderen Grund gewonnen. Selbst eine so absurde Kreatur wie sie konnte schwerlich damit rechnen, daß er mit bloßen Händen in ein *Messer* griff. Er hatte sie überrumpelt, mehr nicht. Das nächste Mal konnte er nicht auf ein derart unverschämtes Glück rechnen.

Und wenn er überhaupt noch eine Chance haben wollte, lebend aus dieser Geschichte herauszukommen – ganz zu schweigen davon, etwa H.P. zu finden –, dann mußte er *schnell* handeln.

Er stand auf, wusch sich, wechselte seine Kleider und klappte seinen Koffer auf, um einige Gegenstände an sich zu nehmen, die ihm bei seinem Vorhaben von Nutzen sein mochten. Dann verließ er sein Zimmer und ging abermals in den schrecklichen Raum im ersten Stock hinauf.

Alles war unverändert, als er die Tür öffnete. Der Bottich mit seinem widerwärtigen Inhalt war noch da, und auch der erkaltete Kadaver des Tiefen Wesens lag an der gleichen Stelle, an der er zusammengebrochen war, als ihn die Degenklinge durchbohrte.

Langsam näherte sich Andara dem Kadaver, kniete einen halben Schritt daneben nieder und betrachtete ihn, so eingehend, wie es ihm angesichts des Ekels möglich war, mit dem ihn der Anblick erfüllte. Es war nicht jene Art von Widerwillen, die einen beim Anblick eines ekelhaften Tieres überfiel, sondern ein Gefühl niemals gekannter Stärke, das mit rationalen Gründen nicht mehr zu erklären war. Irgend etwas tief in ihm sträubte sich mit aller Macht dagegen, das *Ding* auch nur anzusehen, und vielleicht war es in Wahrheit schlicht und einfach nur die Angst vor dem unbeschreiblich Fremden, das er erblickte.

Trotzdem bedauerte Andara es im nachhinein fast, das Wesen getötet zu haben. Er war nie zuvor einer solchen Kreatur begegnet, aber sie hatte einen Geist, und sie dachte, und alles Denkende vermochte er sich untertan zu machen, wenn auch nur für kurze Zeit. Lebendig gefangen, hätte sich das Tiefe Wesen als wertvoll erweisen können. So war er weiterhin auf Vermutungen angewiesen; und auf das wenige, das er mit eigenen Augen gesehen hatte.

Er war fast sicher, daß es nicht nur zur gleichen Gattung, sondern auch ganz konkret zu jener Gruppe scheußlicher Spottgeburten gehörte, die er am Ufer des unterirdischen Sees beobachtet hatte. Aber wenn – wie hatte es den Weg von Innsmouth hierher in derart kurzer Zeit zurücklegen können? Diese Spezies von Lebewesen war möglicherweise überaus stark, an Land aber alles andere als *schnell.*

Dann fiel sein Blick auf den Bottich, und die feuchten Spuren, die er in der vorvorletzten Nacht gesehen zu haben glaubte, fielen ihm ein. Natürlich – die Erklärung dieses Rätsels war so simpel, daß er sich unwillkürlich fragte, wieso er nicht schon längst darauf gekommen war: der Fluß. Die Tiefen Wesen waren amphibisch, und wenn sie überhaupt zu einer der beiden Welten gehörten, dann eindeutig mehr zu der des Meeres. Der Miskatonic-River, der Arkham wie ein silbernes Band in zwei ungleich große Hälften zerschnitt, stellte für diese Wesen eine ungleich schnellere Verbindung zur Küste und dem Meer dar, als es die Straße für ihn sein konnte.

Und das wiederum bedeutete nicht mehr und nicht weniger, als daß die vermeintliche Miss Lugosi nicht allein gekommen sein mußte. Ganz im Gegenteil war es sehr wahrscheinlich, daß der Fluß noch weitere Schreckensgestalten barg. Und daß sie irgendwann mißtrauisch werden und herkommen würden.

Andara stand auf, wischte sich die Hände an der Hose ab und überlegte einen Moment, ob er den Kadaver fortschaffen sollte, entschied sich aber dann dagegen. Draußen herrschte heller Tag. Er konnte es sich nicht leisten, Aufsehen zu erregen.

Trotz allem beruhigte ihn der Anblick des toten Ungeheuers beinahe, denn so gräßlich die Tiefen Wesen waren – sie waren verwundbar, und sie konnten sterben. Und das war immerhin schon mehr, als man von denen behaupten konnte, in deren Diensten sie standen.

Das helle Licht des Frühsommernachmittages blendete ihn, als Andara auf die Straße hinaustrat. Er blieb einen Moment stehen, hob die Hand vor die Augen und blinzelte.

Auf der Straße herrschte helle Aufregung. Menschen liefen durcheinander oder standen in kleinen Gruppen beisammen und redete aufgeregt, und von der anderen Seite des Flusses hallte das hektische Läuten einer Glocke herüber. Als er sich herumdrehte und in diese Richtung blickte, gewahrte er schwarze, fettige Rauchwolken, die fast lotrecht in die unbewegte Luft emporstiegen. Drüben auf der anderen Seite des Miskatonic mußte es brennen. Das Läuten, das er hörte, war eine Feuerwehrglocke.

Er wollte schon weitergehen, als er auf der anderen Seite der Straße ein bekanntes Gesicht entdeckte und gleich darauf eine Hand, die sich hob und ihm hektisch zuwinkte. Es war Asthon-Smythe, der Chefredakteur-Drucker-Setzer-Klatschkolumnist-Herausgeber des *Arkham Advertiser*. Einer sonderbar drängenden inneren Stimme gehorchend, überquerte Andara die Straße und folgte Asthon-Smythes heftigem Gestikulieren, indem er das Büro des *Advertiser* betrat. Ein leises Gefühl von Verwundung machte sich in ihm breit, denn an und für sich hätte sich Asthon-Smythe gar nicht an ihn erinnern dürfen. Aber er tat es.

»Mister Andara, kommen Sie herein«, begann Asthon-Smythe aufgeregt, kaum daß er das stickige Zeitungsbüro halb betreten hatte. »Schließen Sie die Tür. Rasch. Ich denke, ich habe etwas für Sie, das Sie interessieren wird.«

Andara gehorchte und verbiß sich im letzten Moment die Frage, woher zum Teufel Asthon-Smythe ihn überhaupt *kannte*. Er dürfte sich gar nicht an ihn erinnern!

»Was ist geschehen?« fragte er statt dessen.

Asthon-Smythe wedelte aufgeregt mit den Händen. »Haben Sie die Glocke nicht gehört?« fragte er. »Und den Rauch gesehen?«

»Doch«, antwortete Andara. »Es brennt. Das scheint mir kein Wunder bei der lang anhaltenden Trockenheit und der Hitze, die . . .«

»Und doch steht es in Zusammenhang mit Ihren Ermittlungen, mein lieber Freund«, unterbrach ihn Asthon-Smythe triumphierend. »Es brennt nämlich nicht *irgendwo*, sondern in der Universität, und der Brand ist auch nicht von ungefähr ausgebrochen oder durch die Hitze, sondern gelegt worden.«

Andara wurde hellhörig. »Gelegt?« wiederholte er. »Woher wollen Sie das wissen, nach so kurzer Zeit?«

»Weil man den Brandstifter beobachtet hat«, erklärte Asthon-Smythe im Brustton der Überzeugung. »Und nun stellen Sie sich vor, wer es war – niemand anders nämlich als Henry, der vormalige Assistent des verschwundenen Professors.«

»Henry?« keuchte Andara. »Henry Wolf?«

»Eben dieser!« bestätigte Asthon-Smythe. »Sie wissen ja, daß er vor ein paar Tagen sichtlich geistesgestört aufgefunden wurde. Heute morgen ist ihm die Flucht aus dem Raum gelungen, in dem er bis zum Eintreffen eines Spezialisten verbleiben sollte, und Jenson, der Kalfaktor der Universität, hat gesehen, wie er mit einer Petroleumlampe und einer brennenden Fackel in die Bibliothek gelaufen ist. Natürlich hat er sofort den Dekan verständigt, und die beiden haben gemeinsam versucht, Henry zurückzuhalten. Aber er muß übermenschliche Kräfte entwickelt haben, wie man es ja oft von Geistesgestörten hört. Jenson jedenfalls liegt mit zwei gebrochenen Rippen und etlichen Prellungen im Bett, und ob der Dekan überhaupt durchkommt, steht noch nicht fest.«

»Er hat . . . die Bibliothek angezündet?« fragte Andara ungläubig.

»Jedenfalls hat er es versucht«, bestätigte Asthon-Smythe. »Gottlob konnten ihn Jenson und Dekan Wilson lange genug aufhalten, bis Hilfe kam. Der Brand hat zwar großen Sachschaden angerichtet, aber die wertvollen Bücher gottlob kaum in Mitleidenschaft gezogen.«

»Und Henry?«

»Ist tot«, erklärte Asthon-Smythe lakonisch. »Als er sah, daß sein Anschlag mißlingen würde, hat er sich selbst mit dem Rest Petroleum übergossen und angezündet, der arme Kerl.«

»Das . . . das ist entsetzlich«, murmelte Andara.

»Und es ist noch nicht alles«, fügte Asthon-Smythe beinahe triumphierend hinzu. »Vor einer Stunde kam die kleine Julie Fallenthorp in die Stadt, ganz voller Blut und vollständig verstört. Sie stammelte unentwegt etwas von einem *Ungeheuer*, das ihre Mutter geholt habe.«

Andara starrte den alten Zeitungsmann an. »Julie?« murmelte er. »Die . . . die Tochter von Ames . . .«

». . . und Ethel Fallenthorp«, bestätigte Asthon-Smythe. »Sie erinnern sich an den Namen? Ames kam seinerzeit unter sehr geheimnisvollen Umständen ums Leben, kurze Zeit, bevor Langley verschwand.«

»Was ist mit ihrer Mutter?« fragte Andara erregt. »Wurden Männer hingeschickt, nach ihr zu suchen?«

»Natürlich«, antwortete Asthon-Smythe. »Der Sheriff hat zwei seiner Deputys und ein halbes Dutzend Freiwilliger losgeschickt. Sie sind noch nicht zurück. Aber wenn ich daran denke, in welchem Zustand das arme Kind war . . .« Er sprach nicht weiter, aber es war gerade sein Schweigen, das Andara abermals schaudern ließ. *Großer Gott*, dachte er, *war es wieder geschehen? Hatte er wieder Leid und Tod über Unschuldige gebracht, einfach dadurch, daß es ihren Weg gekreuzt hatte?* Er dachte an den Ausdruck von Angst und das stumme Flehen in Ethel Fallenthorpes Augen, sie nicht zu verraten, und mit einemmal fühlte er sich schuldig und besudelt.

»Wo ist das Kind jetzt?« fragte er.

»Julie? Im Pfarrhaus. Aber ich würde Ihnen nicht raten,

dorthin zu gehen. Man beginnt ohnehin schon sich Gedanken über Sie zu machen und gewisse . . . Fragen zu stellen.«

»Welche Fragen?« sagte Andara scharf.

Asthon-Smythe seufzte. »Arkham ist eine kleine Stadt, Mister Andara«, antwortete er. »Ihr Besuch in der Universität ist nicht unbemerkt geblieben, und auch nicht bei der Miss Fallenthorp draußen. Außerdem sagt man, daß Sie gestern Abend auf dem Wege zur Küste beobachtet worden sein sollen, genauer ausgedrückt, zu Ben Carsons Hütte. Er ist nicht sehr beliebt hier, müssen Sie wissen.« Er seufzte abermals. »Wie gesagt, Mister Andara – Arkham ist eine kleine Stadt. Es wird viel geredet, und die Leute beginnen, Vermutungen anzustellen. Sicher sind sie falsch, aber ich an Ihrer Stelle wäre vorsichtig. Gehen Sie lieber nicht hin. Und es wäre auch sinnlos«, fügte er hinzu. »Das arme Kind war vollkommen verstört. Stellen Sie sich vor, er begann zu schreien und sich mit aller Gewalt zu wehren, als es über den Fluß gebracht werden sollte.«

Andara starrte Asthon-Smythe noch einen Moment lang an. Dann fuhr er ohne ein weiteres Wort herum, stürmte aus dem Haus und wandte sich nach Süden, dem Fluß und der Universität zu. Plötzlich wußte er, was zu tun war. Mit einemmal war alles ganz klar.

Das Gelände der Universität war von einer dichtgedrängt stehenden Menschenmenge umlagert, durch die er sich nur mühsam und unter Zuhilfenahme von Fäusten und Ellbogen hindurchkämpfen konnte, und kaum lag der Campus vor ihm, sah er sich einem neuerlichen Hindernis gegenüber: einer doppelten Absperrkette aus Polizeibeamten und einer großen Zahl freiwilliger Helfer, die eine lebende Mauer zwischen der gaffenden Meute und den beiden rotgestrichenen Spritzenwagen bildeten, an deren Schwengel ein Dutzend Feuerwehrleute wie wild fuhrwerkten.

Wasser wurde in breiten Strömen durch die zerborstenen Fenster der Bibliothek gepumpt, und ganz wie Asthon-Smythe gesagt hatte, schien der Brand bereits fast gelöscht. Über dem Gelände lag zwar noch immer eine erstickende, fettig-schwarze

Wolke, aber nur hier und da waren noch Flammen zu sehen, und aus dem Inneren des Bibliotheksgebäudes drangen bereits die aufgeregten Rufe der Feuerwehrleute, die eingedrungen waren, um die letzten Brandherde von Hand zu löschen. Trotzdem pumpten die Männer an den Spritzen noch immer Wasser durch die Fenster. Wahrscheinlich, dachte Andara zornig, richteten sie damit einen weit größeren Schaden an, als es das Feuer vermocht hatte.

Rüde stieß er den letzten Mann beiseite, trat auf die Absperrkette zu und machte eine befehlende Geste, Platz zu machen. Zwei oder drei Männer wichen auch tatsächlich prompt zurück, nur ein junger Bursche mit blondem Haar und einer Unzahl Sommersprossen gehorchte nicht, sondern vertrat ihm wichtigtuerisch den Weg. »Heda!« keifte er. »Was soll das? Sehen Sie nicht, daß hier –«

Andara blickte ihn nur scharf an. Der Bursche verstummte abrupt, schluckte ein paarmal nervös und trat so hastig beiseite, daß er über seine eigenen Füße stolperte und der Länge nach hinschlug. Andara beachtete ihn nicht weiter, sondern trat gebückt durch den rauchgeschwärzten Eingang der Bibliothek.

Im ersten Moment sah er fast nichts. Die Luft war dick mit schwarzem, beißendem Rauch verhangen, der in den Lungen brannte und zum Husten reizte, und die schwarzen Schmauchspuren an Wänden und Decke gaukelten dem Beobachter eine weit größere Zerstörung vor, als wirklich stattgefunden hatte. Tatsächlich, das sah er nach wenigen Augenblicken, schien sich das Feuer auf einen relativ kleinen Bereich vor der südlichen Wand des Lesesaales beschränkt zu haben; dort allerdings mußte es mit ungeheurer Macht getobt haben, denn selbst die Mosaikfliesen des Bodens waren geschwärzt und hier und da geborsten. Voller Unbehagen begriff Andara, daß es ziemlich genau die Stelle gewesen sein mußte, die ihm Wilson am Tage zuvor gezeigt hatte. Die Stelle, an der man Henry gefunden hatte. Und an der – davon war Andara überzeugt – zweifellos auch der Professor verschwunden war. Plötzlich war alles so klar, so entsetzlich einfach.

Vorsichtig, um nicht über eines der herumliegenden Trümmerstücke zu stolpern, ging er weiter. In der Luft lag der übelkeiterregende Gestank verschmorten Fleisches, und der Boden war zolltief mit Wasser bedeckt. Trotzdem nahm die Hitze noch zu, als er sich der verbrannten Stelle im Boden näherte, an der Henrys und des Professors Arbeitstisch gestanden hatte.

Ein Mann in schwarzer Feuerwehruniform kam eifrig gestikulierend auf ihn zu und begann auf ihn einzureden. Andara ließ ihn gar nicht erst zu Wort kommen, sondern befahl ihm, sich gefälligst um das Feuer zu kümmern und ihn in Ruhe zu lassen. Aufs höchste erregt näherte er sich der verbrannten Stelle im Boden, beugte sich vor und stocherte mit seinem Spazierstock in der schwarz zusammengebackenen Schlacke, während er gleichzeitig die Linke vor das Gesicht hielt, um sich vor der grausamen Hitze zu schützen, die ihm entgegenschlug.

Sein Stock berührte etwas Hartes. Etwas, das grün und glatt durch die Schlacke schimmerte und sich eiskalt anfühlte, als er sich vorbeugte und es aus der glühenden Asche hob.

Es war eine Kristallscheibe. Ein Splitter von der Größe seiner Hand und nicht zu beschreibender Form, von der gleichen Art, wie er einen in Walnut Falls und einen zweiten am Morgen in H.P.s Zimmer gesehen hatte.

Und doch war er anders. Vollkommen anders.

Denn diese Scheibe fühlte sich trotz ihrer Kälte sonderbar *lebendig* an. Sie war kalt und glatt und hart, und trotzdem schmiegte sie sich wie ein lebendes pulsierendes Ding gegen seine Handfläche.

Und etwas in ihr begann zu Andara zu sprechen . . .

Die Welt war jung, und das Licht Sonne hatte noch kein Leben geboren, als sie von den Sternen kamen.

Sie waren Götter, gewaltige Wesen, unbeschreiblich und böse und bar jeder Empfindung, die nicht Haß oder Tod war.

Sie kamen auf den Wegen, die durch die Schatten führen, und setzten ihren Fuß auf eine Erde, die kahl und tot war, und nahmen sie in Besitz, wie sie zuvor schon Tausende von Welten in Besitz genommen hatten, manchmal für kurze Zeit, manchmal für Ewigkeiten, ehe sie, den gleichen unerfindlichen Gründen gehorchend, die für ihr Kommen

Nyarlathotep

verantwortlich waren, wieder gingen und in ihr kaltes Reich zwischen den Sternen zurückkehrten, um Ausschau nach neuen Welten zu halten, über die sie ihre scheußlichen Häupter erheben konnten.

Sie – das waren die, DEREN NAMEN MAN NICHT AUSSPRECHEN SOLL, *will man nicht Gefahr laufen, sie zu rufen und den Preis für ihr Kommen zu zahlen, der schrecklich ist.*

Sie nannten sich selbst die GROSSEN ALTEN, *und sie waren finstere, blasphemische Götter oder doch zumindest Wesen, deren Macht so weit über die Menschen hinausging, daß sie der von Göttern gleichkam.*

Allen voran stand CTHULHU, *der oktopoide Herr des Schreckens und der Schatten, ein Wesen, dessen Element das Meer ist, der sich aber genauso mühelos an Land oder auch in der Luft fortzubewegen vermag.*

Ihm zur Seite, und nicht viel geringer an Macht und Bosheit, stehen YOGSOTHOTH, *der Alles-in-einem-und-einer-in-Allem,* AZATOTH, *der Blasenschlagende-im-Zentrum-der-Unendlichkeit,* SHUDDE-MELL, *der Ewig-Eingegrabene-und-Herrscher-über-die-Erde-und-die-finsteren-Reiche-der Höhlen,* SHUB-NIGGURATH, *die Schwarze-Ziege-mit-den-tausend-Jungen, letztlich* NYARLATOTTHEP, *die Bestie-mit-den-tausend-Armen.*

Aber auch andere, Wesen von geringerer Macht, trotzdem noch schrecklich wie Götter in ihrem Zorn. Wendigo, der auf den Winden geht, Glaaki, der Kometengeborene, der unaussprechliche Hastur und Tsathoggua, Yibb-Tsstl, der flammene Cthugha, Shodagoi, die Cho-Cho . . .

Ihre Zahl ist Legion, und ein jeder war schrecklich genug, ein Gott zu sein. Äonenlang herrschten sie über die Erde, und um ihre Macht ausüben zu können, erschufen sie schreckliche Geschöpfe aus verbotenem Protoplasma, widerwärtige Kreaturen, deren Gestalt sie nach Belieben formen konnten.

Aber so mächtig die GROSSEN ALTEN *auch waren, so gering war ihre Voraussicht. Millionen um Millionen Jahre herrschten sie über die Erde und ihre Kreaturen, und sie merkten nicht, daß die, die sie selbst erschaffen hatten, sich gegen sie aufzulehnen und Pläne gegen ihre Herrschaft zu schmieden begannen.*

Dann kam es zum Krieg.

Die unterdrückten Völker der Erde, allen voran die Shoggoten, die die GROSSEN ALTEN *selbst erschaffen und denen sie ihren üblen*

Lebensatem eingehaucht hatten, standen gegen die finsteren Götter auf und versuchten ihr Joch abzuschütteln, angeführt von keinem anderen als HASTUR selbst, dem Halbbruder und ärgsten Feind CTHULHUS. Die Erde brannte, und der Krieg der Giganten verwüstete ihr Antlitz in einer einzigen, feurigen Nacht.

Die GROSSEN ALTEN siegten, doch um dies zu bewerkstelligen, rührten sie an Mächte, die zu mißbrauchen selbst ihnen verboten war, und ihr blasphemisches Tun rief andere, mächtigere Gottheiten von den Sternen herbei, die ÄLTEREN GÖTTER, die seit Urzeiten im Bereich der Sonne Betelgeuze schlafen und über das Wohl und Wehe des Universums wachen.

Sie mahnten die GROSSEN ALTEN, in ihrem Tun innezuhalten und nicht an der Schöpfung selbst zu rühren.

Aber in ihrem Machtrausch mißachteten die GROSSEN ALTEN selbst diese letzte Warnung und lehnten sich gegen die ÄLTEREN GÖTTER auf, und abermals kam es zum Krieg, einem gewaltigen Kräfteringen derer, die von den Sternen gekommen waren, und derer, die noch dort lebten.

Die Sonne selbst verdunkelte ihr Antlitz, als die Mächte des Lichtes und die der Finsternis aufeinanderprallten. Eine der elf Welten, die ihre Bahn um sie zogen, zerbarst zu Millionen Trümmern, und die Erde gerann zu einem flammenden Brocken aus Lava.

Schließlich obsiegten die ÄLTEREN GÖTTER, aber nicht einmal ihre Macht reichte aus, die GROSSEN ALTEN zu vernichten, denn was nicht lebt, vermögen nicht einmal die Götter zu töten. Und so verbannten sie die GROSSEN ALTEN vom Antlitz dieses verwüsteten Sternes.

CTHULHU ertrank in seinem Haus in R'Lyeh und liegt seit Äonen auf dem Grunde des Meeres.

AZATOTH erwürgte der Schlamm der finsteren Sümpfe, die sein Lebenselement gewesen waren.

SHUDDE-MELL wurde verschlungen von feuriger Lava und Fels, und all die anderen Kreaturen und Wesen wurden verstreut in alle Winde und verbannt in finstere Kerker jenseits der Wirklichkeit.

Zweimal hundert Millionen Jahre sind seither vergangen, und seit zweimal hundert Millionen Jahren warten sie, denn das ist nicht tot, das ewig liegt, bis das der Tod die Zeit besiegt . . .

Die lautlose Stimme verstummte, aber es dauerte noch eine geraume Weile, bis Andara vollends in die Wirklichkeit zurückfand.

Er hatte versucht, sich gegen das machtvolle Wispern und Raunen in seinen Gedanken zu wehren, aber es war dem Versuch gleichgekommen, einen brechenden Staudamm mit bloßen Händen zusammenzuhalten. Die telepathische Botschaft war mit ungeheurer Macht über ihn hereingebrochen, und es war gerade seine Sensibilität für solcherlei Dinge, die ihn besonders wehrlos gemacht hatte. Nichts von dem, was er gehört hatte, war ihm wirklich fremd gewesen. Manches hatte ihn überrascht, denn er hatte plötzlich Zusammenhänge begriffen, die ihm zuvor rätselhaft geblieben waren. Anderes hatte ihn erschreckt, denn es waren Dinge gewesen, die er zwar gewußt hatte, nicht aber hatte wissen *wollen*. Trotzdem war ihm nichts von alledem fremd gewesen.

Aber es war auch nicht *er*, dem diese Botschaft galt. Andara zweifelte nicht daran, daß es tatsächlich der verschwundene Professor war, der diesen und die vorherigen Briefe gesandt hatte; ebensowenig, wie er daran zweifelte, daß sie wirklich aus R'Lyeh kamen, jener versunkenen, verfluchten Stadt Chtulhus, des Mächtigsten der GROSSEN ALTEN. Die Kristallscheiben mit ihren geheimnisvollen telepathischen Botschaften waren wohl letztlich nichts als verzweifelte Hilferufe des Professors, blindlings abgeschickt, eine Warnung an alle, die sie finden mochten.

Eher hilflos als erschreckt drehte er den grünlich schimmernden Kristallsplitter in den Händen. Und langsam, ganz allmählich, begann er die wahren Zusammenhänge zu begreifen:

Es war *hier* gewesen, wo der Professor verschwunden war.

Es war *hier* gewesen, wo den armen Henry sein Schicksal ereilt hatte, genau an *dieser* Stelle, an der eine wie auch immer geartete Verbindung zwischen der Welt der Menschen und der jener anderen verruchten Kräfte bestand, aus der die finsteren Wesenheiten kamen, die für all diesen Schrecken verantwortlich waren.

H.P. hatte ihm niemals erzählt, auf welche Weise er in den

Besitz der geheimnisvollen Kristallscheiben gekommen war, aber Andara war jetzt sicher, daß es niemand anderes als Henry gewesen sein konnte, der das fehlende Bindeglied zwischen den beiden Welten darstellte.

Henry, der sich nachts in der Bibliothek verkroch und an den Aufzeichnungen des Professors zu arbeiten vorgab. In Wahrheit hatte er auf das Auftauchen dieser Scheiben gewartet. Und hatte einen entsetzlichen Preis dafür bezahlt, wie so viele vor ihm, die an den Toren jener anderen, verbotenen Welt gekratzt hatten.

Und es war auch nicht die Bibliothek und ihr gesammelter Schatz an geheimem Wissen gewesen, dem sein Wüten gegolten hatte, sondern diese Verbindung, dieser Riß in der Wirklichkeit oder was immer es war, den er hatte schließen wollen. Der verbrannte Fleck auf dem Boden, an dem einst ein Schreibtisch gestanden haben mochte, sprach Bände. Für die Männer, die den Brand gelöscht hatten, für Dekan Wilson und für die ahnungslosen Studenten, die tagein, tagaus hier arbeiteten, würde es nichts sein als ein häßlicher schwarzer Fleck. Dem, der ihn zu deuten verstand, erzählte er eine entsetzliche Geschichte.

Der bedauernswerte Henry mußte noch in seinem Wahn begriffen haben, zu welch schrecklichen Abgründen des Todes und Wahnsinns das Tor führte, das er aufgestoßen hatte. Und er hatte mit seinen bescheidenen Mitteln versucht, es zu schließen. Armer, törichter Narr, der er gewesen war. Als ob man Feuer mit Feuer löschen könne!

»Nun, Andara – haben Sie gefunden, wonach Sie gesucht haben?«

Andara reagierte nicht gleich. Er war nicht sehr überrascht, die Stimme zu hören. Er hatte die Wahrheit wohl die ganze Zeit über geahnt, sie aber nicht fassen können. Dabei hätte er es merken müssen.

Ohne sichtliche Hast drehte er sich herum und blickte auf den kleinen, grauhaarigen Mann herab, der hinter ihn getreten war. Er war nicht allein gekommen. Hinter ihm standen fünf Männer, darunter der geistesschwache Riese, den er in Innsmouth niedergeschlagen hatte. Keiner von ihnen trug eine Waffe, aber Andara bezweifelte auch, daß sie das nötig hatten. Ihre Art zu kämpfen war von einer gänzlich anderen, viel tödlicheren Art.

»Geben Sie mir die Scheibe, Andara«, sagte Asthon-Smythe. Er sprach noch immer mit der dünnen, leicht zittrigen Altmännerstimme, die Andara von ihm kannte, aber sein Blick war hart und fordernd geworden; hart wie Glas und kalt wie Eis. Seine Lippen erinnerten an die eines Fisches.

»Wer sind Sie?« fragte Andara, ohne direkt auf Asthon-Smythes Worte zu reagieren. »Ben Carson?«

Asthon-Smythe kicherte, aber es war ein Laut, der sich nicht sonderlich amüsiert anhörte. »Zuviel der Ehre, mein Freund«, sagte er. »Aber ich . . . stehe ihm nahe, wenn Sie so wollen. Die Scheibe!«

Andara zögerte noch einen Moment, händigte ihm dann aber die Kristallscheibe aus. Asthon-Smythe drehte sie einen Herzschlag lang unschlüssig in den Händen und ließ sie dann achtlos in der Rocktasche verschwinden. »Ich muß mich bei Ihnen bedanken, Mister Andara«, sagte er spöttisch. »Wir haben lange nach der Herkunft dieser . . . Botschaften gesucht. In gewissem Sinne waren Sie uns eine große Hilfe, denn wer weiß, vielleicht hätte der Verräter so noch lange Zeit in seinem Tun fortfahren können. Und diese Gegenstände« – er schlug mit der flachen Hand auf die Tasche und lachte meckernd – »hätten sich als peinlich erweisen können, wären sie in die falschen Hände geraten. Aber nun ist ja alles wieder in bester Ordnung.« Er machte eine auffordernde Handbewegung in Andaras Richtung. »Wenn Sie jetzt die Freundlichkeit hätten, uns zu begleiten . . .«

»Wohin?«

Asthon-Smythe verzog die Lippen. »Nun, Sie sind nach Innsmouth gekommen, um sich mit Ben Carson zu unterhalten, nicht wahr?« fragte er. »Wäre Ihr Aufbruch nicht so überhastet ausgefallen, hätten Sie das Vergnügen bereits gestern abend haben können. Und da ist noch jemand, der darauf brennt, Sie zu treffen.« Er grinste hämisch. »Sie haben ihn schon kurz gesehen. Und nun kommen Sie!«

»Ich denke nicht daran«, sagte Andara. Seine Stimme klang noch immer ruhig, beinahe schon tonlos, aber er legte jedes bißchen suggestiver Macht, das er besaß, in seine Worte. »Ich werde Sie begleiten, aber anders, als Sie denken, Asthon-

Smythe. Sie werden mir jetzt alles sagen, was Sie wissen, und . . .«

»Sie bemühen Ihre Kräfte umsonst, Mister Andara«, unterbrach ihn Asthon-Smythe kühl. »Das funktioniert bei mir nicht.«

Andara starrte ihn an. Für einen Moment versuchte er mit aller Macht, seinen Blick zu fixieren, den Willen dahinter zu brechen und sich untertan zu machen. Es war ein stummes, mentales Ringen, unsichtbar für alle Beobachter, aber mit ungeheurer Kraft geführt.

Und zum ersten Mal im Leben verlor er diesen Kampf. Asthon-Smythe lächelte noch immer, und in seinen Augen stand noch immer dieses fast tierhafte, gierige Blitzen. Er schien Andaras geistigen Angriff nicht einmal zu *spüren.*

Ebensogut hätte er versuchen können, einen Stein zu hypnotisieren.

Asthon-Smythe ließ Andara gewähren, gerade lange genug, um sicher sein zu können, daß er die Fruchtlosigkeit seines Versuches einsah, dann hob er die Hand und wandte sich halb zu seinen Begleitern um. »Michael.«

Der blonde Riese mit dem Gesicht eines Idioten trat vor und hob kampflustig die Fäuste. Andara starrte ihn an und sagte ganz leise: »Halt!«

Michael gehorchte. Das bißchen freien Willens, das noch in seinem Blick gewesen war, erlosch auch noch. Seine Züge erschlafften noch weiter. Ein wenig Speichel rann aus seinem Mundwinkel und an seinem Kinn herab.

»Sehr beeindruckend, Mister Andara«, sagte Asthon-Smythe. Seine Stimme klang eher ungeduldig als beunruhigt. »Ich sehe, man hat mir die Wahrheit gesagt, als man Sie mir als einen gefährlichen Mann schilderte. Aber bevor Sie jetzt etwas tun, was Sie später bereuen würden«, fuhr er mit leicht erhobener Stimme fort, »lassen Sie mich Ihnen Folgendes sagen: Ich zweifle nicht daran, daß Sie mich überwältigen können, und meine Begleiter hier auch. Aber dann würde die bedauernswerte Miss Fallenthorp eines höchst unerfreulichen Todes sterben, ebenso wie zahlreiche andere Bewohner dieser Stadt. Es wurden gewisse Befehle erteilt, für den Fall, daß ich unverrichteterdinge oder gar nicht zurückkehren sollte.«

Andara spürte eine Woge jähen, kaum noch zu beherrschenden Zornes. Seine Hände öffneten sich, als wollten sie irgend etwas packen und zerquetschen – zum Beispiel Asthon-Smythes faltigen Hals –, aber er führte die Bewegung nicht zu Ende. Asthon-Smythe hatte mit beispielloser Präzision seinen einzigen verwundbaren Punkt herausgefunden und getroffen. Er wußte, daß Andara eher selbst sterben würde, ehe er das Leben Unschuldiger aufs Spiel setzte.

Andaras Zorn schlug jäh in ein Gefühl schmerzhafter Hiflosigkeit um. Es war zum Verzweifeln – er stand hier, am hellen Tage, inmitten Dutzender Menschen, und er war so hilflos und allein, als stünde er seinen Gegnern nachts in einem einsamen Waldstück gegenüber.

»Nun?« sagte Asthon-Smythe nach einer Weile. »Haben Sie sich entschieden, Mister Andara?«

Andara schwieg. Aber nach einigen weiteren Sekunden, in denen er Asthon-Smythe und seine Begleiter voll stummer Wut angestarrt hatte, wandte er sich um und folgten seinen Bewachern zur Tür.

Die Absperrkette der Feuerwehrleute und freiwilligen Helfer hatte sich aufgelöst, als sie das Bibliotheksgebäude verließen; der Campus war voller Menschen, die scheinbar ziel- und planlos durcheinanderliefen, unter ihnen auch etliche Studenten, die den Erfolg der Löscharbeiten wohl in Zweifel zogen, denn sie waren hoch mit ihren Habseligkeiten beladen.

Für einen Moment war Andara ernsthaft versucht, mit lauter Stimme um Hilfe zu rufen oder einfach davonzulaufen. Asthon-Smythe und sein schwachsinniger Schläger würden wohl kaum die Dreistigkeit aufbringen, ihn vor aller Augen zu überwältigen und davonzuschleifen.

Aber er verwarf den Gedanken rasch. Selbst, wenn er entkam – da war noch Miss Fallenthorp, und er hatte Asthon-Smythes Drohung nicht vergessen. Arkham lag an einem Fluß. Und das Böse kam aus dem Wasser.

Sie verließen Arkham nicht auf dem Landwege, sondern auf einem kleinen Kahn, der auf dem Miskatonic auf sie wartete. Obgleich die Straßen voller Menschen waren, schien niemand Notiz von ihnen zu nehmen – was allerdings auch nicht verwunderlich war, denn der Brand und die Löscharbeiten nahmen die Aufmerksamkeit der Arkhamer voll und ganz in Anspruch.

Der Miskatonic, der so ruhig und friedlich unter den drei Brücken Arkhams entlangglitt, erwies sich in Wahrheit als ein Fluß von immenser Strömung, so daß der kleine Nachen eine erstaunliche Geschwindigkeit entwickelte, kaum daß Michael ihn mit einer langen Stange in die Flußmitte hinausgestakt hatte.

Eine gute Stunde schossen sie mit der Strömung dahin, bis Asthon-Smythe ihrem hünenhaften Fährmann Befehl gab, das westliche Ufer anzusteuern, und sie das Boot verließen, um das letzte Stück Weges nach Innsmouth zu Fuß zurückzulegen.

Andara ersann und verwarf in dieser Zeit ein Dutzend Fluchtpläne, einer besser als der andere, aber jeder mit dem gleichen Fehler – er war undurchführbar. Obgleich er sich einer sechsfachen Übermacht gegenübersah, zweifelte er nicht daran, seine Bewacher überwältigen oder ihnen zumindest entkommen zu können, wenn er es wirklich wollte. Aber er zweifelte ebensowenig daran, daß Asthon-Smythe die Wahrheit gesagt hatte und er, leistete er Widerstand, quasi Miss Fallenthorps Todesurteil aussprach. Er konnte die unsichtbaren Augen direkt spüren, die ihn aus den Winkeln der Wirklichkeit heraus belauerten und jede seiner Bewegungen registrierten.

Für die letzte halbe Meile benötigen sie fast die gleiche Zeitspanne wie für die fünf zuvor, denn der Weg, den Asthon-Smythe einschlug, führte querfeldein durch die dichten Sommerwälder von Massachusetts. Nicht nur Andara war erschöpft und abgerissen, als die Häuser von Innsmouth vor ihnen auftauchten.

Ihm fiel auf, wie still es war. Am vergangenen Abend, als er das erste Mal herkamen, war die einzige Straße des Ortes wie leergefegt gewesen, aber das war angesichts der fortgeschrittenen Stunde auch nicht weiter verwunderlich. Doch jetzt war es hell – und die Straße war ebenso ausgestorben, Türen und Fenster der Handvoll Häuser genauso verschlossen, und die Furcht lag noch immer wie eine erstickende unsichtbare Decke über dem Land.

Einmal glaubte er ein rasches Huschen hinter einer Fensterscheibe zu gewahren, ein paar angsterfüllter Augen, die verstohlen zu ihnen hinauslugten, ein anderes Mal hörte er hastige Schritte, die sich schnell entfernten – aber sie begegneten keinem Menschen, bis sie das Gasthaus erreichten und er durch die offenstehende Tür gestoßen wurde. Nicht alle Menschen von Innsmouth schienen mit den Zielen seiner Bewacher konform zu gehen.

Michael versetzte ihm einen Hieb in den Nacken, der ihn gegen die Theke stolpern und halb in die Knie brechen ließ, dann packten ihn rohe Hände, stießen ihn auf einen Stuhl herab und hielten ihn fest, während Asthon-Smythe ihm den Stockdegen aus der Hand riß und schnell und sehr gründlich seine Taschen durchsuchte. Was er fand, häufte er auf den Tisch, ohne ihm mehr als einen flüchtigen Blick zu schenken. Lediglich als er den Briefumschlag mit Henrys Notizen öffnete, krauste sich seine Stirn unwillig. Aber er sagte kein Wort, sondern legte die Blätter auseinandergefaltet zu den übrigen Dingen und sah Andara scharf an. »Eine etwas jämmerliche Ausrüstung, mein Lieber«, sagte er.

Andara lächelte dünn. »Ich pflege mich meinen Gegnern anzupassen.«

Michael knurrte und hob die Hand, um ihn zu schlagen, aber Asthon-Smythe hielt ihn mit einer raschen Bewegung zurück. »Nicht«, sagte er. »Laß ihn uns ruhig beleidigen, wenn es ihm Freude bereitet. Er wird seine Strafe bekommen, wie alle Verräter.« Er trat zurück, lehnte sich gegen die improvisierte Theke und verschränkte die Arme vor der Brust. Er lachte, sehr leise und sehr böse. Sein Blick glitt über Andaras Gestalt und blieb an seinem Gesicht haften.

»Sie haben verloren, Andara«, sagte er. »Endgültig. Ich habe lange auf diesen Tag gewartet.«

Andara lächelte geringschätzig. »Vielleicht sollten Sie Ihren Sieg erst feiern, wenn er komplett ist, Asthon-Smythe«, sagte er.

»Du bist noch immer der Alte, wie?« fragte Asthon-Smythe. »Du würdest nicht einmal aufgeben, wenn du bereits einen Dolch zwischen den Schultern hättest.« Er schüttelte den Kopf, seufzte, und sah Andara sehr lange an. »Es ist lange her«, sagte er plötzlich.

»Lange her?« Andara starrte ihn an. »*Was* ist lange her, Asthon-Smythe?«

»Daß es begonnen hat«, antwortete Asthon-Smythe. Ein dünnes, böses Lächeln huschte über seine Züge. »Ich habe dir prophezeit, daß es nicht das letzte Mal wäre – erinnerst du dich?«

»*Gesehen?*« wiederholte Andara mißtrauisch. »Wir? Wann soll das gewesen sein? Und wo?«

»Du erinnerst dich wirklich nicht?« fragte Asthon-Smythe lächelnd. »Nun, zehn Jahre sind eine lange Zeit. Und es ist viel geschehen, seither. Ich werde deinem Gedächtnis ein wenig nachhelfen – warte.«

Und damit griff er sich an den Kopf, krallte die Hände in sein schütter gewordenes Haar und zog sein Gesicht herunter, ganz so, wie Andara es zuvor bei Miss Lugosi getan hatte.

Aber darunter kam nicht das Froschgesicht eines Tiefen Wesens zum Vorschein, wie Andara erwartet hatte.

Diesmal gelang es ihm nicht mehr, einen Schrei zu unterdrükken.

Das letzte Mal, daß er Necron gesehen hatte, war vor zehn Jahren gewesen, in der Hölle von Jerusalems Lot, das sich in Todeskrämpfen wand. Er hatte die Scheune verlassen, die zum Grab all seiner Freunde geworden war, und sich durch die tobende Menge zurückgekämpft zu jenem kleinen Haus am Ortseingang, das wie durch einen geheimnisvollen Zauber bisher als einziges verschont geblieben war. Die gleichen Kräfte, die dieses Haus behüteten, beschützten auch ihn. Und sie würden ebenso versagen, wenn der Mob mit seinem schrecklichen Tun fertig war und ein neues Ziel für seinen Blutdurst suchte.

Aber bis es soweit war, war noch Zeit. Nicht mehr sehr viel, aber vielleicht genug, Jenny zu retten und diese Wahnsinnigen von ihrem Irrsinn abzuhalten.

Taumelnd vor Erschöpfung und aus einem Dutzend kleinerer Wunden blutend, erreichte er die Hütte, rüttelte einen Moment vergeblich an der Tür und rannte sie schließlich mit der Schulter ein. Sein Schwung war groß genug, ihn zwei Schritte weit in den dahinterliegenden Raum stolpern und auf die Knie fallen zu lassen.

Die drei Personen, die sich darin aufhielten – ein Mann schwer bestimmbaren, aber nicht sehr hohen Alters, eine sehr junge und eine sehr alte Frau –, schienen nicht sehr überrascht, ihn zu sehen. Das Mädchen fuhr wohl unmerklich zusammen, und für einen Moment malte sich Schrecken auf ihren Zügen ab; aber dann legte die alte Frau beruhigend die Rechte auf ihre Hand, und sie entspannte sich wieder. Der Blick des Mannes war hart; abschätzend und lauernd. Aber nicht feindselig.

Roderick sprang auf und warf die Tür hinter sich ins Schloß. »Wo ist sie?« fragte er.

»Du bist also doch noch gekommen«, sagte die alte Frau. »Ich habe gehofft, daß du kommst.«

»Wo ist sie?« wiederholte er zornig. »Wo ist Jenny, Mutter?«

»Du erinnerst dich noch, daß ich deine Mutter bin«, sagte Andara. Ein trauriges Lächeln huschte über ihre faltigen, grau gewordenen Züge. »Gut.«

»Verdammt noch mal – ich will wissen, wo Jenny ist!« schrie Roderick. Wie zur Antwort erscholl draußen vor dem Haus eine ganze Salve krachender Gewehrschüsse. Schreie und ein fürchterliches Bersten und Splittern folgten. »Hier im Haus? Dort drüben?« Er deutete auf die einzige Tür, die es außer dem Ausgang noch hier drinnen gab, und eilte darauf zu. Aber bevor er sie erreichte, sprang der junge Mann auf und vertrat ihm den Weg.

»Keinen Schritt weiter!« sagte er. Er sprach nicht sehr laut, und doch war seine Stimme voller düsterer Drohung. Roderick versuchte vergeblich, seinem Blick standzuhalten.

»Laß ihn, Necron«, sagte Andara traurig. »Du kannst ihn nicht zwingen, uns zu helfen.«

»Da bin ich anderer Meinung«, antwortete Necron kühl. »Ich werde –«

»Necron?« Rodericks Augen weiteten sich ungläubig. »Du bist . . .« Er brach ab, fuhr herum und starrte seine Mutter mit einer Mischung aus Entsetzen und Unglauben an. »Du hast ihn herkommen lassen? Du hast –«

»Welche Wahl hatte ich noch, nachdem du uns verraten hast?« unterbrach ihn Andara.

»Du weißt, wer dieser Mann ist!« keuchte Roderick.

»Besser als du«, sagte Andara leise. »Er ist ein Magier, wie du einer hättest werden können, Roderick. Ein Mann gewaltiger Macht. Der einzige, der uns jetzt noch helfen kann.«

»Helfen?« Roderick lachte böse. »Niemand kann euch mehr helfen, Mutter. Ich habe euch gewarnt, mehr als einmal. Ich . . . ich habe euch angefleht, aufzuhören. Ich habe –«

»Was hast du, du Narr?« unterbrach ihn Necron kalt. »Deine Familie und deine Freunde verraten, das hast du.« Er deutete mit einer wütenden Bewegung in die Richtung, aus der noch immer Schüsse und Schreie in das Haus drangen. »Das alles ist dein Werk, du Verräter. Es sind deine Freunde, die dort draußen sterben. Und es ist so, als hättest du selbst ihr Blut vergossen. Du fragst, was ich hier will?« Er machte ein abfälliges Geräusch. »Deine Mutter rief mich um Hilfe, das zu tun, was du zu tun dich weigerst.«

»Und?« fragte Roderick wütend. »Kannst du es? Kannst du ihr Leben retten?«

»Nein«, antwortete Necron ruhig. »Du hättest es gekonnt, als noch Zeit war. Ich kann es nicht. Niemand kann es jetzt noch, denn die meisten sind bereits tot. Doch ich kann ihnen helfen, ihre Rache zu vollziehen. Jeder Tropfen Blut, der heute vergossen wird, soll millionenfach gerächt werden.«

»Du bist ja wahnsinnig«, sagte Roderick leise. Plötzlich fuhr er herum, war mit einem Schritt beim Tisch und beugte sich erregt vor. »Mutter, Lyssa!« sagte er. »Hört auf mich! Hört mit diesem Wahnsinn auf und kommt mit mir. Ich kann euch hier herausbringen, euch und Jenny.«

»Nein, Roderick«, sagte Andara, beinahe sanft. »Das kannst du nicht. Und es ist zu spät.«

»Für dich übrigens auch, du Narr«, fügte Necron leise hinzu. Andara beachtete ihn gar nicht.

»Ich flehe dich an, Mutter – *tu es nicht!«* sagte Roderick beschwörend. »Sie wissen nicht, was sie tun! Du kannst nicht millionenfaches Leid über die Welt bringen, nur um bloßer *Rache* willen!«

»Was weißt du schon, du Narr!« sagte Necron zornig. »Millionenfaches Leid? Ha! Für Narren wie dich vielleicht. Die, die den wahren Herren dienen, werden millionenfach belohnt werden.«

»Hörst du, was er redet?« sagte Roderick. »Dieser Mann ist wahnsinnig, Mutter. Er mag ein Träger der *Macht* sein wie du und ich, aber er ist wahnsinnig. Ihr dürft es nicht tun. Ich . . . ich werde verhindern, daß ihr die Beschwörung durchführt.«

»Und wie?« fragte Necron amüsiert. »Willst du deine Kräfte mit den meinen messen, du kleiner Narr?«

Ganz langsam richtete sich Roderick auf, drehte sich herum und trat auf Necron zu. Er überragte den anderen um mehr als Haupteslänge, aber das schien Necron eher zu amüsieren.

»Und wenn ich es täte?«

»Würdest du sterben«, sagte Necron ruhig. »Aber zuvor würde ich deine Braut töten, vor deinen Augen.«

Roderick erstarrte. Sein Blick heftete sich auf die Tür, die Necron ihm verwehrte. Schweiß erschien in einem Netz feiner glitzernder Perlen auf seiner Stirn.

Dann schlug er zu; hart, gezielt, und mit der vollen Absicht, zu töten.

Necron hatte keine Chance. Er hatte mit einem geistigen Angriff gerechnet, einem Duell der Magier, die sie beide waren – gegen pure Brachialgewalt war er wehrlos. Rodericks Faust ließ ihn zurücktaumeln und röchelnd gegen die Wand fallen, dann landete Rodericks Handkante mit schrecklicher Wucht auf seinem Hals und raubte ihm endgültig das Bewußtsein.

Lyssa schrie auf und fuhr halb hoch, aber wieder hielt Andara sie zurück. Ihr Blick war hart wie Glas, als sie erst Roderick, dann den am Boden liegenden Necron musterte.

»Du hast dich also entschieden«, sagte sie.

Roderick nickte. »Ich sollte ihn töten«, sagte er.

»Das solltest du«, bestätigte Andara, sehr ernst. »Denn er wird dich mit seinem Haß verfolgen, sobald er wieder erwacht ist. Töte ihn – oder bereite dich auf ein Leben vor, das nur aus Flucht und Angst besteht.«

Rodericks Hände zuckten. Er beugte sich über den Bewußtlosen, hob die Faust, führte die Bewegung aber nicht zu Ende.

Seine Lippen begannen zu zittern. Plötzlich fuhr er herum und trat wieder auf seine Mutter zu. »Warum hast du ihn gerufen?« fragte er. »Warum hast du ihn geholt, Mutter? Reicht dir das Unheil noch nicht, das ihr mit eurem Ton heraufbeschworen habt?«

»Wir?« Andara lächelte. »Wir haben nichts getan, Roderick. Wir wollten nur leben, wie es uns gefiel.«

»Ihr praktiziert Zauberei in einer Welt voller Aberglauben und Angst!« sagte Roderick aufgebracht. »Was dort draußen geschieht, mußte geschehen!« Erneut beugte er sich vor. »Zum letzten Mal, Mutter – komm mit mir. Und du, Lyssa! Kommt mit. Ich kann euch retten. Noch ist es nicht zu spät.«

»O doch, Roderick«, antwortete Andara. »Das ist es.« Sie schüttelte den Kopf, lächelte. »Geh«, sagte sie. »Nimm Jennifer und geh, solange du es noch kannst.«

»Und . . . ihr?« murmelte Roderick.

»Wir bleiben«, antwortete Andara. »Wir müssen es, Roderick. Aber wir werden uns wiedersehen. Irgendwann.«

Roderick starrte sie noch einen Herzschlag lang an, dann fuhr er herum, stürmte durch den Raum und verschwand im angrenzenden Zimmer.

Wenige Augenblicke später verließen er und Jenny Jerusalems Lot für immer. Das brennende Dorf blieb hinter ihnen zurück, aber sie sahen den Feuerschein noch lange am Himmel, auch als die Sonne unterging und sie bereits Meilen entfernt waren.

Die Kammer war klein und dunkel und stank nach fauligem Fisch. Vor einer Stunde, als Michael ihm Essen gebracht hatte, war ein schmaler Lichtstreifen hereingefallen, und er hatte eine Ratte davonhuschen sehen; ein fettes, struppiges Tier, dessen Augen ihn voll stummer Bosheit angestarrt hatten, bevor es lautlos davontrippelte. Aber es war da. Er spürte seine Anwesenheit. Und seine Blicke. Es schlich beständig um ihn herum, in kleiner werdenden Kreisen. Wenn es ihn berührte, würde er es töten. Er haßte Ratten.

Andara versuchte, sich auf näherliegende – und wichtigere – Dinge zu konzentrieren. Aber seine Gedanken drehten sich im

Kreis, seit dem Moment vor vier oder fünf Stunden, in dem Necron ihn hierher hatte bringen lassen. Er erinnerte sich kaum mehr an die Zeit, die dazwischenlag. Sie hatten ihn gezwungen, etwas zu trinken – eine bitter schmeckende, ölige Flüssigkeit, von der ihm übel geworden war. Es hatte sich nicht – wie er im allerersten Moment befürchtet hatte – um Gift gehandelt, aber es hatte seine Gedanken wirr und seine Bewegungen ziellos und matt werden lassen. Irgendeine Droge.

So sehr er sich auch den Kopf zermarterte – es schien keinen Ausweg aus dieser Falle zu geben. Dabei war er nicht einmal gefesselt, Michael hatte ihn binden wollen, aber Necron hatte nur höhnisch abgewunken. Er war seiner Sache sehr sicher.

Und das konnte er auch sein. Jetzt, nachdem Andara wußte, mit wem er es wirklich zu tun hatte, war ihm vieles klar geworden: seine Unkonzentriertheit, die unerklärliche Müdigkeit, die ihn überfallen hatte, kaum daß er einen Fuß nach Arkham hineingesetzt hatte, seine plötzliche Mühe, mit gewohnter Schärfe zu denken und zu handeln, sein – im nachhinein betrachtet – schon fast absurdes Unvermögen, seine ganz speziellen Kräfte einzusetzen, um zum Ziel zu gelangen. Dies alles waren Necrons Waffen. Die Heimtücke. Das Auflauern, das Fallenstellen – darin war er Meister.

Hier also endete seine Flucht, dachte Andara matt. Eine Flucht, die vor zehn Jahren begonnen hatte, die ihn seine Freunde, seine Frau, zum Schluß noch seinen Sohn gekostet hatte. Sie war vorbei. Necron würde ihn kein zweites Mal entkommen lassen, dessen war er sicher.

Er fragte sich, ob auch H.P. und sein schweigsamer Diener Teil von Necrons Plan gewesen war, ihn hierher zu locken. Etwas in ihm sträubte sich gegen den Gedanken, und doch erschien er ihm nur logisch – es *konnte* kein Zufall sein, daß er ausgerechnet hier und jetzt auf die Schatten der Vergangenheit stieß.

Der Gedanke erfüllte ihn mit Zorn. Zorn nicht so sehr auf H.P., denn wenn, dann war auch er nur ein weiteres willenloses Werkzeug in Necrons grausamem Spiel, sondern auf Necron selbst, der Sympathie und Vertrauen zu Fallen werden ließ.

Ein dumpfes, mehrfach nachhallendes Poltern drang in seine

Gedanken. Andara sah auf, starrte einen Moment in die wattige Dunkelheit hinein und blinzelte, als die Tür aufgerissen wurde und die hünenhafte Gestalt Michaels als schwarzer Schatten im Rahmen erschien. Das Poltern und Rumpeln hielt an und verklang nur ganz allmählich.

»Kommen Sie mit«, sagte Michael befehlend. Auch seine Worte hallten ein dutzendmal oder mehr in Andaras Schädel nach; er begriff, daß es die Wirkung der Droge war, die er spürte.

Mühsam versuchte er sich aufzusetzen, aber seine Bewegungen waren unsicher und fahrig. Er hatte kaum die Kraft, sich hochzustemmen, und als er ging, hatte er plötzlich Mühe, seine Bewegungen zu koordinieren, so daß er stolperte und hilflos in Michaels muskelbepackten Armen landete. Der schwachsinnige Riese stellte ihn unsanft wieder auf die Füße und stieß ihn vor sich her.

Himmel und Erde begannen sich um ihn zu drehen, als sie das Haus verließen. Er mußte länger in dem kleinen Verschlag gewesen sein, als er bisher geglaubt hatte, denn es dunkelte bereits. Andara fror. Ihm war übel. Eine große Gleichgültigkeit überkam ihn. Ganz schwach, irgendwo am Rande seines Bewußtseins und so leise, daß er sie kaum verstand, meldete sich eine Stimme, die ihm zuflüsterte, daß es die Wirkung der Droge war, die er spürte. Aber selbst das war ihm mit einemmal gleichgültig.

Innsmouth hatte sich abermals verändert. Das Leben, das er am Tage in der Stadt vermißt hatte, regte sich nun ringsum, wenn auch schüchtern und ängstlich. In den meisten der ärmlichen Häuser brannte nun Licht, und ein Stück die Straße hinab, unweit des Ortsausganges, stand eine Gruppe von vielleicht vier, fünf Männern, scheinbar aufgeregt miteinander diskutierend und dann und wann verstohlene Blicke in ihre Richtung werfend. Aber auch das interessierte Andara nicht wirklich. Erst jetzt, als hätte es der Bewegung bedurft, um ihre volle Wirkung zu entfalten, spürte er den lähmenden Griff der Droge, die Necron ihm eingeflößt hatte. Alles war ihm gleichgültig, selbst der Gedanke, daß er jetzt wahrscheinlich sterben würde. Er war nur noch müde.

Michael versetzte ihm einen weiteren Stoß, der ihn abermals

vorwärts taumeln ließ, und für einen Moment war ihm, als blickten die Männer am anderen Ende der Straße nun eindeutig verärgert in ihre Richtung. Dann stolperte er, fiel auf Hände und Knie herab und wurde grob wieder in die Höhe gerissen. Der Himmel kippte zur Seite und blieb dort. Ihm war schrecklich übel.

Eine Gestalt tauchte vor ihm auf und sagte etwas zu seinem Bewacher, das er nicht verstand. Aber Michael ließ seinen Arm gehorsam los und stützte ihn sogar, als er abermals zu wanken begann. Er erkannte die Gestalt jetzt. Es war Necron, der wieder die Maske Asthon-Smythes trug. Nur seine Augen waren die des Meistermagiers: kalt, hart und voller mühsam zurückhaltener Grausamkeit.

War es das? dachte Andara matt. *War das der Preis, den jeder zu zahlen hatte, der zu tief in die Geheimnisse der Magie eindrang – daß er* böse *wurde? War das der Grund, daß etwas in ihm immer instinktiv davor zurückgeschreckt war, eine gewisse Grenze zu überschreiten und die letzten Geheimnisse zu lüften?*

»Nun, Roderick?« fragte Necron hämisch. »Bist du bereit?«

»Wo . . . zu?« murmelte Andara schwach.

Necron lachte leise, drehte sich auf dem Absatz herum und deutete nach Westen. »Du hast eine Verabredung, mein Freund. Hast du sie schon wieder vergessen?«

Andara stöhnte. Etwas in ihm regte sich, etwas Mächtiges, Wütendes, etwas ungemein Finsteres, vor dem er selbst Furcht empfand. Aber die Wirkung der Droge war stärker. Natürlich, Necron kannte ihn zu gut, um irgend etwas zu riskieren.

»Gehen wir«, befahl Necron. »Es wird Zeit. Die anderen warten.«

Andara wurde grob die Straße hinunter und auf einen wartenden Pferdewagen zugestoßen. Michael mußte ihm helfen, auf das Fuhrwerk zu klettern, denn seine Beine gaben immer wieder unter ihm nach. Alles drehte und wand sich um ihn herum. Er war so müde. So unendlich müde.

Nach ihm und seinem persönlichen Bewacher erstiegen Necron und der Wirt der Gaststube den Wagen, aber zu Andaras Verwirrung fuhren sie noch nicht los, obwohl Necron bereits die

Zügel zur Hand nahm und die Tiere ungeduldig mit den Hufen zu scharren begannen.

Ein zweiter Wagen wurde gebracht, dann ein dritter und vierter, auf denen nacheinander nicht nur die Männer stiegen, die er am Vorabend in der Wirtsstube gesehen hatten, sondern auch alle anderen Einwohner Innsmouths – gute drei Dutzend Männer, Frauen und sogar Kinder, die von Necrons Männern unter mehr oder weniger deutlicher Gewaltanwendung gezwungen wurden, die Fuhrwerke zu ersteigen und sich auf den Ladeflächen zusammenzukauern. Auf den Wagen war nicht für alle Platz. Ein paar Männer saßen auf Pferde auf, Kinder oder auch Frauen vor sich im Sattel. Die Angst, die sich über der Stadt ausgebreitet hatte, war fast greifbar.

»Was hast du vor?« murmelte Andara.

Necrons Lippen verzogen sich zu einem dünnen, durch und durch humorlosen Lächeln. »Deine Verabredung, Roderick«, antwortete er. »Ein Mann deines Formates verdient es, ein gebührendes Publikum zu haben, findest du nicht?«

»Du . . . du bist ja wahnsinnig«, stöhnte Andara. Hätte er noch die Kraft gehabt, hätte er sich in diesem Moment auf Necron gestürzt, selbst wenn es die letzte Bewegung seines Lebens gewesen wäre. »Laß . . . laß wenigstens die Kinder hier, du . . . Ungeheuer.«

Necron seufzte, sah ihn aus schmalen Augen an und ließ die Zügel knallen. Das Fuhrwerk setzte sich als erster der kleinen Kolonne in Bewegung.

»Die Kinder«, murmelte Andara. »Ich beschwöre dich, Necron, laß wenigstens die Kinder . . .«

»Spar dir deinen Atem«, unterbrach ihn Necron, ohne ihn auch nur dabei anzusehen. »Es wird Zeit für eine kleine Machtdemonstration. Und was willst du? *Sie* werden wenigstens leben, was man von dir und den anderen Narren, die sich uns widersetzen, nicht mehr lange behaupten kann. Wenn die wahren Herren erst ihre Herrschaft angetreten haben, werden sie zu den Privilegierten gehören. Zu denen, vor denen man das Haupt beugt, wenn sie erscheinen.« Er lachte leise. »Du siehst,

Roderick – ich bin nicht grausam. Im Gegenteil. Ich tue ihnen einen Gefallen.«

Und in diesem Moment wußte Andara mit absoluter Sicherheit, daß Necron wahnsinnig war.

Sie brachten ihn wieder zur Hütte der Carsons; aber damit hatte er gerechnet. Es gab nur diesen einen Ort, wenn es überhaupt irgendeinen Sinn ergeben sollte. Das Ungeheuer hatte ihn gesehen, und anders als die Feinde, vor denen er seit einem Jahrzehnt davonlief, war es niemand, vor dem eine Flucht möglich gewesen wäre. Nicht für zehn Jahre, nicht für zehn Tage; nicht einmal für zehn Stunden.

Andara war nicht einmal sonderlich erschrocken; jetzt im nachhinein. Etwas in ihm hatte es geahnt, die ganze Zeit über. Sein Schicksal war besiegelt gewesen, endgültig und im gleichen Moment, in dem sein Blick den jenes ungeheuerlichen Wesens im Wasser kreuzte. Necron war unwichtig, nur ein Werkzeug, das im passenden Augenblick bei der Hand gewesen war und sich als nützlich erwiesen hatte, denn es besaß zu allem noch den unbestreitbaren Vorzug, das Opfer zu hassen.

Andaras Tod war jedoch von einer anderen, höheren Macht entschieden worden, und aus viel subtileren Gründen. Er hatte gesehen, was nicht gesehen werden durfte, er hatte erfahren, was niemand erfahren durfte, wußte, was zu wissen allen Sterblichen verboten war, die nicht zu einem kleinen, eifersüchtig bewachten Kreis von Eingeweihten gehörten. Der Entsetzliche im Wasser scherte sich nicht um Dinge wie Rache oder Verrat oder derart komplizierte Gefühle wie verletzten Stolz oder Ehre. Er hatte ihn gesehen, und – schlimmer noch – er *wußte*, was er gesehen hatte, und dieses Wissen allein reichte aus, seinen Tod zu beschießen.

Andara hatte nicht einmal Angst, in diesem Moment.

Es war aus. Er hatte alles verloren: seine Frau, sein Leben, seine Welt, und am Ende das letzte, was ihm geblieben war: sein Sohn. Vielleicht wäre er nicht einmal mehr davongelaufen, wenn er eine reelle Chance gehabt hätte – die er nicht hatte! – zu entkommen.

Die Entscheidung würde jetzt fallen. Hier, in der lichtlosen finsteren Grotte unter dem Meer, in der der Unbeschreibliche lauerte.

Necron schien seine Gedanken zu lesen, als sie das Haus betraten. Ein rasches, spöttisches Lächeln blitzte in seinen Augen auf, dann ein Gefühl so abgrundtief bösen Triumphes, daß Andara seinen Blick nicht mehr ertrug und wegsah.

»Hast du Angst, Bruder?« fragte er.

»Nenn mich nicht so«, sagte Andara kalt.

Necron lachte. »Aber warum nicht? Wir sind Brüder, Brüder im Geist, auch wenn du es niemals wahrhaben wolltest. Du und ich, wir dienen der gleichen Macht. Nur« – er lachte ganz leise – »auf sehr unterschiedliche Arten.«

Andara schwieg. Es war nicht sehr sinnvoll, mit einem Wahnsinnigen zu reden, das wußte er. Necron wollte ihn quälen, mehr nicht. Sein Tod allein reichte ihm nicht.

Aber Necron schien an dem Spiel gefallen gefunden zu haben, denn er schwieg nur gerade lange genug, bis Michael Andara durch die Bodenklappe und die schmale steinerne Treppe hinuntergeführt hatte, ehe er an das unterbrochene Gespräch anknüpfte: »Du willst es nicht wahrhaben, Roderick. Aber es ist so. Es war immer so, vom ersten Tage an. Du hast dich stets dagegen gewehrt, es zuzugeben, aber die Wahrheit zu leugnen, heißt nicht, sie zu ändern.« Plötzlich wurde sein Blick hart.

»Du hältst dich für etwas Besseres, wie?« fragte er. Andaras verbissenes Schweigen schien ihn mehr zu reizen, als *er* zuzugeben bereit war. Mit einer zornigen Handbewegung packte er ihn an den Rockaufschlägen und versetzte ihm einen Stoß, der ihn haltlos gegen die Wand taumeln ließ. Andaras Schläfe prallte schmerzhaft gegen einen spitzen Stein. Ein scharfer Schmerz schoß durch seinen Schädel; er spürte Blut an seiner Schläfe herablaufen und biß die Zähne zusammen, um einen Schmerzlaut zu unterdrücken.

Necrons Augen flammten vor Haß. »Du hast dich nicht verändert!« fauchte er. »Du bist wahrlich noch derselbe, Roderick. Du hältst dich immer noch für *besser* als wir, nicht wahr?«

Andara starrte ihn an und schwieg weiter, und es war gerade dieses Schweigen, das Necrons Zorn noch mehr schürte.

Er spie angewidert aus. »Nichts bist du!« schrie er. »Ein Nichts! Ein jämmerlicher Feigling, nicht mehr und nicht weniger! Du hältst dich für etwas Besonderes, wie? Aber du bedienst dich der gleichen Kräfte wie ich, und –«

Andara wußte, daß es ein Fehler war, aber er konnte nicht mehr schweigen. »Das stimmt«, sagte er hart. »Aber ich verfolge damit nicht deine Zwecke, du Ungeheuer.«

In Necrons Augen blitzte es abermals auf. Aber diesmal war es kein Zorn, den Andara darin las, sondern ein böser, hämischer Triumph. Plötzlich spürte er, daß er am Ende doch genau so reagiert hatte, wie Necron es wollte. Nichts war Zufall. Selbst Necrons scheinbarer Wutausbruch war wie alles gewesen, was der Magier tat: zynisch und berechnend, keinem anderen Zweck dienend, als ihn aus der Reserve und auf ein Terrain zu locken, auf dem er ihn noch härter treffen konnte. Es war ihm gelungen.

»Nein?« fragte Necron lauernd. »Tust du das nicht?« Er lachte leise. »Oh, ich verstehe. Du bist der Gute in diesem Spiel, und ich der Böse, nicht wahr? Du kämpfst für die helle Seite, während ich mich der Finsternis verschrieben habe?« Er zog eine Grimasse.

»O nein, mein Lieber, so einfach ist das nicht. Du wirfst mir vor, grausam zu sein? Meine Macht zu mißbrauchen? Menschen zu benutzen? Sie zu töten?« Er kicherte. »Nun, all das ist wahr«, bekannte er. »Aber es ist nichts anderes als das, was auch du tust. Wie viele unschuldige Menschen sind gestorben, deinetwegen, Roderick? Wie viele Menschen hast *du* ihres freien Willens beraubt? Wie vielen hast *du* Unglück gebracht, seit Jerusalems Lot?«

Andara starrte ihn an. Necrons Worte trafen ihn wie Faustschläge. Sie waren zynisch und falsch und berechnet, und er wußte all dies, und trotzdem taten sie weh, entsetzlich *weh*.

War es wahr? dachte er entsetzt. Plötzlich glaubte er das Gesicht des Kutschers vor sich zu sehen, das unbeschreibliche Grauen in seinen Augen, Bruchteile von Sekunden, bevor er starb, das vom Wahnsinn verzerrte Antlitz Henrys, das dumpfe Entsetzen in den Blicken der unglücklichen Mrs. Fallenthorp . . . und andere, endlos viele andere. Wie in einer stummen, grauenerregenden Prozession zogen sie vor seinem inneren Auge vorbei, Gesichter und Augen, die Gesichter derer, die zugrunde gegangen waren, einfach, weil sie den Fehler begangen hatten, seinen Weg zu kreuzen. Er begriff sogar, daß es kein Zufall war – es war Necrons hypnotische Kraft, die die Gesichter und Namen aus seinem Unterbewußtsein heraufzwang, die Geister all derer beschwor, die er in schwarzen Gräbern in den tieften Abgründen seiner Seele verscharrt zu haben glaubte. Und trotzdem:

War es wahr? hämmerten seine Gedanken. *War es wahr?* War es so, wie Necron behauptete? War er am Ende nichts anders als Necron und all die anderen, ein Werkzeug, nur viel feiner und perfider, ein weitererer Diener der schwarzen Götter, die zu bekämpfen er geglaubt hatte?

War es so?! Hatten sie ihn am Ende nur glauben *lassen*, ihr Feind zu sein, ihn nicht durch Unachtsamkeit, sondern aus Berechnung ein Jahrzehnt lang immer wieder und wieder entkommen lassen, aus dem einzigen Grund, ihn auf seine Weise Böses tun zu lassen? Necron hatte recht – er hatte kaum weniger Leid unter die Menschen gebracht, deren Weg er gekreuzt hatte. Er hatte sich jener finsteren Mächte bedient, in dem Glauben, sie zu bekämpfen, aber . . .

. . . aber vielleicht konnte man das Böse nicht benutzen, ohne selbst böse zu werden.

»Nun, Bruder?« fragte Necron hämisch. »Kommen dir Bedenken? Oder tut es dir vielleicht jetzt leid, dich gegen mich gestellt zu haben? Noch ist es nicht zu spät.« Er lachte leise. »Ein Wort, und ich lasse dich frei. Diene mir, statt mich zu bekämpfen, und wer weiß, vielleicht siehst du eines Tages sogar deinen Sohn –«

Andaras Bewegung kam so warnungslos, daß Necron nicht einmal Zeit zu einem überraschten Schrei fand. Seine gefesselten Hände trafen Necrons Gesicht mit aller Kraft, die er aufbringen konnte.

Necron taumelte, kämpfte mit haltlos wirbelnden Armen um sein Gleichgewicht und prallte schwer gegen die gegenüberliegende Stollenwand.

Im gleichen Moment fühlte Andara sich herumgerissen und mit brutaler Kraft zu Boden geschleudert. Er sah einen Schatten, riß instinktiv die Hände vor das Gesicht und schrie vor Schmerz, als sich Michaels Stiefelspitze in seine Seite bohrte.

»Aufhören!«

Necrons Stimme hallte in der Ende des Schachtes wider wie ein Peitschenhieb. Der Fuß des jungen Hünen, schon zu einem zweiten und diesmal auf Andaras Gesicht gezielten Tritt gehoben, erstarrte mitten in der Bewegung.

»Laß . . . ihn«, sagte Necron stockend. Mühsam kämpfte er sich auf die Beine, hob stöhnend die Hand an die Lippen und betrachtete das Blut, das plötzlich an seinen Fingerspitzen klebte.

»Laß ihn«, sagte er noch einmal, als Michael sich bücken wollte, um Andara grob in die Höhe zu reißen. »Soll er mich schlagen. Dieser Hieb war der letzte, den er geführt hat. Er wird dafür bezahlen.« Er lachte meckernd. »O ja, Bruder, bitter bezahlen.«

»Was ist mit Robert?« fauchte Andara. Aller Schmerz und jede Angst war aus ihm gewichen. Necron wußte, wo Bob war! Er *wußte* es! »Wo ist er?« schrie er. »Du weißt es! Sage es! Wo ist Bob? Was habt ihr mit ihm gemacht?«

Michael hob drohend die Faust, als Andara auf Necron zutrat, als wolle er sich erneut auf ihn werfen, aber Necron machte nur eine wegwerfende Handbewegung.

»Gemacht?« fragte er kichernd. »Nichts, mein Freund. Jedenfalls noch nichts.«

»Wo ist er?« beharrte Andara. »Wo habt ihr ihn hingebracht? Was habt ihr mit ihm vor?!«

»Nicht dasselbe wie mit dir, Roderick«, antwortete Necron kalt. »Du wirst sterben, in ein paar Minuten. Aber vielleicht hilft es dir, wenn du weißt, daß dein Sohn weiterleben wird.«

»Wo ist er?« sagte Andara noch einmal.

»Aber das weißt du doch«, antwortete Necron kalt. »Hat dein guter Freund H.P. es dir nicht gesagt?« Er lachte, und als er weitersprach, waren sein Blick und seine Stimme vollends zu denen eines Wahnsinnigen geworden.

»Dein Sohn ist hier, Roderick. Aber bald, schon wenn die Sonne untergeht, wird er auf den Weg gebracht.«

»Wohin?« fragte Andara, obwohl er die Antwort ganz genau

wußte. Aber er hatte Angst davor. Angst wie noch niemals zuvor im Leben.

»Nach R'Lyeh«, antwortete Necron lächelnd. »Der Stadt, über die er einst herrschen wird.«

Die Grotte war größer, als er sie seit seinem ersten Hiersein in Erinnerung hatte: ein gewaltiger, aus Sandstein und schwarzem Fels gewachsener Dom, dessen Decke und Wände sich in ungewisses Halbdunkel zurückzogen hatten.

Sie waren alle gekommen – die Männer und Frauen aus Innsmouth, die Kinder, Necrons Handlanger, dazu eine erschreckend hohe Anzahl unbekannter Gesichter, die wohl aus Arkham oder den umliegenden Ortschaften stammen mußten. Die schwarze Seuche griff um sich.

Andara schätzte die Zahl der Anwesenden auf hundert, vielleicht mehr. Viele von ihnen trugen Fackeln oder kleine rußende Öllampen, so daß die Grotte von einem düsterroten, flackernden Licht und Wärme erfüllt war. Ein an- und abschwellendes Summen wie von zahllosen murmelnden Stimmen lag in der Luft, obgleich er niemanden sah, der sprach. Von dem Felsen aus, auf den Michael ihn niedergestoßen hatte, konnte er das Wasser nicht sehen. Aber er wußte, daß es da war, und er *spürte,* daß hinter der Wand aus Menschen und Fackeln mehr wartete als schwarzes eisiges Wasser.

Andara fühlte sich . . . leer.

Es fiel ihm schwer, zu denken. Dem Durcheinander aus Farben und Lichtern und Gestalten und Geräuschen rings um sich herum Bedeutung abzugewinnen, ja, selbst zu atmen. In ihm war nichts als eine tiefe, betäubende Leere.

Er versuchte sich vergeblich einzureden, daß es nur die Wirkung von Necrons Droge war, die er spürte.

Es war nicht so.

Es waren Necrons Worte. Das, was er gesagt hatte.

. . . der Stadt, über die er herrschen wird.

R'Lyeh.

. . . der Stadt, über die sein Sohn *herrschen würde!*

Necron hatte nichts mehr gesagt, bis sie die Grotte unter dem

Meer erreicht hatten, aber das war auch nicht mehr nötig gewesen. Wenn in Andara noch ein Rest von Kraft gewesen war, so hatte er ihn mit seinen Worten zerstört. Es war der letzte Schlag gewesen, den er ihm versetzen konnte, und der härteste, und er hatte ihn sich bis zum Schluß aufgehoben, den endgültigen, letzten Triumph bis zum allerletzten Augenblick hinausgeschoben.

R'Lyeh . . . dachte Andara. *Der schwarze Pfuhl im Herzen der Erde, Ursprung allen Übels . . .*

Und sie hatten seinen Sohn dazu ausersehen, sein Statthalter zu werden.

Gab es noch irgend etwas, was sie ihm jetzt noch nehmen konnten? Nein, da war nichts. Nichts mehr außer seinem Leben, das ihm nichts mehr bedeutete.

»Wenn ich dich bitten dürfte, mein Freund?« Necrons Stimme drang nur schwach in Andaras Gedanke. Er hatte Mühe, den Worten Sinn abzugewinnen. Als er aufsah und in Asthon-Smythes Gesicht blickte, hinter dem sich Necrons Züge jetzt wieder verbargen, war es ihm im ersten Moment nicht einmal möglich, einen Bezug zwischen diesem fremden Antlitz und seiner Situation herzustellen.

Necron wußte es nicht einmal, dachte er bitter, aber er hatte sich seines größten Triumphes selbst beraubt, indem er ihm die Wahrheit sagte.

Andara war schon tot. Sein Körper lebte noch, er atmete, sein Herz schlug, er dachte – aber er war nicht mehr als eine leere Hülle, die dem namenlosen Schwarzen Gott geopfert werden würde.

Mit einer unendlich mühsamen Bewegung stand er auf, trat an Necron vorbei und näherte sich dem Ufer. Die Wand aus Fackeln und schreckensbleichen Gesichtern vor ihm teilte sich; zum ersten Male sah er das Wasser, und zum ersten Male, seit er die Grotte betreten hatte, schlich sich ein schwacher Funke von Furcht in sein Herz; eine ganz kreatürliche, einfache Furcht, gegen die er hilflos war: die Angst vor Schmerzen, vor dem Vorgang des Sterbens, vor dem Unbekannten, das ihm – vielleicht – folgen mochte.

Sie erreichten das Wasser, und Necron bedeutete ihm,

stehenzubleiben. Andara gehorchte. Sein Blick streifte Necrons falsches Gesicht und tastete über das schwarz daliegende Wasser. Nichts. Der Unheimliche war nicht da. Aber er würde kommen.

»Hast du Angst, Bruder?« fragte Necron. Für einen Moment glaubte Andara, eine ganz sanfte Spur von Unsicherheit in seinen Worten zu hören. Aber er schwieg.

Necron runzelte unwillig die Stirn, als er nicht antwortete. »Du solltest Angst haben«, sagte er. »Er ist kein leichter Tod, der dich erwartet. *Der, dessen Namen man nicht aussprechen soll,* tötet nicht schnell, Roderick. Und was dem Tod von seiner Hand folgt, ist nicht die große Ruhe, auf die du vielleicht hoffst.«

Er starrte Andara an, wartete auf eine Antwort, irgendeine Reaktion, und wurde sichtlich zorniger, als nichts geschah.

Andara empfand nur noch Verachtung für Necron. Was glaubte er, ihm jetzt noch antun zu können?

»Wie du willst«, sagte Necron hart. Er lächelte, zog ein Messer aus dem Gürtel und durchtrennte mit einem raschen Schnitt Andaras Fesseln. Mit einer Bewegung, die trotz allem noch Respekt verriet, trat er zurück, schob das Messer wieder unter eine Jacke und hob die rechte Hand.

»Beginnt!«

Im ersten Moment geschah nichts. Die Höhle war vom Murmeln der Menge und dem Knacken und Prasseln der Fackeln erfüllt, dem monotonen Schleifen und Raunen der Brandung und dem dumpfen Hämmern von Andaras eigenem Herzen.

Dann begann der Gesang.

Im ersten Moment war er so leise, daß Andara ihn kaum hörte; nicht mehr als ein gehauchtes Flüstern von hundert Lippenpaaren, das kaum lauter als das Knistern der Flammen war. Aber er schwoll an, wurde zu einem monotonen und doch gleichermaßen aufpeitschenden Singsang, einem Auf und Ab scheinbar sinnloser, entsetzlicher *Geräusche.*

Es war der Gesang, den er schon einmal gehört hatte, das gleiche, entsetzliche *Cthulhu fthagn! Cthulhu fthagn! Ngai! Ngai! R'Lyeeeeeeee!* Immer und immer wieder die gleichen, schauderhafte Folge von Tönen, von Lauten, die nicht für menschliche

Kehlen gemacht und deren bloßes Aussprechen eine Gotteslästerung war. Der Gesang schwoll an, sank wieder ab, schwoll wieder an, einem Rhythmus folgend, der kein Rhythmus, sondern etwas anderes, Unbeschreibliches war, etwas, das allmählich lauter und lauter und drängender und drängender wurde, bis es seinen Atem, seinen Herzschlag, selbst seine Gedanken in seinen entsetzlichen Takt zu zwingen schien.

Andara stöhnte. Das gräßliche *Cthulhu fthagn! Ngai! Ngai! R'Lyeh!* schwoll mehr und mehr an, wurde zu einem hämmernden, stampfenden, alles verschlingenden Dröhnen, einem ungeheuren Tosen, tausendmal lauter als irgend etwas, was er je gehört hatte, und schwoll weiter an, bis die ganze Welt in seinem Takt zu erbeben schien.

Und irgend etwas antwortete darauf . . .

Andara spürte es, Augenblicke, ehe das Glühen begann und das Wasser sich kräuselte.

Etwas kam.

Etwas tief in den lichtlosen schwarzen Tiefen des Meeres, etwas Namenloses, das lauernd und geduldig dort draußen gelegen hatte und nun die Krallen aus dem Schlamm zog, ein Titan, zu entsetzlich, um mit einem Namen bedacht zu werden.

Es kam. Es *kam!!*

Andara stöhnte erneut. Kalter Schweiß perlte auf seiner Stirn. Seine Hände zitterten. Für einen Moment begann sich die Höhle vor seinen Augen zu drehen. Es war die Ausstrahlung des Bösen, die fast körperlich fühlbare Woge aus Haß und Zorn, die dem Koloß vorauseilte, ein finsterer Schatten seiner Seele, der irgend etwas in Andara berührte und zum Erzittern brachte.

»*Ngaiiiii!*« schrie Necron. *Cthulhu fthagn! Ngai!!!*«

Der Gesang verstummte, und für Augenblicke wurde es still. Entsetzlich still. Selbst das Knistern der Fackeln schien leiser zu werden, als zöge sich die Wirklichkeit erschrocken vor dem Entsetzlichen zurück, das kam.

Mit gemessenen Schritten trat Necron ans Ufer, ging in die Hocke und schöpfte mit aneinandergelegten Händen Wasser, um es tropfenweise wieder in den See fallen zu lassen. »*Chtulhu . . .!*« flüsterte er.

Zwei weitere Personen lösten sich aus der Menge – Ben

Carson und ein kleinwüchsiger Mann, den Andara nicht kannte. Und obwohl er wußte, was geschehen würde, schloß er vor Entsetzen die Augen. Aber irgend etwas zwang ihn, die Lider wieder zu öffnen, hinzusehen, das Entsetzliche zu betrachten, in jedem grauenerregenden Detail.

Carson und der andere Mann hoben die Hände, lösten mit raschen Bewegungen ihr Haupthaar und ihre Gesichter und zogen beides ab.

Darunter kamen die Froschfratzen zweier Tiefer Wesen zum Vorschein. Starre, feuchtschimmernde Augen blickten Andara an. Ein unbeschreiblich widerlicher, fauliger Geruch schlug ihm entgegen, als die beiden Tiefen Wesen neben ihn traten und seine Arme ergriffen. Ihre Berührung war eisig. Feucht und unangenehm wie die von schleimigen Schwämmen.

Wie viele noch? dachte er. Unter wie vielen vermeintlich menschlichen Gesichtern mochten sich noch die schuppigen Visagen jener entsetzlichen Zwitterwesen verbergen? Es wehrte sich nicht, als die beiden Spottgeburten ihn tiefer ins Wasser hineinzwangen, aber sein Blick glitt über die Masse der stummen Gesichter hinter ihm, menschlicher Züge, menschlicher Augen, menschlicher Münder, hinter denen sich –

Einer der Männer war H.P.

Andara erstarrte, als sein Blick auf das asketisch geschnittene Gesicht fiel.

Er stand ein wenig abseits der anderen, noch innerhalb des weitgeschwungenen Halbkreises, den sie mit ihren Fackeln bildeten, trotzdem ein ganz kleines bißchen abgesondert, als habe er sich zurückgezogen, um nicht erkannt zu werden, und die Gestalt neben ihm war zweifellos die seines hünenhaften Leibdieners Rowlf.

Es war H.P. Der Mann, der ihn hierhergebracht hatte! Der versprochen hatte, ihm den Weg zu seinem Sohn zu zeigen, der . . .

Er auch? dachte Andara entsetzt. War auch er nichts als ein Teil dieser teuflischen Falle gewesen, der Köder, nach dem er wie ein blinder Narr geschnappt hatte?

Seine beiden Bewacher deuteten sein Zögern falsch. Der Griff ihrer schwammigen Hände verstärkte sich. Andara taumelte tiefer ins Wasser hinein, von einem derben Stoß in den Rücken vorwärts getrieben, verlor auf dem schlammigen Untergrund den Halt und wäre gestürzt, hätten die Tiefen Wesen ihn nicht gehalten, mit der gleichen, unbarmherzigen Kraft, mit der sie ihn vorwärtsstießen.

H.P.!

Er auch! Selbst der einzige Mensch, zu dem er noch Vertrauen gehabt hatte, hatte ihn am Ende verraten!

Verzweifelt bäumte sich Andara gegen den Griff seiner Bewacher auf, versuchte sich herumzudrehen, um ihm noch einmal ins Gesicht zu sehen, noch einmal seinem Blick zu begegnen, sich zu überzeugen, daß er wirklich das war, wofür er ihn hielt, sich –

Ein dumpfes Grollen ließ den Meeresboden erzittern. Necron und die beiden Tiefen Wesen fuhren erschrocken zusammen, und auch Andara wandte sich um, starrte aus schreckgeweiteten Augen auf den See.

Das Wasser war nicht mehr schwarz.

Ein unheimliches grünes Glühen stieg aus seiner Tiefe empor, ein Licht von einer Düsternis und Farbe, wie es Andara niemals zuvor erblickt hatte, aus keiner bestimmten Quelle kommend, sondern überall gleichzeitig, als leuchte das Wasser aus sich heraus. Dann zerbrach das Muster der Wasseroberfläche. Aus den gleichmäßig heranrollenden, flachen Wellen wurde kleine hektische Bewegungen, dann Kreise, wie von unsichtbaren Steinen, die ins Wasser geworfen worden waren. Etwas Gigantisches, Unförmiges tauchte aus der Tiefe des Meeres empor.

Ein einzelner Schuß peitschte.

Das Tiefe Wesen, das Andaras rechten Oberarm gepackt hatte, bäumte sich auf, stieß einen quakenden Schmerzlaut aus und griff sich an die Brust. Dunkles, zähflüssiges Blut quoll unter den Schwimmhäuten hervor, die seine Finger miteinander verbanden, und für einen Moment füllten sich seine Augen mit einem Ausdruck ungläubigen Entsetzen, dem Schmerz folgte. Das Tiefe Wesen taumelte und fiel rücklings ins Wasser.

Und die Hölle brach los.

Alles geschah gleichzeitig. Der Schatten im Wasser wurde

größer, die Wellen, die sein titanischer Leib vor sich hertrieb, schneller. Ein zweiter Schuß peitschte, aber die Kugel verfehlte ihr Ziel und klatschte harmlos ins Wasser, meterweit von Necron entfernt, dem der Schuß gegolten hatte. Gleichzeitig zerbarst der Halbkreis aus Fackeln wie unter einem Fausthieb. Necron schrie; Worte einer Sprache, die Andara nicht verstand, aber kannte, und der Schatten wuchs.

Andara reagierte, ohne zu denken.

Mit einem blitzschnellen Ruck befreite er sich aus dem Griff der Carson-Kreatur, tauchte unter ihrer zupackenden Froschhand hindurch und rammte dem Ungeheuer das Knie in den Leib, mit aller Kraft, die er hatte. Fast im gleichen Augenblick traf seine Handkante das lippenlose Maul des Monsters und ließ es aufplatzen. Aus dem wütenden Schrei der Kreatur wurde ein gepeinigtes Quaken.

Und der Schatten wuchs immer noch. An der Stelle, an der er auftauchen würde, kochte das Wasser.

Wieder krachte ein Schuß. Am Ufer brach ein entsetzlicher Tumult los. Andara hatte einen flüchtigen Eindruck von miteinander ringenden Leibern, Kämpfenden, aber auch Flüchtenden.

Ein vierter Gewehrschuß übertönte das Toben der Menge. Der schuppige Körper vor Andara erschlaffte plötzlich. Das Ding, das sich Ben Carson genannt hatte, taumelte, griff mit plötzlich kraftlosen Händen ins Leere und sank auf die Knie. Blut quoll aus seinem Froschmaul und erstickte seinen Todesschrei. Und der Schatten wuchs weiter.

»Roderick!« H.P.s Stimme war über dem Toben der Menge kaum zu verstehen. »Wehr dich! Der Bann! Necrons Bann!«

Andara verstand nicht. Mit einem Teil seines Bewußtseins begriff er, daß er sich getäuscht hatte. Warum immer H.P. hier war, er war es nicht, um seinem Tod zuzusehen. Aber der andere, weitaus größere Teil seines Denkens war gelähmt, starr, betäubt und immer von Necrons Droge und der entsetzlichen Furcht, mit der ihn der Schatten erfüllte, der . . .

auftauchte!

Ein entsetzlicher Schrei zerriß die Luft, ein Schrei so voller

Wildheit und Zorn, daß nicht nur Andara sich wie unter Schmerzen krümmte und die Hände gegen die Schläfen preßte.

Seine Augen quollen vor Entsetzen aus den Höhlen, als er *sah*, was das Meer da ausspie.

Beim ersten Mal hatte er nur einen Schatten gesehen, einen Koloß von entsetzlichen Ausmaßen und Formen, trotzdem barmherzig hinter einem Schleier aus Dunst und flackerndem roten Licht verborgen, so daß ihm die ganze Scheußlichkeit des Anblickes erspart geblieben war. Jetzt war er ihm *nahe*.

Es war ein Titan. Ein Ungeheuer von jeder Beschreibung spottenden Größe und Häßlichkeit, riesig und wabend, ein Ding ohne feste Konturen, wie ein Nest schwarzer, sich beständig windender Schlangen, mit gigantischen, peitschenden Krakenarmen, von denen jeder einzelne wiederum aus zahllosen dünnen Fäden gewoben schien, schwarzglitzernden Nerven gleich und mit Dutzenden von schnappenden Mäulern. Ein einzelnes, gelb lohendes Auge starrte auf Andara herab, erfüllt von einer Bosheit, die ihn aufschreien ließ.

»Der Bann!« kreischte H.P. In seiner Stimme war nun wirkliche Panik. »Roderick! Wehr dich!«

Nur mit äußerster Mühe gelang es Andara, sich von dem entsetzlichen Anblick loszureißen. Taumelnd fuhr er herum, hob hilflos die Arme und starrte die kaum weniger schreckliche Szene am Ufer an.

Aus der geordneten Reihe der Cthulhu-Anbeter war ein Chaos geworden. Männer und Frauen rannten kopflos durcheinander, schreiend, in heller Panik sich gegenseitig verletzend, waren zu Boden gestürzt und lagen verkrümmt da.

H.P.s Angriff hatte den hypnotischen Bann zerbrochen, den Necron über die Menge gelegt hatte, aber nicht vollständig. Fast ein Dutzend Männer attackierten H.P. und seinen riesenhaften Diener. Rowlfs gewaltige Fäuste flogen, und H.P. selbst versuchte die Angreifer mit dem Lauf seines Gewehres auf Distanz zu halten. Aber sie würden der Übermacht erliegen, in wenigen Augenblicken.

Und wenn nicht ihr, dann dem schwarzen Giganten.

»Roderick!« schrie H.P. mit vor Verzweiflung überschnappender Stimme. »Ich flehe dich an, wehr dich! Vernichte ihn! *WEHR DICH!!!*«

Und er tat es.

Es war beinahe leicht. Plötzlich war es, als erwache nun auch in ihm etwas, eine Urgewalt, die von Anfang an in ihm gewesen war, eine Macht, die er nicht verstand, die aber ungeheuer war. Wie eine unsichtbare Faust schlug sie die Barriere beiseite, die Necrons Droge in seinem Geist errichtet hatte, wuchs und wuchs und wuchs . . .

. . . und endlich begriff er.

Der Kreis schloß sich. Für den Bruchteil einer Sekunde war er wieder in Jerusalems Lot, erlebte er noch einmal das qualvolle Sterben der Stadt, spürte er noch einmal die Angst ihrer Bewohner, ihr ungläubiges Entsetzen, als sie begriffen, daß dies das Ende war. Noch einmal fühlte er die Wut der aufgepeitschten Menge, ihren Blutdurst und ihren sinnlosen, rasenden Zorn.

Und das, was sie beherrschte.

Necron.

Es war Necron

Die Macht, die die Menschen hier in der Grotte beherrschte und die, die den tobenden Mob von Jerusalems Lot gelenkt hatte, war die gleiche.

Es war Necron.

Das Ende von Jerusalems Lot war sein Werk gewesen.

Er, den sie gerufen hatten, um sie zu retten, war es gewesen, der ihnen den Tod brachte.

»Du!« sagte er ungläubig.

Und obwohl er nur geflüstert hatte, das Wort nur ein Hauch war, der voller ungläubigem Entsetzen von seinen Lippen kam, erstarrte Necron. Seine Augen weiteten sich, als sein Blick dem Andaras begegnete. Als er begriff, daß Andara *wußte.*

»Du!« flüsterte Andara erneut. »Du warst es, der . . .«

Dann kam der Zorn. Ein so ungeheuerlicher, brennender Zorn, daß Andara fast selbst vor der Intensität des Gefühles erschrak.

Der Mann, den seine Mutter und alle anderen für ihren Verbündeten gehalten hatten, war ihr Henker gewesen. Er war für den Untergang der Stadt verantwortlich, für den Tod aller,

aller außer Andara und Jenny und vielleicht zwei, drei Glücklichen, die der tobende Mob übersehen hatte. *Er* war verantwortlich für alles – für die entsetzliche Hetzjagd, die begonnen hatte, für Jennys Tod, für das Leben als gejagtes Tier, zu dem sie gezwungen worden waren, schlußendlich auch für Bobs Verschwinden.

ER!

Die Zeit schien stehenzubleiben.

Alles wurde unwichtig für Andara. Der tobende Mob am Ufer, der mehr und mehr Necrons geistigem Zugriff entglitt, H.P. und Rowlf, die sich mit verzweifelter Kraft gegen das Dutzend Angreifer wehrten, selbst der schwarze Koloß im Wasser – es gab nur noch ihn und Necron, den Mann, der die Schuld an *allem* trug.

Und mit einemmal spürte Andara, daß er die Macht hatte, ihn zu töten – nicht mit seinen Händen oder mit irgendeiner Waffe, sondern durch die pure Kraft seines Willens. Ein einziger Gedanke, der bloße Wunsch, und Necron würde sterben . . .

Und – ja, er *wollte* es!

»Nein«, stammelte Necron. »Nicht, Roderick. Tu es nicht!«

»Töte ihn!« schrie H.P. »In Gottes Namen, Roderick, vernichte ihn!«

Andara stöhnte. Sein Geist war frei, die Wirkung der Droge erloschen unter der ungeheuren Woge von Zorn und Haß, die wie ein Taifun aus seiner Seele emporbrodelte, und er stand dem Mann gegenüber, der sein Leben zerstört hatte, seines und das zahlloser anderer.

Er *wollte* ihn vernichten. Alles in ihm schrie danach, ihn zu töten. Er hätte sein Leben gegeben, um das Necrons zu nehmen.

Aber er *konnte* es nicht.

Necron hatte unrecht. Es *gab* einen Unterschied zwischen ihnen. Andara konnte kein menschliches Leben zerstören. Nicht einmal das seiner Feinde.

Aber es gab etwas anderes, was er tun konnte.

Mit einem gellenden Schrei wandte Andara sich um und riß die Arme in die Höhe.

»HÖRT AUF!«

Der Klang seiner Stimme hallte wie ein Peitschenhieb in der

Grotte wider, aber stärker, tausendmal stärker, wirkte die Macht des suggestiven Befehles, der sie begleitete.

Es war ein geistiger Hieb von ungeheurer Macht, etwas, das stärker war als Necrons Bann, stärker als die uralte finstere Magie, mit deren Hilfe er den Willen seiner Opfer gebrochen hatte, stärker selbst als die finstere Aura des schwarzen Gottes im Wasser. Fast mühelos zerbrach er die geistigen Fesseln, an denen Necron geduldig und jahrelang gewoben hatte.

Und der Kampf hörte auf.

Die Männer und Frauen und Kinder, die gerade noch voller Panik durcheinandergelaufen waren, sich gekrümmt hatten oder einfach reglos dastanden, erwachten. Das Dutzend Gestalten, das H.P. und seinen Leibdiener niedergerungen hatte, erstarrte mitten in der Bewegung, und plötzlich wurde es still, unheimlich still. Wo vor Augenblicken noch Haß oder Blutdurst oder pure Panik in den Augen der Männer und Frauen gewesen war, erschien ein Ausdruck tiefer, mit nur langsam erwachendem Schrecken gepaarten Verwirrung. Vielleicht zum ersten Mal seit Jahren waren die Männer und Frauen von Innsmouth frei. Necrons Bann war zerbrochen. Für immer.

Ganz langsam wandte Andara sich um, nahm die Arme wieder herunter und starrte Necron an. Sie standen noch immer im Wasser, nur wenige Schritte voneinander entfernt, reglos, zwei ungleiche Gegner, so unterschiedlich, wie zwei Menschen nur sein konnten, und sich doch auf entsetzliche Weise ähnlich, voller Zorn und hilflosem Schmerz der eine, voller Haß, aber auch Angst der andere. Die Macht war noch immer in Andara, ein schwarzes finsteres Ding, das er geweckt hatte und vielleicht nie wieder loswerden würde. Etwas, das ihn drängte, Necron zu vernichten, ihn zu töten, all den Zorn und all die Wut und den Schmerz der letzten zehn Jahre auf ihn zu entladen.

Und er konnte es noch immer nicht.

In Necrons Augen blitzte es auf, als er begriff, was in Andara vor sich ging.

»Du Narr!« flüsterte er. »Du hast alles zerstört. Alles, was ich aufgebaut habe. Mein Lebenswerk. Die Arbeit eines Jahrzehntes! Du verdammter, elender Narr!«

Andaras Blick streifte den schwarzen Koloß. Das Ungeheuer

war ihm nahe, nahe genug, ihn mit einer flüchtigen Bewegung seiner entsetzlichen Tentakel zu ergreifen und in die Tiefe zu zerren. Aber es rührte sich nicht. Seine gigantischen gelben Augen blickten kalt auf ihn und Necron herab, und plötzlich begriff Andara, daß es auch nicht eingreifen würde. *Sie* waren schreckliche schwarze Götter, Titanen, deren Kraft und Bosheit die Vorstellungskraft der Menschen überstieg, aber das Kämpfen und das Töten war nicht ihr Geschäft. Es gab andere, die dies für sie taten. Das Ungeheuer lag einfach da und sah, schweigend und lauernd, so, wie *sie* seit Millionen Jahren schweigend und lauernd hinter den Mauern ihres finsteren Reiches gelegen hatten und warteten.

Wieder starrte er Necron an.

»Wo ist Robert?« fragte er. Leise. Kalt. »Wo ist mein Sohn?«

Necron lachte schrill, bäumte sich auf – und riß den Dolch aus dem Gürtel!

H.P.s Warnruf wäre zu spät gekommen, so schnell waren seine Bewegungen plötzlich. Aber er war auch nicht nötig.

Andara erwartete den Angriff beinahe ruhig. Erst im allerletzten Moment drehte er sich zur Seite, tat so, als wolle er dem Dolchstoß in gerader Linie ausweichen und warf sich mit einer schier unmöglichen Drehung noch einmal herum, als die Messerklinge seiner Bewegung zu folgen versuchte. Necron keuchte verblüfft, als seine Waffe ins Leere stieß.

Dann wurde ein Schmerzensschrei daraus, als Andara seinen Arm packte und verdrehte, so schnell und hart, daß das Messer Necrons Hand entglitt und er hörte, wie das Gelenk brach.

Andara riß den viel kleineren Necron herum, schmetterte ihm die Faust ins Gesicht und fing ihn auf, als er zusammenbrach. »Wo ist mein Sohn?« schrie er. »Wo ist Bob?«

Necron wehte sich mit verzweifelter Kraft, aber er hatte keine Chance. Andara riß ihn wie eine Puppe in die Höhe, schleuderte ihn ins Wasser und schlug ihn noch einmal, als er auftauchte. Necron schrie. Sein falsches Gesicht verrutschte; Blut floß aus seinem Mund und seiner Nase und bildete rote Schlieren im Wasser. Seine gebrochene Hand stand in groteskem Winkel ab. Aber Andara kannte kein Erbarmen. Jetzt nicht mehr. Wieder packte er ihn, schlug ihm mit der flachen Hand ins Gesicht und drückte ihn unter Wasser, so lange, bis schaumige Blasen über seinem Gesicht emporstiegen.

Mit einer wütenden Bewegung, zerrte er Necron in die Höhe. Necron rang qualvoll nach Luft, strampelte hilflos und würgte Wasser und blutigen Schleim hervor.

»Wo ist Robert?!« brüllte Andara. »Rede! Antworte, oder ich ersäufe dich wie eine Ratte!«

»Nie . . . mals!« stöhnte Necron. »Eher . . . sterbe ich!«

Andara drückte ihn abermals unter Wasser.

Diesmal dauerte es nur Sekunden, bis Necron zu strampeln aufhörte. Als Andara ihn wieder in die Höhe zerrte, waren seine Bewegungen schwach und ohne Kraft.

»Rede!« schrie er. »Wo habt ihr Robert hingebracht?!«

»Er ist . . . in . . . Innsmouth«, keuchte Necron. Er kämpfte gegen die Bewußtlosigkiet, vielleicht gegen den Tod.

»Du lügst!« schrie Andara. Er machte Anstalten, Necron abermals unter Wasser zu drücken.

»Frag doch deinen Freund!« wimmerte Necron. »Er ist hier! Er war . . . die ganze Zeit hier . . .«

Und in diesem Moment erwachte der Koloß aus seiner Starre.

Andara spürte die Bewegung mehr, als er sie sah: ein schweren, machtvolles Erzittern des Wassers, das rasch auf den Boden, dann die gesamte Grotte übergriff.

Am Ufer gellten Schreie auf, Schreie ungläubigen Entsetzens und schriller Panik, als gewahrten die Menschen dort das gräßliche Wesen erst jetzt, und mit einemmal war die Grotte erfüllt vom Lärm flüchtender Menschen.

Andara floh nicht. Er konnte es nicht. Der Anblick des Kolosses lähmte ihn, betäubte alles, was noch an menschlichen Gefühlen in ihm war, selbst seinen Zorn. Er war dem Ungeheuer so nahe, wie ihm vielleicht niemals zuvor ein lebender Mensch gewesen war, und diese Nähe allein erschlug alles, was an Wärme und menschlichen Gefühlen in seiner Seele lebte. Er hatte nicht einmal Angst.

Ganz langsam kam der Titan näher. Seine riesigen gelben Augen fixierten Andara mit einer Ausdrucklosigkeit und Kälte, die schlimmer war als der Haß in Necrons Augen oder die stumme Bosheit in denen der Tiefen Wesen. Eine Woge entsetzlichen Gestankes hüllte Andara ein und nahm ihm den Atem. Dort, wo das Wasser den Leib des Unheimlichen berührte, begann es zu dampfen.

Ein einzelner, schleimtriefender Tentakel erhob sich zitternd aus dem Wasser, glitt wie eine suchende blinde Schlange durch die Luft, tastete hierhin und dorthin, näherte sich seinem Gesicht . . .

Aber er berührte ihn nicht.

Statt dessen glitt er plötzlich zur Seite, senkte sich mit einer fast zärtlichen Bewegung auf Necron herab und umschlang ihn.

Die Augen des schwarzen Magiers wurden dunkel vor Entsetzen, als er begriff, daß nun er es war, der verraten wurde. Er hatte versagt, und in diesem letzten Moment mochte er wohl ahnen, wie die Strafe dafür aussehen mochte, und was es bedeutete, in den Dienst eines Herren zu treten, dem das Wort Vergeben fremd war.

Aber er schrie nicht einmal. Gelähmt und starr vor Entsetzen stand er da, bis der Tentakel ihn in die Tiefe zerrte. Er machte nicht einmal einen Versuch, sich zu wehren. So langsam, wie er gekommen war, glitt der schwarze Riese wieder in die lichtlosen Tiefen des Meeres zurück.

Andara stand noch lange da und starrte das schwarze Wasser an, auch, als der Koloß längst verschwunden und selbst das unheimliche grüne Lohen erloschen war. Er hörte, wie sich die Grotte allmählich leerte, als auch die letzten flohen, endlich befreit von Necrons unsichtbaren Fesseln und halb wahnsinnig vor Entsetzen. Aber er spürte noch immer nichts, Nur einen dumpfen, erst im Erwachen begriffenen Schmerz, der schlimmer werden würde. Er hatte gesiegt. Er hatte seinen Erzfeind geschlagen, und Necron hatte schließlich doch bezahlt, für den Verrat, den er begangen hatte.

Nach einer Weile hörte er Schritte. Die Geräusche eines menschlichen Körpers, der sich durch hüfthohes Wasser bewegte. Aber er rührte sich noch immer nicht. Erst, als ihn eine Hand an der Schulter berührte, erwachte er halbwegs aus seiner Betäubung und wandte wenigstens den Kopf.

H.P. stand neben ihm. Sein Gesicht war bleich und blutüberströmt. Aus seiner aufgeplatzten Lippe und einem häßlichen Riß über dem Auge rann Blut, und seine Wange hatte sich schwarz verfärbt, wo ihn ein Stiefeltritt getroffen hatte. Und trotzdem stand in seinen Augen ein fast triumphierendes Lächeln.

»Es ist vorbei, Roderick«, sagte H.P. »Wir haben gesiegt.«

»Gesiegt?« Das Wort kam sehr bitter von Andaras Lippen.

H.P. nickte. Ein Ausdruck vager Trauer mischte sich in die Erleichterung auf seinen Zügen. »Sie sind frei, Roderick. Du hast sie befreit. Innsmouth war jahrelang gefangen. Du hast den Bann gebrochen.«

»Du hast mich benutzt«, sagte Andara leise. Seine Worte waren frei von Verwurf. Es war eine reine Feststellung von Tatsachen, mehr nicht. Aber sie tat weh. »Du hast es die ganze Zeit über gewußt, nicht wahr? Necron hat die Wahrheit gesagt.« Er versuchte, H.P. zu hassen, aber es gelang ihm nicht. Er fühlte nur Verbitterung, und einen tiefen, unendlich tiefen Schmerz, wo doch eigentlich Erleichterung sein sollte.

»Das ist wahr«, seufzte H.P. »Aber es mußte sein. Ich . . . habe lange nach jemandem wie dir gesucht. Jemandem, der stark genug war, *ihn* zu besiegen.« Er deutete auf das Wasser, in dem der Titan verschwunden war. »Aber ich konnte es dir nicht sagen, ohne alles zu gefährden.«

»Du hast mich benutzt«, sagte Andara erneut. »So wie alle anderen.«

»Es . . . tut mir leid«, murmelte H.P. »Aber der Preis war den Einsatz wert.« Er lächelte, griff mit klammen Fingern in seine Rocktasche und zündete sich eine seiner schwarzen Zigarren an. Seine Hände zitterten.

»Robert war niemals in Gefahr«, fuhr er fort, leise, in fast flehendem Ton und ohne Andara anzusehen. »Es sind gute Leute, die auf ihn achtgegeben haben. Sie hatten nur Angst vor Necron, das war alles.«

»Warum hast du es mir nicht gesagt?«

»Weil ich Angst hatte«, gestand H.P. »Angst, daß du Robert nehmen und gehen würdest. Es . . . Es tut mir leid, Roderick«, sagte er noch einmal. »Aber ich hatte keine Wahl. Ich kann verstehen, wenn du mich jetzt haßt. Aber ich . . . ich wäre glücklich, wenn es nicht so wäre. Ich würde gerne dein Freund sein, Roderick. Ich brauche dich.« Er sog an seiner Zigarre und blies eine graue Rauchwolke auf das Wasser herab. »Und du mich«, fügte er hinzu.

»So?« fragte Andara leise. »Und wozu?«

»Es gibt noch eine Menge zu tun.« Er deutete auf das schwarz daliegende Wasser. »Er ist besiegt, aber nicht geschlagen.«

Tun? dachte Andara bitter. Was sollte es noch geben, das irgendeinen Sinn für ihn machte? Er hatte alles getan. Er hatte den größten Kampf seines Lebens gekämpft – und gewonnen.

Aber um welchen Preis.

Großer Gott, um welchen entsetzlichen Preis!

»Und jetzt?« fragte er mit zitternder Stimme.

H.P. lächelte und blies eine weitere Rauchwolke in die Luft.

»Jetzt«, sagte er leise, »holen wir deinen Sohn, Roderick.«

ENDE

NACHWORT

Für viele Leser wird ›Auf der Spur des Hexers‹ die erste Begegnung mit Roderick Andara, Necron, Robert Craven und den GROSSEN ALTEN gewesen sein. Ich hoffe, sie hat Freude und Spannung bereitet und auch ein bißchen neugierig auf das weitere Schicksal des Hexers von Salem gemacht.

Bei all denen, die mir und unserem geplagten Helden nunmehr schon seit Jahren die Treue halten, möchte ich mich an dieser Stelle einmal recht herzlich bedanken.

DER HEXER hatte seinen ersten Auftritt vor mehr als fünf Jahren in der Reihe GESPENSTER-KRIMI und bekam schon bald eine eigene Serie. Ihr folgten bislang zwei Sonderbände und eben dieses Taschenbuch, das erstmals nicht Robert Craven zum Helden hat, sondern dessen Vater Roderick Andara.

Ob dies nicht sein einziges Abenteuer bleibt, wird die Zukunft weisen – und der Erfolg des Taschenbuches. Und Cthulhu und Konsorten haben ja auch noch ein düsteres Wörtchen mitzureden . . .

Der eigentliche Grund aber, aus dem ich dieses Nachwort (oder vielmehr *Zwischen*wort) schreibe, ist dieser:

In grauer Vorzeit, als noch die HEXER-Serie erschien, habe ich ein Preisausschreiben gestartet, das unter anderem die beste HEXER-Leserstory und das schönste HEXER-Bild ermitteln sollte. Zusammen mit den Sachpreisen gab ich auch das Versprechen, beides später zu veröffentlichen.

Diese Chance bietet sich nun. Im Anschluß an diese Zeilen finden Sie die Werke von *Kai Meyer, Hochstadenstraße 15, in 5352 Zülpich,* der mit seinem phantastischen Bild genau die dunkle HEXER-Atmosphäre getroffen hat, und von *Bernd Frenz, Oderweg 6, in 3072 Marklohe,* dessen Story außergewöhnlich gut gelungen ist und meine Haus-Shoggoten zu Begeisterungsstürmen hingerissen hat. Ihnen beiden meinen herzlichen Dank – und meine Entschuldigung, daß es so lange gedauert hat.

Ach ja . . . und sollte dieses Taschenbuch aus unerfindlichen Gründen plötzlich irgendwie seine Form verändern, feucht werden und zu stinken beginnen, schreiben Sie mir doch. Aber bitte nur per Flaschenpost – die Zustellung ist etwas schwierig hier in R'Lyeh . . .

Wolfgang Hohlbein

Kai Meyer '86

Die dunklen Jahre von 1914 bis 1918.

Der Tod hielt reiche Ernte auf dem blutigen Schlachtfeld der Ehre, denn die Armeen waren zum 1. Weltkrieg angetreten. An der deutschen Westfront hatte man sich im Stellungskrieg festgefahren, und es wurde um jeden Fußbreit verbrannter Erde erbittert gerungen.

Jeder Quadratmeter im Kampfgebiet wurde von Granaten umgepflügt, die unablässig wie ein todbringender Regenschauer auf die Erde niederprasselten. Der aufgewühlte Boden war mit Metallsplittern und unzähligen Leichenteilen übersät. Eines der am stärksten umkämpften Gebiete lag bei der französischen Stadt Verdun.

Wie überall an der Front, kauerten auch hier die Soldaten auf beiden Seiten in ihren Gräben, suchten Schutz vor den tödlichen Geschossen aus feindlichen Haubitzen. Das Leben der Männer verlief in geregelten Bahnen. Man wurde von der gegnerischen Infanterie angegriffen, oder man griff, meist unter schweren Verlusten, selbst an. Die überfüllten Lazerette glichen eher den Schlachthöfen der Großstädte, als Orten zur Genesung Kranker und Verwunderter.

An einem kalten, dunklen Morgen in jenen Tagen saßen auf der deutschen Seite die Soldaten konzentriert und sprungbereit in ihren Schützengräben. Eine neue deutsche Offensive stand bevor, geplant von hohen Offizieren, die sich den Verlauf der Schlacht aus sicherer Entfernung ansehen würden. Die Mannschaften und Unteroffiziere lehnten dagegen in den schmutzigen Gruben an den Erdwänden, rauchten ihre letzte Zigarette und wartete auf das Signal zum Angriff. Einige von ihnen waren ängstlich, manche trotzig entschlossen, dem Tod erneut die Stirn zu bieten, und vielen war es vollkommen egal, was mit ihnen passieren würde.

Einer in dieser Masse von Namenlosen, an die sich heute niemand mehr erinnert, war Erich von Schmid. Er war der jüngste Sproß einer verarmten Landadelsfamilie aus Schlawe, und eigentlich wollte er schon längst mit dem Studium der Tiermedizin begonnen haben. Doch das Schicksal hatte anders entschieden. So daß Erich, dessen Familie nicht genug Einfluß besaß, um ihm einen ruhigen Etappenposten zu beschaffen, als

Gefreiter in einem Schützengraben und fütterte eine Ratte mit den Überresten seines Frühstücks.

Tiere waren das einzige, das Erich in diesem von Menschen geschaffenen Chaos aufrechthielt, denn zu Tieren hatte er schon immer eine besondere Beziehung gehabt. Scheue Rehe ließen sich ebenso von ihm streicheln wie ausgehungerte Wölfe. Es war, als wüßte die gesamte Fauna, daß von dem Jungen, der sich seit seinem zehnten Lebensjahr nur noch vegetarisch ernährte, weil er es nicht übers Herz brachte, Fleisch zu essen, keine Gefahr drohte.

Auch die von den anderen Soldaten verhaßten Ratten hatte Erich in sein Herz geschlossen, und immer, wenn sich eine von ihnen ihm zutraulich näherte, fütterte er sie. Wenn er mit Tieren zusammen war, hatte er das Gefühl, mit ihnen sprechen zu können. Es war, als erzählten sie ihm von ihrem Leben und ihren Abenteuern.

Erich hatte dies immer seiner lebhaften Phantasie zugeschrieben und sich bis zu jenem Zeitpunkt nichts dabei gedacht. Doch mit der Ratte in seiner Hand war es diesmal anders. Sie schien ihn vor etwas warnen zu wollen, vor etwas, das passieren würde, wenn er den Schützengraben verließ. Eine Warnung vor Männern, die keine Deutschen waren, aber auch keine feindlichen Soldaten. Verschwommene Bilder tauchten vor Erichs Augen auf, unklare Gestalten, von denen etwas Unheimliches ausging. Nur langam wurden die Konturen schärfer, die Gestalten sahen fast aus wie . . .

»He, Kleiner, träumst du?«, dröhnte es in seinen Ohren.

Erich von Schmid riß verwirrt die Augen auf und sah das feiste Gesicht von Wilhelm Kanne, seinem Kameraden seit Beginn des Krieges, vor sich.

Die Ratte sprang aus Erichs Hand und verschwand im Dunkel des Grabens. Erich rieb seine schmerzenden Augen und vergaß seine Vision. »Ich war wohl einen Moment weggetreten«, sagte er dann.

»Das kann man wohl sagen«, antwortete Wilhelm grinsend. »Aber das ist ja nichts Neues bei dir. Hörst du – das Artilleriefeuer unserer Jungs hat aufgehört. Ich schätze, gleich geht's rund.«

Tatsächlich hatte sich eine unheimliche Stille über das Schlachtfeld ausgebreitet. Die Männer im Graben wurden unruhig, und dann kam schon das Signal zum Angriff.

In diesem Moment war die Hölle los. Schreiend wühlten sich die Männer aus ihren Gräben und rannten in einer menschlichen Welle auf ihren Gegner zu.

Sofort eröffneten die französischen Haubitzen ihr Sperrfeuer, und die ersten Granaten zogen ihre tödliche Bahn. Heulend schlugen sie zwischen den Angreifern ein und töteten viele, die erst ein paar Schritte aus der Sicherheit ihres Grabens gemacht hatten.

Erich und Wilhelm überwanden eine Stacheldrahtsperre und rannten eine Anhöhe hinauf. Oben angelangt, wurden sie von einem Kugelhagel empfangen, denn die Franzosen hatten hinter dem Hügel einen Vorposten angelegt, der an dieser Stelle den deutschen Vorstoß vorzeitig aufhalten sollte. Instinktiv ließ Erich sich nach hinten fallen und rollte unsanft den Abhang wieder hinab. Dabei schlug er mehrmals hart mit dem Kopf auf und verlor seinen Helm. Als er sich benommen aufrappeln wollte, standen *sie* plötzlich vor ihm. *Sie* sahen aus wie in seinem Tagtraum.

Drei Männer, die wie Ritter in Kettenhemden gekleidet waren, darüber weiße Umhänge, auf denen jeweils ein rotes gleichschenkliges Kreuz prangte. Und sie waren tatsächlich mit Schwertern bewaffnet.

Ich muß träumen, dachte Erich, in dessen Kopf sich noch alles drehte. Außer den drei Kreuzrittern konnte er nichts erkennen, alles war verschwommen. *Und wo war Wilhelm geblieben?*

»Nein, du träumst nicht«, sagte einer der Ritter, als ob er Erichs Gedanken erraten hätte.

Erschreckt riß Erich sein Gewehr hoch und zielte auf den Wortführer der drei Unbekannten. Der hob jedoch beschwichtigend die Hand. »Wir sind deine Freunde«, sagte er. »Wir brauchen deine Hilfe und möchten dich bitten, mit uns zu kommen.«

»Mit euch kommen?« echote Erich verwirrt. »Wohin denn? In die Stellungen der Franzosen vielleicht?«

»Ich denke, wir unterhalten uns an einem anderen Ort weiter«, lenkte der Ritter ein und nickte einem seiner Kameraden zu, der daraufhin beide Hände überkreuzt an seine Stirn legte. Erich wurde erneut schwindelig. Die ganze Welt schien sich um ihn zu drehen, bis sich die Bewußtlosigkeit wie ein schwarzes Tuch über ihn legte.

Pfeilschnell durchschnitt die Lokomotive die dunstigen Morgenschleier. Der Personenzug war auf dem Weg von London nach Aberdeen, und er war bis zum Bersten gefüllt mit Menschen. Die Verbindung bestand auf Grund des Krieges nur noch einmal am Tag, denn die Königliche Bahn brauchte ihre Waggons für Truppen- und Munitionstransporte.

Die Abteile waren überfüllt, und auf den Gängen drängten sich Männer, Frauen und Kinder. Nur ein Abteil in der 1. Klasse war lediglich mit drei Personen besetzt. Zum einen natürlich, weil die drei das Abteil für sich allein reserviert hatten, doch es hätte auch keiner der Mitreisenden den Mut gehabt, sich zu ihnen zu setzen. Selbst der Schaffner ließ diese Fahrgäste auf seinem Kontrollgang aus.

Der Mann, dessen unheimliche Ausstrahlung alle auf Distanz hielt, war groß und hager. Trotz seines fortgeschrittenen Alters wirkte er noch sehr jugendlich, sein Haar war – bis auf eine blitzförmig gezwackte weiße Strähne – voll und tiefschwarz. Nur die runzlige Haut seiner Hände und die markanten Gesichtsfalten ließen ahnen, daß er die Fünfzig bereits deutlich überschritten hatte.

Seine Kleidung war teuer, wenn auch ein wenig aus der Mode, besonders der dunkle Umhang, den er trug. Sein Spazierstock stand senkrecht auf der Erde, gehalten durch seine Hände, die auf den Knauf umfaßten und auf denen der Kopf des Mannes ruhte. Seit Stunden verharrte er schon regungslos in dieser dumpf brütenden Position. Und seit Stunden war auch dieses gespenstische Flackern in seinen Augen, welches allen Passagieren, außer seinen beiden Reisebegleitern, Angst einjagte.

Plötzlich fuhr der Mann aus seiner Erstarrung auf.

»Es hat sich etwas verändert. Spürst du es auch, Richard?« wandte er sich an einen seiner Mitreisenden. Der Angesprochene sah aus wie eine zu jung geratene Kopie des unheimlich wirkenden Mannes. Obwohl erst 15 Jahre alt, hatte er bereits die Größe eines Erwachsenen. Seine Augen wiesen leicht orientalischen Einschlag auf, doch der einzige Unterschied war das Fehlen der schlohweißen Strähne im pechschwarzem Haar.

»Nein Vater, ich habe nichts bemerkt«, antwortete er nach einigem Zögern.

»Nichts bemerkt?« Robert Craven zog ungläubig die Augenbrauen in die Höhe. »Aber es war ein ganz deutlicher Impuls!«

»Nun laß ihn doch«, mischte sich der dritte Mann ein. »Der Kleene is ja nu och erst am Anfang seiner Fähigkeiten, wie kannste da verlangen, dasa alles merkt, was du so mitkriegst.«

Craven seufzte und lehnte sich in seinem Sitz zurück.

»Ja, du hast wohl recht, Rowlf. Ich vergesse immer wieder, daß er einfach noch zu jung ist«, sagte er dann leise. Und bemerkte nicht, wie sein Sohn bei diesen Worten zusammenzuckte. Robert Craven hatte dafür keine Augen; er war einfach zu müde. Müde von dem jetzt schon Jahrzehnte währenden Kampf gegen die Mächte der Finsternis. All die Jahre der Anspannung, die vielen Niederlagen und all die geliebten Menschen, die er verloren hatte, dies alles war nicht spurlos an ihm vorübergegangen.

Er wohnte in einem prächtigen Haus am teuren Londoner Ashton Place. Er besaß ein größeres Vermögen, doch die Londoner High-Society mied ihn. Man munkelte, daß er mit dem Teufel im Bunde sei, und viele nannten ihn deshalb hinter vorgehaltener Hand nur den HEXER.

Robert Craven besaß nur wenige Freunde. Und einer seiner besten war der Grund für seine jetzige Niedergeschlagenheit.

H.P. Lovecraft lag im Sterben.

Trotzdem hatte Robert ihn in London allein lassen müssen, denn das Schicksal der Welt stand auf dem Spiel.

Der Hexer wußte, daß sein Kampf niemals zu Ende sein würde, aber er ahnte nicht, welch wichtige Rolle ein deutscher Frontsoldat aus den Schützengräben von Verdun bald für ihn spielen sollte.

Stöhnend richtete sich Erich von Schmid auf. Er lag auf einem klapprigen Bett mit Strohmatratze, offensichtlich in einer einfachen Holzhütte. Nicht weit von ihm entfernt saßen die drei seltsamen Männer um einen wackligen Tisch. Als von Schmid sich in seinem Bett aufsetzte, erhoben sich auch die Männer von ihren Stühlen. Sie hatten ihre mittelalterliche Kleidung gegen weniger auffällige Sachen eingetauscht. Gegen Uniformen der britischen Armee, um genau zu sein.

»Ich hoffe, du hast unsere kleine Reise gut überstanden«, wandte sich der Wortführer der drei an den Deutschen.

»Wo bin ich hier? In einem englischen Gefangenenlager?« fragte Erich verständnislos.

Die drei Männer lachten.

»Nein«, antwortete dann ihr Sprecher. »Wir bedienen uns nur dieser Uniformen, um die Bevölkerung in dieser Gegend nicht zu beunruhigen. Es würde für einige Aufregung sorgen, wenn wir in den Gewändern unseres Ordens herumlaufen würden. Kennst du den Templerorden?«

»Nun«, antwortete Erich zögernd, »mein Onkel hat mir einmal etwas über einen Ritterorden dieses Namens erzählt. Aber die Templer existieren nicht mehr, sie wurden bereits vor Jahrhunderten aufgelöst.« Und zwar, weil den Templern die Abkehr vom Glauben und Teufelsverehrung vorgeworfen wurde, dachte Erich weiter, aber das behielt er lieber für sich.

»Dein Onkel? Botho von Schmid?«

»Ja. Wo woher kennt ihr ihn?«

Der Templer setzte ein wissendes Lächeln auf. »Es ist wohl an der Zeit, uns vorzustellen und dir einige Erklärungen zu geben«, sagte er. »Neben mir siehst du die beiden ehrenwerten Brüder Thomas McCarthy und Jop de Vries. Ich selbst heiße Jean-Paul Balestrano. Wir drei bilden die Führungselite dessen, was von dem Orden der Templer übriggeblieben ist. Mein Vater Jean Balestro und dein Onkel Botho von Schmid waren gute Freunde und enge Vertraute. Sie gehörten den Tempelherren an, als diese noch in der Blüte ihrer Macht standen. Mit anderen Worten, bevor der Anti-Christ in Form des Hexers Robert Craven erschienen ist, um die letzten Bastionen des Herrn zu zerstören.«

»Robert Craven? Diesen Namen habe ich noch nie zuvor gehört.« Erich von Schmid war verwirrter denn je.

»Das ist nicht so wichtig«, entgegnete Jean-Paul Balestrano. »Viel wichtiger ist, daß wir dich endlich gefunden haben. Den Mann, der die gleichen Fähigkeiten besitzt wie Botho von Schmid, der legendäre Animal-Master des Ordens. Mit dir zusammen werden wir die Tempelherren zu ihrer alten Größe zurückführen.«

»Ich fürchte, ich werde euch enttäuschen müssen«, wehrte Erich von Schmid ab, dem die ganze Situation langsam über den Kopf wuchs. »Ich habe keine besonderen Kräfte, die euch gegen dem Anti-Christen helfen könnten. Ich bin nur Soldat!«

Balestrano lächelte erneut. »Aber natürlich seid Ihr etwas Besonderes«, widersprach er. »Genauso wie Bruder McCarthy, der durch die Kraft seiner Gedanken von einem Ort zum anderen reisen kann. Oder wie Bruder de Vries, der mit seinem Willen Gegenstände bewegt, ohne sie zu berühren. Und Ihr, Bruder von Schmid, Ihr könnt doch mit Tieren kommunizieren und ihnen Befehle erteilen, oder etwa nicht?«

Erich von Schmid zeigte sich überrascht.

»Nun, ich gebe zu, daß ich mit Tieren sehr gut auskomme, aber daß ich ihnen Befehle erteilen kann, ist wohl . . .«

Balestrano zog den Soldaten ungeduldig vom Bett. »Kommt mit mir!«

Er zog Erich hinter sich her, bis sie vor einem Fenster standen. Der Templer stieß die Fensterläden beiseite und blickte ins Freie.

Erich von Schmid konnte nun erstmals die Umgebung sehen, in der er sich befand. Es schien sich um eine ausgedehnte Sumpflandschaft zu handeln.

Plötzlich stieß Balestrano einen Arm in die Höhe und deutete in den freien Himmel. »Dort, Bruder von Schmid – seht Ihr den Falken, der dort oben schwebt?«

Erich folgte mit dem Blick der Richtung von Balestranos Arm. Tatsächlich zog hoch oben ein Greifvogel seine Kreise. Nach Erichs Meinung eher ein Bussard, aber das spielte zur Zeit wohl keine Rolle.

»Befehlt ihm, herunterzukommen und auf Eurer Hand zu landen!«, rief der Tempelherr in herrischem Ton.

»Soll ich zu ihm hochrufen?« wagte es Erich zu entgegnen.

»Befehle es ihm mit der Macht deiner Gedanken. Ich weiß, daß du es kannst. Auch wenn du selbst es vielleicht nicht wahrhaben willst.«

Das klang schon freundlicher. Und Balestrano hatte recht. Erich wußte plötzlich, daß er es konnte, im selben Moment, in dem er es versuchte. Augenblicklich brach der Bussard seine kreisförmige Flugbahn ab und stützte auf die kleine Jagdhütte im Moor zu. Sanft landete der Vogel auf Erichs ausgestreckter Hand. Begeistert wandte sich Balestrano zu seinen beiden Brüdern um. Auch sie schienen zufrieden zu sein.

»Nach Westen gibt's keene Zuchverbindung. Der Bahnhofsobersepp sagt, dasses da nur ne Menge Moor gibt, un nur wenich Menschen. Schaut aus, als wäre da der Hund begraben. Wir müssen sehen, daß wirn Automodingsbums oder ne Kutsche mieten können.«

»Danke, Rowlf.« Robert Craven, der mit seinem Sohn auf dem Bahnsteig dieser Provinzstadt gewartet hatte, bis sein breitschultriger Freund die nötigen Erkundigungen eingeholt hatte, sah kurz auf seine Uhr. »Ich denke, wir versuchen einen Wagen zu mieten und nehmen uns dann ein Zimmer in einem Hotel. Es hat keinen Zweck, heute noch weiterzufahren. Die Dunkelheit würde uns sehr überraschen. Aber wir sind ganz in der Nähe, das fühle ich. Es ist westlich von uns.«

Die drei Gefährten nahmen ihre Koffer in die Hand und machten sich auf den Weg, um ein Quartier für die Nacht zu suchen.

Der Tag neigte sich schon dem Ende entgegen, als die drei Tempelherren und der deutsche Soldat ihr Ziel erreichten. Auch Erich von Schmid trug nun eine englische Uniform.

»Woran denkst du?« fragte McCarthy den nachdenklichen von Schmid.

»Ich kann einfach noch nicht fassen, daß ich in Schottland sein soll. Heute morgen war ich noch auf dem Schlachtfeld vor Verdun, und nun . . .«

»Ich kann deine Verwirrung verstehen, Bruder von Schmid«, mischte Balestrano sich ein. »Aber du mußt eben erst einmal alles hinnehmen und uns vertrauen. Wir brauchen deine Hilfe zur Erlösung unserer Welt vom Bösen.«

Erich nickte automatisch. Er verstand immer noch nicht, was er eigentlich tun sollte.

Ein schmuckloses, rechteckiges Gebäude war vor den Männern aufgetaucht. Es besaß große Fensterbögen ohne Scheiben oder Holzläden und das gedrungene Dach einer Kapelle. Das Gebäude war nicht größer als ein normales Bauernhaus, aber wenn man sich ihm näherte, bekam es die Ausstrahlung von der düsteren Macht einer Kathedrale.

Der Eingang war durch keine Tür abgesichert. Als Erich das Haus betrat, krampfte sich sein Magen zusammen, und ein kalter Schauer fuhr ihm über den Rücken. Irgend etwas, das spürte der Soldat, irgend etwas an diesem Ort war *böse*.

»Sieh dich nur um!« forderte Jean-Paul Balestrano ihn im Ton eines stolzen Hausbesitzers auf. Der Templer schien die unheimliche Atmosphäre gar nicht zu bemerken.

Viel zu sehen gab es nicht. Direkt hinter dem Eingang war eine Wand, die sich bis kurz vor die Decke der Kapelle erstreckte. Nach links und rechts erreichte sie ebenfalls fast die Außenabmessungen des Gebäudes. In gleichmäßigen Abständen befanden sich Nischen in der Wand, in denen nicht nur Kerzen und Fackeln brannten, sondern auch noch jeweils das Symbol des christlichen Glaubens eingelassen war, ein großes Kreuz. Auch der Rest der Wand war mit zahlreichen in das Mauerwerk eingelassenen Zeichen und Symbolen verziert, deren Bedeutung Erich allerdings nicht kannte.

Er wandte sich nach links und ging den Gang bis zum Ende entlang. Nach rechts schloß sich im Neunzig-Grad-Winkel an die Innenwand eine neue Mauer an. Wieder ohne Fenster oder Türen, nur die gespenstisch beleuchteten Nischen und die zahlreichen in die Wand eingefaßten, überwiegend aus Edelmetallen gefertigten Zeichen und Kreuze. Erich folgte auch dem neuen Gang, wobei sich seine Magenschmerzen bei jedem Schritt verschlimmerten. An der nächsten Ecke zeigte sich, wie nicht anders zu erwarten, das gleiche Bild. Es schien gar keinen Weg zum quadratischen Innenraum der Kapelle zu geben.

Trotz der großen Fensteröffnungen herrschte keine Zugluft in dem Gebäude, und die Kerzen und Fackeln verbrannten mit ruhiger Flamme.

Nachdem Erich seinen Rundgang beendet hatte, fand er seinen Verdacht bestätigt. Der gemauerte Quader in der Kapelle besaß keine Eingangsöffnung.

Als er zum Ausgangspunkt seiner Besichtigung zurückkehrte, erwarteten ihn die Tempelritter mit gespannten Gesichtern.

»Nun, ist dir etwas aufgefallen?« fragte de Vries ungeduldig.

»Laßt uns nach draußen gehen«, schlug Erich krächzend vor, denn er hatte das Gefühl, daß er sich gleich übergeben müßte. Außerhalb der Kapelle, vor der ein frischer Wind wehte, fühlte er sich etwas besser. Wenn auch nur ein wenig.

»Das einzige, das mir auffiel«, sagte Erich mit belegter Stimme. »Ist daß die Mauern da drinnen dicker sind als die Außenwände. Es sieht fast so aus, als wenn man etwas eingemauert hätte und nicht wollte, daß es herauskommt.«

Die drei Templer sahen sich verblüfft an. »Respekt, mein lieber Bruder«, sagte dann Balestrano. »Ihr seid dem Geheimnis erstaunlich nahe gekommen. Das Innere der Kapelle, der aus Feldsteinen errichtete Block, ist älter als der christliche Glaube. In ihm wurde vor Jahrtausenden ein Tier eingesperrt, von dem man annahm, daß es schlecht sei. Später, als das Land hier missioniert wurde, setzte man die Kreuze in die Nischen und baute die Kapelle um das Verlies.

Doch die Menschen haben sich geirrt. Das eingesperrte Tier hat keinen von Grund auf verderblichen Einfluß. Es bedarf nur der richtigen Anleitung. Wir sind hier, um uns mit deiner Hilfe seine Macht zunutze zu machen, um damit die Leiden der Menschheit zu beenden. Und um es dem Zugriff des Anti-Christen zu entziehen, der schon auf dem Wege hierher ist, weil er das Tier für seine finsteren Zwecke mißbrauchen und die Welt in das Chaos stürzen will.«

Erich blieb unsicher. Wenn das Biest nur halb so böse war wie die Ausstrahlung, die er spürte, dann bezweifelte er, das man es je für die guten Sache einspannen konnte.

»Wann wollt ihr das Tier befreien?« fragte er. Seine Stimme schwankte leicht.

»Morgen! Bruder McCarthy und Bruder de Vries werden heute nacht noch einige notwendige Beschwörungen und Rituale durchführen. Du mußt zurück zur Hütte und ein wenig schlafen, damit du morgen für deine große Aufgabe ausgeruht bist. Ich werde dich begleiten, denn allein wärst du in diesem tückischen Moor verloren.«

Zusammen gingen Balestrano und von Schmid zurück zur Jagdhütte. Eigentlich war es ja sehr zuvorkommend von Balestrano, daß er sich um seinen deutschen Gast kümmerte. Warum hatte Erich dann nur das Gefühl, daß man ihn überwachen wollte, um einem eventuellen Fluchtversuch vorzubeugen?

Robert Craven schlief tief und fest. So tief und fest jedenfalls, wie es sich ein Magier in seiner Situation erlauben konnte.

Plötzlich schlug irgend etwas in seinem Kopf Alarm. Robert schlug die Augen auf und war sofort hellwach. Neben seinem Bett stand ein Mann in der traditionellen Kleidung eines Templers. Er hatte sein gewaltiges Schwert bereits über den Kopf erhoben.

Doch bevor er seinen tödlichen Hieb ausführen konnte, blitzte es in Roberts Augen kurz auf. Der Templer wurde von einer unsichtbaren Faust in die Höhe geschleudert und prallte krachend gegen die Wand. Robert richtete sich in seinem Bett auf, hob beide Hände und zielte mit ihnen auf den Templer, der sich gerade torkelnd erhob.

Kleine weiße Blitze stoben aus Roberts Fingerspitzen, packten den Attentäter, rissen ihn erneut in die Luft und schleuderten ihn durch das geschlossene Fenster aus dem ersten Stock.

Noch bevor der Tempelritter auf natürliche Weise aus

Roberts Sichtfeld verschwand, löste er sich in Luft auf. Überrascht verließ Robert das Bett und blickte aus dem Fenster.

Unten auf der Straße lagen nur einige Glassplitter und das zerborstene Fensterkreuz. Der Mond beobachtete die Szene wie ein großes, kaltes Auge in der Finsternis.

Plötzlich wurde an der verriegelten Zimmertür gerüttelt. »Vater, ist alles in Ordnung mit dir?« rief eine ängstliche Stimme fragend.

»Ja, Richard«, antwortete der Hexer. »Geh wieder zu Bett. Es war nur eine Warnung, kein echter Angriff.«

Die Zimmertür war von innen verriegelt, genauso wie es das Fenster gewesen war. Der Templer war auf andere Art und Weise in das Zimmer gelangt. Doch das wunderte Robert nicht; er hatte den Angreifer erkannt.

Es war Thomas McCarthy gewesen, einer der abtrünningen Templer.

Dampfende Nebelschwaden stiegen aus dem Moor auf, und der Morgen war kalt und unfreundlich. Aufsteigendes Sumpfgas verströmte einen schwachen, aber durchdringenden Fäulnisgestank.

Verdrossen stapfte Erich von Schmid über den schmalen Trampelpfad, der im Zickzackkurs von der alten Hütte zu der Kapelle führte. Obwohl es bereits Tag war, konnte man die Sonne nicht sehen. Die Landschaft ringsum verschwand in grauen Nebelschwaden, die aus dem Tageslicht ein diffuses Halbdunkel machten.

Erich hatte nur sehr schlecht geschlafen in der Nacht, denn wirre und unruhige Träume hatten ihn bis ins Morgengrauen verfolgt. Und er hatte genug Gerüchte über Satanskulte und Schwarze Messen gehört, um den Inhalt seiner blasphemischen Visionen zu erkennen. Es waren Beschwörungen der dunklen Mächte gewesen, des Bösen in seiner ursprünglichen und reinen Form. In seinem Traum hatte de Vries und McCarthy diese finsteren Rituale und Blutopfer durchgeführt, und die obzöne Art und Weise, in der sie es getan hatten, hatte Erich von Schmid den Magen umgedreht.

Der deutsche Soldat war sich nicht im klaren darüber, inwieweit die krankhaften Exzesse, die sich vor seinem geistigen Auge abgespielt hatten, mit den realen Vorgängen in der Kapelle übereinstimmen mochten, aber er beschloß, Vorkehrungen für den Fall zu treffen, daß sich die Templer als Teufelsanhänger entpuppen sollten.

Jeder Schritt, der Erich dem mysteriösen Felsquader näher brachte, verstärkte wieder das düstere Gefühl, das ihn bereits am Vortag beschlichen hatte. Das dunkle Ahnen, daß er sich dem Bannkreis von etwas näherte, das so unbeschreiblich grausam und *böse* war, das . . .

Erich verscheuchte seine Gedanken. Wenn er diese Tagträume zu Ende dachte, lief er Gefahr, verrückt zu werden.

Zum Glück erreichte er nun mit Balestrano das unselige Gebäude und wurde durch McCarthy und de Vries abgelenkt. Die beiden trugen wieder ihre Kleidung, die sie als Mitglieder des Ordens auswiesen. Ihre weißen Umhänge mit dem darauf befindlichen gleichschenkligen Templerkreuz wogten in der heftigen Morgenbrise. Seltsam – im Moor war es die Zeit über windstill gewesen, und hier . . .

McCarthy trug seinen rechten Arm in einer Stoffschlinge, und sein Gesicht wies einige kleine Schnittwunden auf.

»Was ist passiert?« fragte von Schmid besorgt.

»Oh, nichts Besonderes. Nur ein kleines Mißgeschick«, antwortete McCarthy abwehrend, wobei er aber gleichzeitig einen vielsagenden Blick an Balestrano richtete. Dieser hob ein wenig die Schulter an und machte ein Gesicht, als wenn er ein solches Unglück vorausgesehen hätte.

Nach einem Moment des Schweigens betraten die vier Männer die Kapelle. Das Böse lag spürbar im Raum, wie ein knisterndes Feld von elektrischen Spannungen. Trotz der frischen Brise, die draußen die Nebelschwaden durcheinandertrieb, war es in dem Gebäude mit den vielen Fensteröffnungen wieder windstill.

Erich von Schmid sah, daß die Tempelritter genau gegenüber des Eingangs eine Nische in der Wand des gemauerten Quaders gebrochen hatten. Vor dieser Nische hatten die Templer ein Pentagramm und andere Symbole aufgemalt, von denen von Schmid nicht glauben konnte, daß sie christlichen Ursprungs waren. Beleuchtet wurden die farbigen Bodenmalereien von kleinen Messingschalen, in denen Öle und Kräuter verbrannten, die einen üblen Geruch verbreiteten.

Am meisten überraschte den Soldaten die Nische selbst. Die gemauerte Wand war zur Gänze durchbrochen worden und gab den Blick auf eine weitere Steinmauer frei. Doch die würde auch nicht mehr lange Bestand haben, das zeigte Erich ein Blick auf zwei an der Wand lehnende Spitzhacken, neben denen ein Kreuz *verkehrt herum* aufgestellt worden war. Erich hatte immer weniger den Eindruck, daß hier etwas zelebriert wurde, das auch nur entfernt mit dem Christentum in Verbindung stand.

»Bereitet Euch auf Euren Einsatz vor, Bruder von Schmid«, flüsterte Balestrano dem Deutschen beschwörend ins Ohr. »Wir führen die letzten Schritte durch.«

Während die Templer alles daransetzten, ihre blasphemische Tat zu Ende zu bringen, dachte Erich von Schmid an Flucht. Aber er wußte, daß es dazu nun zu spät war.

Rowlf brachte fluchend den Zweispänner neben einem Schäfer zum Stehen, der gerade seine Herde zu einem neuen Weideplatz trieb. Robert Craven beugte sich aus der offenen Kutsche hinaus und wandte sich an den Mann, der ihn neugierig musterte.

»Ich habe von einer kleinen, einsamen Kapelle gehört, die sich hier im Moor befinden soll. Können Sie mir den schnellsten Weg dorthin beschreiben?« fragte er ohne lange Umschweife, denn die Zeit brannte ihm unter den Nägeln.

Der alte Schäfer zog sein faltiges Gesicht zusammen, so daß seine buschigen Augenbrauen über der Nasenwurzel zusammenstießen.

»Die alte Kapelle? Die ist doch verflucht. Keiner geht dort freiwillig hin! Außer den Soldaten von dieser Fernmeldeeinheit. Die haben da wohl eine Funkstation oder so gebaut. Deshalb ist das jetzt auch alles abgesperrt«, fügte er noch mißtrauisch hinzu.

Robert Craven hatte nicht mehr viel Zeit. In seinen bisher

ruhigen Augen blitzte es plötzlich auf. Ohne Schwierigkeiten drang er in das Bewußtsein des Schäfers ein und holte sich die Informationen, die er benötigte.

Gleichzeitig spürte er, wie sein Sohn zusammenzuckte, denn er hatte den Vorgang auf mentaler Ebene mitverfolgt.

Robert konnte seinen Sproß verstehen. In jungen Jahren hatte er ähnliche Skrupel besessen, und auch heute machte es ihm keine Freude, andere Menschen zu manipulieren. Doch die äußeren Umstände erforderten harte Maßnahmen. Robert hoffte nur, daß er durch solches Tun nicht eines Tages das Vertrauen seines Sohnes verlieren würde.

Das Hämmern der Spitzhacken dröhnte in Erichs Ohren. Jeder Schlag brachte das Unbekannte, das *Böse* näher ans Tageslicht. Ein unsichtbares, kaum wahrzunehmendes Schwingen lag in der Luft. Steif und unbeweglich stand Erich da. Der kalte Schweiß brach an seinem ganzen Körper aus weit geöffneten Poren heraus. Wie eine kalte Stahlklammer legte sich die Angst um sein Herz, das wild gegen seine Rippen pochte. Selbst unter schwerstem Artilleriebeschuß hatte sich Erich noch nie so elend gefühlt wie in diesen endlosen, zähen Minuten des Wartens.

Der unheilvolle Akt stand kurz vor seiner Vollendung. Als Erich schon dachte, daß sein Herz zerspringen müßte, war es endlich soweit. Die beiden Templer brachen einen großen Feldstein aus der letzten Mauer, und eine schwarze, alles Licht verschluckende Öffnung wurde frei. Übler Modergeruch stieg ihnen entgegen.

Nun war es für eine Umkehr endgültig zu spät!

Aus dem Inneren des Quaders erscholl ein Brummen, als ob ein gewaltiger Totenchor aus den Tiefen des Moores die Ankunft des *Bösen* verkündete.

Jean-Paul Balestrano trat vor die Öffnung. Er hob seine Arme und murmelte Beschwörungen in einer unbekannten, längst vergessenen Sprache, die nicht für die menschlichen Stimmbänder geschaffen war.

Keine Grille zirpte, kein Vogel schrie, kein Windstoß war von draußen zu hören. *Absolute Stille.*

Und dann brach die Hölle über sie herein.

In einer gewaltigen Explosion zerriß die Nische vor ihnen. Die vier Männer wurden von einer gewaltigen Druckwelle erfaßt und durch den Eingang nach draußen geschleudert. Nur dem weichen Moosboden der Moorlandschaft war es zu verdanken, daß sich niemand von ihnen die Knochen brach. Gewaltige Schwaden dunkler, stinkender Luft brachen aus dem neuentstandenen Loch hervor. Sie war so dicht, daß man sie mit einem Schwert in Scheiben schneiden konnte, und derart schnell, daß der Nebel nicht in der Lage war, rechtzeitig zu weichen.

Das TIER, welches so lange verborgen gewesen war, begann sich ans Tageslicht zu arbeiten.

Und da erkannte Erich endgültig ihren großen Irrtum. Es war ein Tier, das war wohl richtig. Aber es war noch viel mehr als das. Entsetzlich viel mehr!

Das TIER begann seine Fühler nach draußen zu strecken, und was Erich von Schmid dabei zu sehen bekam, raubte ihm fast den Verstand.

Entsetzt schlug er die Hände vors Gesicht. In seinem Magen explodierte etwas, raste über die Speiseröhre in seinen Mund und kam als Schrei eines Irrsinnigen über seine Lippen. Auch die Templer konnten ihr Entsetzen nicht verbergen.

»Tu doch etwas, Bruder von Schmid!« rief Balestrano. Panik schwang in seiner Stimme mit. »Du mußt es bezwingen und deinem Willen unterwerfen!«

Mit letzter Kraft bekämpfte Erich den Wahnsinn, der von ihm Besitz ergreifen wollte. Dann konzentrierte er sich und versuchte, das TIER zurückzudrängen.

Es gelang ihm auch, Kontakt zu dem TIER aufzunehmen; es war ekelhaft und schmerzvoll. Schreiend brach er die Verbindung ab und sank auf die Knie. Niemals würde er dem TIER seinen Willen aufzwingen können.

Mit lautem Krachen versuchte das TIER durch die enge Öffnung zu brechen. Noch wurde es von einigen noch wirksamen Bannsymbolen daran gehindert, das Loch zu vergrößern, aber es würde nicht mehr lange dauern; dann war es endgültig frei!

»Ihr Narren, was habt ihr getan?!«

Der Schrei ließ Erich herumfahren. Ein Mann im wehenden Umhang kam auf sie zugerannt. In der Hand hielt er einen Spazierstock wie zur Attacke, und sein mit einer gezackten weißen Strähne verziertes Haar flatterte im Wind. Begleitet wurde er von einem Jungen, der auffallende Ähnlichkeit mit ihm hatte, und einem breitschultrigen Hünen mit grauem Haar.

Balestrano schrie auf. »Craven!« brüllte er haßerfüllt.

Also der Anti-Christ. Aber war er das wirklich?

Der Hexer machte eine einzige komplizierte Handbewegung in Richtung des Templers, und Balestrano stürzte zu Boden. Dann rannte er weiter auf die Kapelle zu und begann Worte in einer Sprache zu schreien, deren unmögliche Silben die Ohren schmerzen ließen. Der Hexer blieb stehen, und aus seinen vorgestreckten Händen schossen grelle Lichtblitze, die das TIER empfindlich trafen.

Von Schmid konnte sich nicht helfen; er fand, daß dieser Mann auf der richtigen Seite stand. Da sprang plötzlich de Vries mit gezücktem Schwert vor, um Craven mit einem feigen Schlag aus dem Hinterhalt zu töten. Beherzt warf sich Rowlf auf den bewaffneten Mann und rang ihn zu Boden.

Balestrano hatte indessen McCarthys Schwert an sich gerissen und sich Richard Craven zugewandt. Doch bevor der Templer den Jungen erreicht hatte, sauste ein dunkler Schatten vom Himmel und schnitt mit scharfen Krallen in Balestranos Hand. Fluchend ließ der Ritter seine Waffe fallen. Die Schwingen des Falken peitschten sein Gesicht.

»Das hättet ihr nicht tun sollen, Balestrano! Nur ein Vertreter des Bösen würde einen wehrlosen Jungen mit dem Schwert erschlagen. Ich weiß nun, daß eure Ziele falsch sind.«

Erich von Schmid hatte sich bei diesen Worten zwischen dem Templer und den jungen Craven gestellt.

In Balestranos Augen glomm das Feuer des Fanatikers, als er erwiderte. »Was weißt du schon, verdammter Tölpel? Mit meiner Hilfe wird das jüngste Gericht über die Welt hereinbrechen. Und wir alle werden geläutert daraus hervorgehen, und kein alberner Vogel wird mich daran hindern, meinen Plan auszuführen!«

Von Schmid lächelte grimmig. »Ich habe bereits befürchtet, daß es zu einer solchen Auseinandersetzung kommt. Deshalb habe ich noch ein paar Freunde von mir eingeladen.«

Bei diesen Worten blickte von Schmid gen Himmel. Balestranos Augen folgten den seinen, und was der Templer sah, ließ ihm das Blut in den Adern zu Eis gefrieren.

Die Nebeldecke über ihnen zeigte die Schatten von rund hundert Greifvögeln aller Art, die ruhig ihre Bahn zogen.

»Du wirst uns nicht aufhalten, verdammter Fritz!« schrie Thomas McCarthy und zog einen Trommelrevolver der britischen Armee unter seinem Templerumhang hervor.

Doch er kam nicht mehr dazu, ihn auf jemanden zu richten, genausowenig, wie Balestrano noch einmal sein Schwert einsetzen konnte. Auf einen lautlosen Befehl hin stürzten sich die Vögel herab, um ihren blutigen Auftrag zu erfüllen. Gegen ihre scharfen Krallen und Schnäbel hatten die beiden Männer keine Chance.

Erich von Schmid wandte sich von dem grauenvollen Anblick ab und lief auf Robert Craven zu. Der Hexer war fast am Ende seiner Kräfte. Es gelang ihm zwar, das TIER in Schach zu halten, aber nicht, es zurückzudrängen. Robert lief der Schweiß bereits in Strömen von der Stirn. Plötzlich bemerkte er den unbekannten Soldaten neben sich.

Erich von Schmid wurde einen Moment lang noch einmal von der widerlichen Erscheinung des TIERES gefangengenommen. Es sah zu grotesk und grausam aus, so . . . so . . .

Erich drängte diese Gedanken beiseite und konzentrierte sich auf das TIER.

Geh weg! Geh wieder zurück! ZURÜCK!

Das TIER brüllte vor Schmerz, mobilisierte seine letzten Kräfte, wollte die beiden unbedeutenden, Figuren die sich ihm da in den Weg stellten, beiseite drängen. Doch es gelang ihm nicht.

Craven und von Schmid besaßen zusammen die Macht zum Widerstand. Sie drängten das TIER zurück in seine Gefängnis. Dann stellte Robert sich vor die dunkle, alles verschluckende

Öffnung zur fremden Dimension. Er zeichnete mit der Hand einige flammende Symbole in die Luft, die dort leuchtend bestehen blieben.

»Das wird reichen, bis das Loch wieder vermauert und magisch versiegelt ist«, erklärte er dann knapp. Danach wandte er sich um und ging nach draußen. Rowlf saß auf der Brust des bewußtlosen de Vries, dem einzigen Templer, der jenen Tag überleben sollte.

Robert kniete sich neben den gräßlich verstümmelten Balestrano, der in seinen letzten Zügen lag, und drang sanft in sein Bewußtsein ein. Nach wenigen Augenblicken richtete sich der Hexer auf, nun informiert über die bisherigen Geschehnisse in der alten Kapelle.

Er wandte sich an den deutschen Soldaten. »Ich denke, ich bin euch zu Dank verpflichtet. Ohne Eure Hilfe wäre es mir sicher nicht gelungen, das TIER in seine Verbannung zurückzuschicken.«

»Nun, ohne mich hätten die Wahnsinnigen es vielleicht erst gar nicht freigelassen«, antwortete Erich leise.

Doch Robert schüttelte den Kopf. »Nein, sie waren verblendete Fanatiker. Ich bin ihnen auf der Spur, seit sie ihre ersten Beschwörungen vor einigen Tagen begannen. Anhand der schwarzmagischen Schwingungen gelangte ich hierher. Sie waren schon zu weit gegangen, deshalb mußten sie heute das Verlies öffnen, ob mit oder ohne dich. – Was willst du nun tun?« fügte er nach kurzer Pause hinzu.

»Ich muß versuchen, zurück zu meiner Einheit nach Verdun zu kommen.«

»Du willst zurück in den Krieg?« fragte Craven ungläubig. »Aber du kannst hierbleiben. Mit deinen Fähigkeiten kannst du es weit bringen.«

Erich schüttelte traurig den Kopf. »Nein, ich kann nicht in England bleiben. Man würde mich als Spion verhaften und erschießen. Und nach Hause kann ich auch nicht zurück, denn dort würde man mich für einen Deserteur halten und ebenfalls verurteilen. Nein, ich muß zurück an die Front.«

»Ich weiß nicht, ob du recht hast«, sagte Robert Craven nachdenklich, »aber ich werde dir helfen. Von Balestrano weiß ich, von woher sie dich geholt haben. Bleib ruhig stehen und vertraue mir.«

Robert legte von Schmid eine Hand auf die Schulter und konzentrierte sich. Von einer Sekunde auf die andere war der Soldat verschwunden.

Danach machten sich Robert und seine Gefährten daran, das Verlies zu schließen und zu versiegeln. Robert war sehr zufrieden. Sie hatten diesen gefährlichen Tag wirklich gut überstanden.

Erich von Schmid überstand seine Reise zurück in den Krieg ebenfalls hervorragend. Er war sofort bei klarem Verstand, als er auf dem rauchenden Trümmerfeld aus dem Nichts erschien. Er orientierte sich kurz, und wirklich, er befand sich fast an der gleichen Stelle, an der man ihn abgeholt hatte. Der Frontenverlauf schien sich nicht verändert zu haben. Eilig lief Erich auf die deutschen Stellungen zu, bevor ihn ein französischer Scharfschütze ins Visier nehmen konnte.

Aus dem Schützengraben tauchte plötzlich ein Gesicht auf. Erichs Herz schlug schneller vor Freude; es war sein alter Kamerad Wilhelm Kanne. Erich winkte mit der Hand, um auf sich aufmerksam zu machen, und lief weiter. Es waren nur noch 150 Meter bis zum rettenden Graben. Da sah er plötzlich, wie Wilhelm das Gewehr auf ihn richtete. Erschrocken verlangsamte er seinen Lauf, seine Kehle schnürte sich zu vor Angst.

DIE ENGLISCHE UNIFORM, schoß es ihm durch den Kopf, gefolgt von einer deutschen Gewehrkugel, die durch sein Gehirn drang.

Erich von Schmid starb, bevor sein Körper auf den durchgeweichten Boden von Verdun aufschlug.

In der deutschen Stellung lehnte sich Wilhelm Kanne zufrieden zurück. Er hatte Rache für seinen umgekommenen Freund Erich geschworen. Und der Tommy, der jetzt dort vorne lag, sollte erst der Anfang sein.